Richard Flanagan
Begehren

PIPER

Zu diesem Buch

1839: Das Aborigine-Mädchen Mathinna ist sieben Jahre alt, als sie in das Haus von Sir John Franklin und seiner Frau Lady Jane kommt. Für Lady Jane ein wissenschaftliches Experiment: Ob die wilde Mathinna sich durch strenge Erziehung zähmen und in die Familie eingliedern lässt? Als Franklin jedoch von seinem Posten als Gouverneur von Tasmanien abberufen wird, kommt Mathinna in ein berüchtigtes Waisenhaus und wird sich selbst überlassen.
Jahre später in London: Franklin ist auf der Suche nach der Nordwest-Passage im Eis verschollen und soll dem Kannibalismus verfallen sein. Seine Frau Lady Jane versucht zusammen mit Charles Dickens Franklin zu finden und seinen Ruf als Polarforscher zu retten. Und Mathinna? Sie ist inzwischen 17 Jahre alt, nirgends zuhause und sucht doch die Balance zu halten am äußersten Rand der Welt.

Richard Flanagan erzählt nicht nur vom Schrecken der Kolonialisierung, sondern von verleugnetem Begehren und dessen Macht im menschlichen Leben. Ein zeitloses Epos von ungeheurer poetischer Kraft und Sprachmächtigkeit, das seinesgleichen sucht.

Richard Flanagan wurde 1961 in Tasmanien geboren. Sein Roman »Goulds Buch der Fische«, machte ihn 2002 weltweit bekannt, seine Romane sind seither in über 40 Ländern erschienen. Für »Der schmale Pfad durchs Hinterland« erhielt er 2014 den Man Booker Prize, zuletzt erschien von ihm bei Piper »Die unbekannte Terroristin«.

Richard Flanagan

BEGEHREN

Roman

Übersetzung aus dem australischen Englisch
von Peter Knecht

PIPER

Mehr über unsere Autoren und Bücher:
www.piper.de

Von Richard Flanagan liegen im Piper Verlag vor:
Der schmale Pfad durchs Hinterland
Goulds Buch der Fische
Tod auf dem Fluss
Die unbekannte Terroristin
Begehren

MIX
Papier aus verantwortungsvollen Quellen
FSC® C083411
FSC
www.fsc.org

Ungekürzte Taschenbuchausgabe
ISBN 978-3-492-30840-3
August 2018

Titel der englischen Originalausgabe:
»Wanting«, Knopf Publishing Group, Sydney, 2008

Umschlaggestaltung: zero-media.net, München
Umschlagabbildung: Getty Images/Natphotos; FinePic®, München
Gesetzt aus der Albertina
Druck und Bindung: CPI books GmbH, Leck
Printed in the EU

Für Kevin Perkins

Sehen Sie, meine Herrschaften, der Verstand ist eine gute Sache, das ist nicht zu bestreiten, aber der Verstand ist nur Verstand und befriedigt nur die Verstandesfähigkeiten des Menschen, der Wille dagegen ist eine Manifestation des ganzen Lebens.

Fjodor Dostojewski

Krumm kann nicht gerade werden, noch, was fehlt, gezählt werden.

Prediger Salomo

I

Der Krieg war unerwartet zu Ende gegangen, wie es manchmal vorkommt. Ein unscheinbarer kleiner, dicker Mann, Schreiner und presbyterianischer Prediger, hatte unbewaffnet, begleitet von etlichen zahmen Schwarzen, die wilden Gebiete der Insel bereist und war mit einem zusammengewürfelten Haufen Eingeborener zurückgekehrt. Man nannte sie wilde Schwarze, aber sie waren alles andere als wild, räudige Gestalten, halb verhungert und oft auch noch schwindsüchtig. Sie waren, sagte er – und erstaunlicherweise schien es wirklich so zu sein –, alles, was von den einst gefürchteten Stämmen der Insel, die lange Zeit einen so erbitterten Krieg geführt hatten, noch übrig war.

Diejenigen, die sie sahen, meinten, man könne sich kaum vorstellen, wie so ein Häufchen Elender dem Empire so lang Trotz bieten, der erbarmungslosen Ausrottung entkommen und Furcht und Schrecken verbreiten konnte. Niemand wusste, was der Prediger den Schwarzen erzählt hatte oder was die Schwarzen sich von ihm erhofften, aber sie wirkten ganz fügsam, wenn auch ein bisschen traurig, als man sie schubweise auf ein Schiff verlud und auf eine ferne Insel in dem riesigen Seegebiet zwischen Van Diemens Land und dem australischen Festland brachte. Der

Prediger nahm dort den mit 500 Pfund jährlich dotierten Titel eines Protektors an und machte sich, unterstützt von den Soldaten einer kleinen Garnison und einem Katecheten, daran, seine dunkelhäutigen Schützlinge auf das Niveau der englischen Kultur zu heben.

Seine Arbeit zeitigte durchaus einige Erfolge, keine großen, aber er war entschlossen, unbeirrt darauf aufzubauen. Waren sie denn nicht aller Ehren wert? Waren seine Leute nicht wohlvertraut mit Gott und Jesus, wie ihre prompten Antworten auf die Fragen des Katecheten und die Begeisterung, mit der sie Kirchenlieder sangen, bewiesen? Gingen sie nicht eifrig zum Wochenmarkt, um Häute und Muschelkettchen gegen Glasperlen und Tabak und dergleichen zu tauschen? Ohne Zweifel, sein Siedlungsprojekt entwickelte sich bestens, wenn man einmal davon absah, dass ihm seine schwarzen Brüder und Schwestern in solcher Eile wegstarben.

Nun ja, es gab einige Dinge, die ihn einfach fassungslos machten – es war gegen jede Vernunft. Obwohl er den Schwarzen beigebracht hatte, sich von Mehl und Zucker und Tee zu ernähren statt von Beeren, Wildpflanzen, Muscheln und Wildbret, schien ihr Gesundheitszustand viel schlechter zu sein als früher. Und je mehr sie davon abkamen, unzüchtig nackt herumzulaufen, und sich an englische Decken und Kleidung aus gutem englischen Tuch gewöhnten, desto schlimmer wurde das Husten und Röcheln und Sterben. Und je schlechter es ihnen ging, desto stärker wurde ihr Drang, die englischen Kleider abzuwerfen, die englische Nahrung zu verschmähen und die englischen Behausungen zu verlassen, in denen, wie sie sagten, der Teufel wohnte, und zum alten Leben zurückzukehren, tagsüber zu jagen und nachts am Feuer zu schlafen.

Man schrieb das Jahr 1839. Die erste Fotografie eines Menschen wurde aufgenommen, Abd al-Qadir rief zum heiligen Krieg gegen die Franzosen auf, und Charles Dickens stieg mit dem Roman *Oliver Twist* zu noch höherem Ruhm auf. Der Protektor heftete den jüngsten Totenschein ab, schloss den Aktenordner und wandte sich wieder seinen pneumatischen Studien zu. Es war, dachte er, einfach unerklärlich.

2

Als ihm ein Dienstmädchen, das von Charles Dickens' Haus herbeigeeilt war, die Nachricht vom Tod des Kindes brachte, zögerte John Forster keinen Moment lang – Zögern war ein Zeichen von Charakterschwäche, und sein Charakter duldete keine Schwäche. Er hatte ein Bulldoggengesicht und eine stattliche Figur, war schwer und behäbig in allen Dingen – in seinen Ansichten, seiner Empfindungsweise, seiner Moral und seiner Konversation – und für Dickens das, was die Schwerkraft für einen Ballonflieger ist. Auch wenn er sich manchmal insgeheim über ihn lustig machte, schätzte Dickens diesen Mann, der ihm wie ein Privatsekretär in den verschiedensten Dingen des Lebens mit Rat und Tat zur Seite stand, über alles.

Seine Vertrauensstellung erfüllte Forster mit Stolz, und er beschloss zu warten, bis Dickens seine Rede gehalten hatte. Allen seinen Versicherungen zum Trotz, dass unter den gegebenen Umständen jedermann Verständnis für eine kurzfristige Absage haben würde, hatte Dickens darauf bestanden, vor der Gesellschaft zur Unterstützung Not leidender Bühnenkünstler zu sprechen. Sogar heute noch, als Forster ihn in Devonshire Terrace aufgesucht und ein letztes Mal gedrängt hatte, sich zu entschuldigen.

»Aber ich habe es versprochen«, hatte Dickens gesagt.

Forster hatte ihn im Garten angetroffen, wo er mit seinen jüngeren Kindern spielte, auf dem Arm sein neuntes Kind, die kleine Dora. Er hatte sie hochgehoben und sie mit gespitzten Lippen angelächelt, während sie mit den Ärmchen schlug, zugleich wild und feierlich wie ein Regimentstrommler. »Nein, nein, ich bin es uns schuldig.«

Forster war das Herz aufgegangen, aber er hatte geschwiegen. Uns! Er wusste, dass Dickens sich manchmal mehr für einen Schauspieler als für einen Schriftsteller hielt. Das war natürlich Unsinn, aber so war er eben. Dickens liebte das Theater, er liebte diese Welt der Illusionen, wo man nur mit dem Finger zu schnipsen brauchte, um den Mond vom Himmel herabzurufen. Forster wusste, dass sich Dickens zu den Mitgliedern der wohltätigen Gesellschaft, vor der er heute sprechen sollte, seltsam hingezogen fühlte, und er sah diese Verbundenheit mit Leuten, die in seinen Kreisen nicht den besten Ruf genossen, mit zugleich besorgter wie gespannter Unruhe.

»Es scheint ihr besser zu gehen, finden Sie nicht?«, sagte Dickens und drückte den Säugling sanft an seine Brust. »Sie hatte heute Morgen leichtes Fieber, nicht, Dora?« Er küsste sie auf die Stirn. »Aber ich glaube, sie hat das Schlimmste überstanden.«

Und jetzt, wenige Stunden danach, hielt Dickens seine Rede. Großartig, dachte Forster. Der Saal war dicht gefüllt, das Publikum lauschte hingerissen, und Dickens sprach so brillant und bewegend wie nur je.

»Unsere Gemeinschaft«, sagte Dickens zu den Schauspielern, »schließt niemanden aus, jeder, der auf der Bühne steht, ob als Hamlet oder Benedikt, gehört zu uns, mag er einen Geist oder einen Straßenräuber darstellen oder auch in einer einzigen Person das ganze Heer des Königs. Und hinter den Kulissen, aus denen alle diese Schauspieler zu uns heraustreten, gibt es Krankheit und Leid, ja, auch der Tod geht dort um. Doch …«

Applaus kam auf, der jedoch gleich wieder verstummte, vielleicht, weil dem Publikum plötzlich die Taktlosigkeit zu Bewusstsein kam, die darin lag, dass man Dickens' Auftritt nur zwei Wochen nach dem Tod seines Vaters beklatschte. Der alte Mann war nach einer fehlgeschlagenen Blasensteinoperation verblutet – eine grässliche Schlächterei, so hatte es Dickens Forster beschrieben.

»Doch wie oft kommt es vor«, fuhr Dickens fort, »dass wir unseren Herzen Gewalt antun und unsere wahren Empfindungen im Lebenskampf verbergen müssen, um tapfer unsere Pflicht zu erfüllen und unserer Aufgabe gerecht zu werden.«

Nachher nahm Forster Dickens beiseite.

»Auf ein Wort«, sagte Forster, der immer viel zu viele Worte machte, aber jetzt sehnlich wünschte, es bliebe ihm erspart, das eine auszusprechen. »Es tut mir leid …«

»Ja?« Dickens schaute über Forsters Schulter nach etwas oder jemandem, dann zwinkerte er ihm zu. »Ja, mein lieber Mammut?«

Dass er so unbefangen Forster mit seinem Spitznamen ansprach, offensichtlich überzeugt, dass er nur einen Scherz im Sinn hatte, seine heitere Laune, die Freude des Schauspielers nach einem erfolgreichen Auftritt – all das machte dem armen Forster seine Aufgabe nicht leichter.

»Die kleine Dora …«, sagte Forster. Seine Lippen zuckten, während er versuchte, den Satz zu Ende zu bringen.

»Dora?«

»Es tut mir …«, murmelte Forster hilflos. Er wollte in diesem Augenblick so vieles sagen und brachte es einfach nicht heraus. »Es tut mir so unendlich leid, Charles«, stieß er hervor. Jedes Wort kam ihm falsch und schlecht vor – er hätte so gern etwas Besseres gesagt. Seine Hand hob sich, wie um etwas zu unterstreichen, das aber nie ausgesprochen wurde, und sank dann wieder herab, hing schlaff neben seinem massigen Körper, der sich so aufgedunsen und nutzlos anfühlte. »Sie ist unter Krämpfen von uns gegangen«, sagte er endlich.

Dickens' Gesicht blieb unbewegt. Was für ein großer Mann, dachte Forster.

»Wann?«, fragte Dickens.

»Vor drei Stunden. Kurz nachdem wir abgefahren waren.«

Man schrieb das Jahr 1851. Die Weltausstellung in London feierte den Triumph der Vernunft in einem Glaspavillon, den der Schriftsteller Douglas Jerrold spöttisch »Kristallpalast« nannte, in New York erschien ein erfolgloser Roman, der von der Suche nach einem weißen Wal handelte, während im eisengrauen Hafen von Stromness, Orkney, Lady Jane Franklin die zweite in der langen Reihe erfolgloser Expeditionen auf die Suche nach einem Mythos, der einst ihr Mann gewesen war, in den weißen Nebel hinausschickte.

3

Ein kleines Mädchen rannte keuchend durchs Wallabygras, das fast genauso hoch war wie sie selbst. Sie liebte das sanfte Kitzeln der feinen Grashalme, die Wassertröpfchen an ihren Waden abstreiften, sie genoss es, die Erde unter ihren nackten Fußsohlen zu spüren, feucht und breiig im Winter, trocken und staubig im Sommer. Sie war sieben Jahre alt, die Erde noch neu und ihre Freuden aufregend, sie liefen durch die Füße hoch zu ihrem Kopf in die Sonne, und es war möglich, dass das Rennen sie mit einem Gefühl vollkommener Heiterkeit erfüllte und dass zugleich der Grund, weswegen sie rannte und, ohne innezuhalten, rennen musste, ihr blanken Schrecken einflößte. Sie hatte Geschichten von Geistern gehört, die fliegen konnten, und überlegte, ob sie, wenn sie ein bisschen schneller rannte, auch abheben und so ihr Ziel früher erreichen könnte, aber dann fiel ihr ein, dass nur Tote fliegen konnten, und schlug sich den Gedanken aus dem Kopf.

Sie rannte an den Häusern der Schwarzen vorbei, zwischen gackernden Hühnern und bellenden Hunden hindurch, vorbei an der Kapelle immer noch in vollem Lauf, den Hang hinauf zum wichtigsten Gebäude der Siedlung Wybalenna. Sie stieg über die drei Stufen zur Tür und klopfte mit den Fingerknöcheln, wie man es ihr immer wieder gezeigt hatte, an.

Der Protektor blickte von seinen pneumatischen Studien auf und sah ein Eingeborenenmädchen hereinkommen. Sie war barfuß und trug einen schmuddeligen Kittel und eine rote Wollmütze, eine Rotzschliere schlüpfte aus ihrem rechten Nasenloch und wieder hinein wie ein lebendiges Wesen. Sie sah zur Decke hoch und an den Wänden herum. Meistens blickte sie auf den Boden.

»Ja?«, sagte der Protektor. Wie alle Schwarzen hatte sie die irritierende Angewohnheit, ihm nicht in die Augen zu sehen. Ihr richtiger Name, der, auf den der Protektor sie getauft hatte, war Leda, aber aus irgendeinem unerfindlichen Grund riefen alle sie bei ihrem Eingeborenennamen. Er ertappte sich dabei, dass er es auch tat, und ärgerte sich. »Ja, Mathinna?«

Mathinna schaute auf ihre Füße, kratzte sich unter dem Arm, sagte aber nichts.

»Also, was ist? Was ist los, Kind?«

Und plötzlich fiel ihr wieder ein, warum sie hier war. »Rowra«, sagte sie – das Wort, mit dem die Eingeborenen den Teufel bezeichneten –, atemlos, als flitzte ein Speer auf sie zu, »Rowra«, und dann »ROWRA!«

Der Protektor sprang von seinem Hocker auf, schnappte sich ein Taschenmesser aus einer offenen Schublade und hastete hinaus, das Kind vor ihm her. Sie rannten zu einer Zeile von Reihenhäuschen aus Backstein, die er für die Eingeborenen gebaut hatte, um sie an die englische Wohnkultur zu gewöhnen und von ihren primitiven Windschirmen abzubringen. Der Protektor, der Zimmermann gewesen war, bevor er Heiland wurde, freute sich jedes Mal beim Anblick der zwei Häuserzeilen: Wenn man sich den weißen mit roten Felsen und ledrigem Tang übersäten Strand dahinter wegdachte und den sonderbar verkrüppelten Wald auf der anderen Seite, wenn man diese ganze erbärmliche wilde Insel am äußersten Rand der Welt nicht beachtete und sich nur auf die Ziegelgebäude konzentrierte, dann kam es einem gerade so vor, als blickte man auf eine Straße in einem Neubauviertel von Manchester oder sonst einer modernen Großstadt.

Als sie sich dem Haus Nummer 17 näherten, blieb Mathinna plötzlich stehen und starrte zum Himmel hinauf, offenbar von einem namenlosen Schrecken erfasst. Der Protektor wollte schon an ihr vorbeieilen, da sah er das Omen, das die Eingeborenen am meisten fürchteten: Ein schwarzer Schwan, der Vogel, der die Seelen raubte, segelte heran in Richtung der Häuser.

Noch bevor er eintrat, schlug dem Protektor der starke Geruch von Sturmvogelfett und ungewaschenen Menschenleibern entgegen, und zugleich befiel ihn eine stumme, namenlose Angst, dass dieser ranzige Gestank etwas mit ihm, mit seinen Taten, seinen Überzeugungen zu tun hatte. Manchmal kam ihm der Gedanke, dass diese Menschen, die er so sehr liebte, die er vor räuberischen Überfällen der brutalsten unter den weißen Siedlern beschützt hatte – sie jagten die Eingeborenen und knallten sie völlig bedenkenlos, ja mit Lust, ab wie Kängurus –, dass diese Menschen, die er zum Licht Gottes geführt hatte, *seinetwegen* starben, dass er in irgendeiner Weise daran schuld war. Natürlich war das vollkommen abwegig, gegen alle Vernunft, es war unmöglich. Nur aus purer Erschöpfung konnte er auf diesen Gedanken verfallen. Und trotzdem wurde er ihn einfach nicht los. Er bekam dann jedes Mal Kopfweh, stechende Schmerzen direkt über den Augen, so schlimm, dass er sich hinlegen musste.

Bei den Obduktionen, die er durchführte, suchte er in ihren aufgeschlitzten Speiseröhren, in ihren ausgeweideten Bauchhöhlen, in ihren eitrigen Gedärmen und verschrumpelten Lungen nach Beweisen für seine Schuld oder Unschuld, fand aber keine. Er versuchte, den Gestank der Unmengen an Eiter, der ihm manchmal die einzige lebensfähige Substanz in ihren kaputten Eingeweiden zu sein schien, als Buße anzunehmen. Er versuchte, ihr Leid als seines zu verstehen, und an dem Tag, da er eine fingerdicke Schicht üppig wuchernden weißen Schimmels auf dem kraterartigen Geschwür sah, das sich von der Achselhöhle von Black Ajax bis fast zu seiner Hüfte erstreckte, und er prompt sein Mittagessen von sich gab, versuchte er sich einzureden, er begleiche damit eine geistliche Rechnung der allerhöchsten Notwendigkeit. Aber Kotzen beglich keine Schuld, und in seinem Innersten fürchtete der Protektor, dass seine Schuld niemals zu begleichen war. Tief in seinem Herzen fürchtete er, dass all das schreckliche Leid, das grauenhafte Sterben irgendwie von ihm kamen.

Er tat alles, was unter diesen Umständen möglich war, um sie zu retten – Gott wusste, dass er nichts, wirklich nichts unterließ –, sezierte gewissenhaft jede Leiche, um die Todesursache zu finden, stand mitten in der Nacht auf, um die Patienten mit Schröpfköpfen und Blutegeln und Zugpflastern zu behandeln oder sie, wie er es jetzt mit Mathinnas Vater tat, zur Ader zu lassen.

Der Protektor klappte sein Taschenmesser auf und machte Daumen und Zeigefinger nass, um das verkrustete Blut abzuwischen, das alles war, was noch an Wheezy Tom erinnerte. Den Patienten überlief ein Schaudern, als der Protektor das Messer am Handgelenk ansetzte. Er schnitt vorsichtig, nicht zu tief, wissenschaftlich exakt an der Stelle, wo er mit dem geringsten Schaden am meisten Blut abnehmen konnte.

Jeden Abend vor dem Schlafengehen, wenn er im Licht einer Kerze seinen Tagebucheintrag machte, suchte der Protektor nach Wörtern, die er passend zurichten konnte, so wie er in seinem früheren Leben manchmal Holz hatte biegen müssen. Er suchte nach einer Reihe von Wörtern, die sich dazu eignete, wie eine Art Abschlussleiste einen nicht näher beschreibbaren, doch gleichwohl äußerst peinlichen Fehler zuzudecken. Aber Wörter machten das Dunkel, das er empfand, nur noch schlimmer, sie deckten zu und erklärten nichts. Dann flüchtete er zum Gebet, zu Kirchenliedern, zu vertrauten Formeln und beruhigenden Rhythmen. Und manchmal hielten die heiligen Worte das Übel in Schach, und er wusste wieder, warum er Gott dankbar war, und auch, warum er den Herrn fürchtete.

In einer kleinen Fontäne schoss Blut hoch, spritzte dem Protektor ins Auge und lief dann seine Wange hinunter. Er setzte das Messer ab, trat zurück, wischte sich übers Gesicht und sah nieder auf den ausgemergelten Mann, der kaum hörbar ächzte. Der Protektor bewunderte seinen Stoizismus: Er ertrug den Aderlass wie ein Weißer.

King Romeo war früher ein lebhafter und freundlicher Mann gewesen, der Mann, der in den Fury River gesprungen war und ihn, den Protektor, gerettet hatte, als er bei dem Versuch, den reißenden Fluss zu durchqueren, weggespült worden war. Aber dieser Kranke mit den eingefallenen Wangen, den unnatürlich großen Augen und dem dünnen, glatten Haar hatte keine Ähnlichkeit mehr mit jenem Mann.

Der Protektor ließ das Blut eine gute Minute lang auslaufen und fing es, so gut es eben ging, mit einem großen Henkeltopf auf. King Romeo stöhnte leise. Die schwarzen Frauen, die auf dem Boden im Halbkreis um sein Lager herumsaßen, gaben ähnliche dunkle Klagelaute von sich. Der Protektor wusste, dass es ihnen sehr naheging.

Als er King Romeos Wunde verband, um die Blutung zu stillen, spürte er, wie nutzlos seine Behandlung war: Der Tod ließ sich nicht aufhalten. Panik stieg in dem Protektor auf. Er sah, dass King Romeo schwer atmete, und ihm wurde bewusst, dass der Aderlass sinnlos gewesen war, dass er dem Schwarzen hatte wehtun wollen, ihn für seine unheilbare Krankheit bestrafen, für alle diese unheilbaren Krankheiten, für ihr Versagen, dafür, dass sie ihm nicht ermöglicht hatten, sie zu heilen, sie zu zivilisieren, ihnen die Chance zu verschaffen, die niemand sonst ihnen geben wollte.

Murmelnd erklärte der Protektor, dass es nötig sei, das Gleichgewicht der inneren und äußeren pneumatischen Kräfte wiederherzustellen – nicht nur, um seinem Publikum deutlich zu machen, dass er sich, wie immer, in seinem Handeln von der richtigen Mischung aus wissenschaftlicher Vernunft und christlicher Barmherzigkeit leiten ließ, sondern auch zu seiner eigenen Beruhigung –, und packte King Romeos anderen Arm. Der Schwarze schrie auf vor Schmerz, als das Messer ihn ziemlich brutal stach.

Der Protektor ließ es bluten, bis er wieder ruhig wurde und King Romeos Haut sich klamm anfühlte, dann verband er die Wunde. Den Henkeltopf, der bis oben hin mit Blut gefüllt war, gab er einer der Schwarzen, die herumsaßen, und wies sie an, ihn draußen auszuleeren.

Der Protektor richtete sich auf, senkte den Kopf und begann zu singen.

»Führe mich, freundliches Licht; zeig du mir den Weg!«

Seine Stimme klang zittrig und schrill. Er schluckte, dann fuhr er tiefer, lauter und männlich entschlossen fort.

»Die Nacht ist dunkel, und ich bin fern von daheim; zeig du mir den Weg!«

Die schwarzen Frauen fielen recht misstönend ein, so jedenfalls dachte er zuerst, aber dann merkte er, dass sie lediglich den Rhythmus ihrer ächzenden Klage seinem Lied angepasst hatten.

»Gedenke nicht der Jahre, die vergangen sind!«, sang er aus vollem Hals, aber manchmal fiel es selbst ihm schwer, die vergangenen Jahre aus seinem Gedächtnis zu tilgen. Er brach mitten im Vers ab, die Frauen klagten weiter. Er krempelte seine Ärmel herunter, drehte sich um und sah erstaunt Mathinna, die ihn anstarrte, als wäre ihr plötzlich der Gedanke gekommen, er verfüge über Zauberkräfte und versuche sie zu ergründen, und als begänne sie zugleich, an seiner Zaubermacht zu zweifeln. Verunsichert suchte er nach neuen Versen, die seine Nerven beruhigen konnten.

»Jetzt kommt die Phase, in der King Romeos Atmungssystem zu seinem Gleichgewicht findet«, sagte der Protektor. »Dann geht es ihm besser ... in dem Maß, in dem das Blut ...«

Mathinna schaute auf ihre nackten Füße hinunter, und der Protektor folgte ihrem Blick, doch sofort befiel ihn ein Gefühl von Peinlichkeit, fast wie eine unerklärliche Scham, und er sah auf und weg und ging hinaus in die wohltuend kalte Meeresluft.

Er war zornig, und er verstand selbst nicht recht, wieso. Eigentlich war es nicht seine Sache, Kranke zu behandeln, aber der Arzt war vor einigen Wochen elend gestorben, und es konnte noch Monate dauern, bis der versprochene Ersatz eintraf. Und wenn auch der Protektor auf den alten Arzt wütend war, weil er an der Ruhr gestorben war, und auf den Gouverneur, weil er ihm nicht schneller einen Nachfolger schickte, war er doch zugleich stolz auf seine medizinischen Fähigkeiten: Er konnte Patienten zur Ader lassen und ihnen Zugpflaster auflegen und Klistiere verabreichen, er konnte Leichen sezieren und Obduktionsberichte verfassen, er, ein Laie, ein Zimmermann, konnte all das aus ureigener Kraft und Klugheit, er hatte es sich selbst beigebracht – ein Triumph der Selbstständigkeit.

Den Nachmittag widmete der Protektor einem besonders lohnenden Projekt, seinen Plänen für einen neuen, größeren Friedhof, der der hohen Mortalität in seiner Siedlung Rechnung tragen sollte. Gegen Abend ging er mit den Eingeborenen über den alten Friedhof und fragte sie nach den Namen der Bestatteten. Sie sträubten sich – offenbar hatten sie große Angst davor, die Namen von Toten auszusprechen –, und er schickte sie fort, verstimmt angesichts solcher Undankbarkeit.

Er war entschlossen, seine Begräbnisstätte rechtzeitig zum Besuch des Gouverneurs von Van Diemens Land, Sir John Franklin und seiner Gattin Lady Jane, fertigzustellen, die in einer Woche auf der Insel erwartet wurden. Wenn der kräftige Südwind weiter anhielt, würden die beiden sogar noch früher kommen. Sir John war ein Mann der Wissenschaft, einer der großen Entdecker seiner Epoche und überaus rührig; so erforschte er etwa die Wildnis Transsilvaniens im Westen der Insel, gründete wissenschaftliche Gesellschaften und sammelte Muscheln und Pflanzen für Kew Gardens.

Ja, dachte der Protektor, während er die Grenzen des Geländes abschritt, ein neuer Friedhof und eine deutliche Verbesserung des Kirchengesangs waren realistische und vernünftige Ziele, die man durchaus bis zum Besuch des Vizekönigs erreichen konnte. Mehr als auf alles andere war der Protektor stolz auf seinen Realismus.

Am Abend hielt er dann seinen Vortrag über Pneumatik vor den Offizieren, deren Angehörigen und den Eingeborenen. Sein Text umfasste mittlerweile einhundertvierundvierzig Seiten. Der Protektor fand, dass es ihm gut gelungen war, seine Beweisführung logisch zu untermauern und gelegentlich mit praktischen Beispielen zu illustrieren, etwa indem er eine Flasche über Dampf erhitzte und dann an die Öffnung ein gekochtes und geschältes Ei hielt, das langsam durch den Flaschenhals eingesaugt wurde.

Troilus lachte, als er das sah, und sagte laut: »Wybalenna

ist Flasche, Schwarze sind Ei«, womit er aber nur bewies, dass er nichts verstanden hatte.

Danach saß der Protektor noch bei Schinkensandwiches und einem Glas Wein mit den Offizieren zusammen. Um zu demonstrieren, dass er keinen Unterschied zwischen Schwarz und Weiß machte, trank er auch von dem Tee, der den Eingeborenen gereicht wurde und der ihnen, wie er dachte, sehr gut schmeckte.

Am nächsten Morgen fand man King Romeo tot in seinem Bett. Sein Ableben war, um die Wahrheit zu sagen, weder unerwartet noch ohne Beispiel, und als der Protektor hinging, um den Leichnam zu untersuchen, fühlte er, dass sich dort, wo früher nichts als Erbarmen gewesen war, Langeweile breitmachte. Eine Frau, mit der King Romeo ein Verhältnis angefangen hatte, nachdem er Witwer geworden war, befand sich in jenem übererregten Zustand, der bei den Eingeborenen normal war: Sie wehklagte wie eine Totenglocke, die ein Irrer läutet, ihr Gesicht war voller Blut von den Schnitten, die sie sich mit Glasscherben beigebracht hatte.

King Romeos Tochter dagegen schien es in eher christlichem Geist aufzunehmen. Ihre verhaltene Trauer ermutigte den Protektor zu der Hoffnung, sein Lebenswerk könnte doch mehr sein als nur ein Monument monströser Eitelkeit. Das Mädchen war so gefasst, dass er sich fragte, ob es nicht doch weit empfänglicher für zivilisierende Einflüsse war, als er angenommen hatte.

Sein Verweilen bei King Romeos Leichnam hatte zur Folge, dass er zu spät zum Unterricht kam, was ihn gegen den Toten aufbrachte, denn er wusste wohl, was die Kraft des Vorbilds vermochte. Wenn er, der Lehrer, es an Pünktlichkeit fehlen ließ oder sonst ein schlechtes Beispiel gab, wie konnte er dann von den Eingeborenen verlangen, dass sie sich besserten?

Tatsächlich missdeuteten die Schüler seine Verspätung als Zeichen gelockerter Disziplin und schwatzten und lachten unbekümmert weiter, während er zu ihnen sprach. Das machte ihn zornig, und statt den Tag mit dem Katechismus zu beginnen, überschüttete er seine Klasse mit bitteren Reden. Hatte er jemals ihr Vertrauen enttäuscht? Hatte er ihnen nicht gute, warme, solide Häuser aus Ziegel geschenkt? Gute Kleidung? Nahrung im Überfluss? Sorgte er nicht auch für ihre Toten, hatte er nicht einen Plan ersonnen, Ordnung zu schaffen unter ihnen und an jedem Grab Zeichen anzubringen, damit man wusste, wer wo beerdigt war?

Nach einer leichten Mittagsmahlzeit, bestehend aus ein paar Sturmtauchern und Brot, ging er zu der Hütte, in der er chirurgische Eingriffe und Obduktionen vornahm. Auf einem langen Tisch aus Kiefernholz lag die Leiche von King Romeo. Später fasste er die gewonnenen Erkenntnisse so zusammen:

Gestorben an allgemeinem Verfall natürlichen Ursprungs: Die Lunge haftete so fest am Brustfell, dass es einiger Gewalt bedurfte, sie zu lösen; die Brusthöhle enthielt eine große Menge Flüssigkeit. Krankes Lungengewebe, die Milz und die Urethra samt Anhängseln wurden entnommen und werden nach Hobarton zu Dr. Arthur zur Untersuchung geschickt. Er war ein interessanter Mann.

Am Ende der Sektion nahm der Protektor aus einem Holzkasten eine Fleischersäge, die er immer scharf geschliffen hielt und nur zu einem einzigen Zweck verwendete. Er schätzte den Griff aus geriffeltem Ebenholz, an dem die Hand, auch wenn sie nass war, guten Halt fand, sodass man sauber und ordentlich damit arbeiten konnte.

Er wollte eben damit beginnen, als es an der Tür klopfte. Er öffnete und sah die Eingeborene Aphrodite draußen stehen, die ihn anflehte, schnell zu ihrem Haus zu kommen, ihr Mann Troilus habe einen Anfall. Der Protektor sprach in allerfreundlichstem Ton mit ihr, in erbarmungsvollem Ton, fand er. Er sagte ihr, sie solle zu ihrem Mann zurückgehen, er, der Protektor, werde bald kommen, um ihm beizustehen. Er schloss die Tür und trat wieder an die Leiche. Er setzte die Säge sorgsam am Nacken an.

War er Gott geworden? Er wusste es nicht mehr. Das Sterben ging immer weiter. Er war umgeben von Leichen, Schädeln, Autopsieprotokollen, Plänen für die Kapelle und den Friedhof. Seine Träume waren voll von den Tänzen und Liedern der Eingeborenen, von der Schönheit ihrer Dörfer, dem Rauschen ihrer Flüsse, voll von Erinnerungen an Liebenswürdigkeiten, die sie ihm erwiesen hatten, und doch hörte das Sterben nicht auf, und nichts, was er tat, vermochte etwas daran zu ändern. Sie starben und starben, und er, der in ihrer alten Welt gelebt hatte und unermüdlich daran arbeitete, diese neue zivilisierte, christliche, englische Welt zu vervollkommnen, er war ihr Beschützer, und trotzdem starben sie. Wenn er Gott war, was für ein Gott war er?

Er zeichnete mit der Säge exakt eine rote Linie in die

Haut, dann brachte er mit langen, kräftigen Schnitten, wie es sich für einen tüchtigen Handwerker gehört, die Sache zu Ende. Sechsmal – er zählte mit – fuhr die Säge durch Fleisch und Knochen, dann war King Romeos Kopf abgeschnitten. Trotz aller Vorsicht musste der Protektor zu seinem Ärger feststellen, dass seine Hände schmierig waren von Blut.

4

Wenn es stimmte, was sie gehört hatte, war der Mann schon auf dem absteigenden Ast. Lord Macaulay hatte ihr gesagt, sein neuester Roman sei einfach nur verbohrter Sozialismus, die Handlung unglaubwürdig und die platten politischen Parolen machten das Ganze vollends ungenießbar. Sie selbst hatte das Buch nicht gelesen; sie mochte keine Unterhaltungsliteratur und hielt sich an die Klassiker. Er war kein Unsterblicher wie Thackeray.

Lady Jane hob die Teekanne, beugte sich etwas nach vorn und musterte den Mann. Er war klein und wirkte über seine Jahre hinaus gealtert. Sein Haar, das er immer noch modisch lang trug, wurde schon dünn und grau, es umrahmte ein hageres, zerfurchtes Gesicht. Möglicherweise, dachte sie, ist die eigentlich interessante Frage nicht so sehr, ob das Werk den Mann, als vielmehr, wie lange er noch sein Werk überleben wird. Aber wie auch immer, vorerst jedenfalls blieb er der beliebteste Autor der Nation. Solange er noch am Leben war, konnte er, wenn er seine Stimme erhob, Einfluss auf das Handeln von Regierungen nehmen. Und solange er atmete, war er der beste Verbündete, den sie gewinnen konnte.

»Noch Tee?«, fragte sie.

Er nickte lächelnd. Sie bemühte sich, nicht auf die Finger

zu achten, die ihr Tasse und Untertasse hinhielten – dicke, kurze Finger, die besser zu einem Seemann als zu einem Schriftsteller passten –, sie ebenso zu ignorieren wie die viel zu auffällige Kleidung, das Übermaß an Schmuck und die Art, sie mit den Augen zu verschlingen, so gierig, wie er vorher den Mohnkuchen in sich hineingestopft hatte, von dem noch gelbe Krümel und schwarze Samenkörner an seinen Lippen hingen. Er erinnerte sie an einen Einsiedlerkrebs, der sie aus der Deckung seiner schreiend bunten Schale heraus anstarrte. Das alles zusammen hätte sie fast abstoßend unangenehm berühren können, wenn dieser Mann nicht der gewesen wäre, der er tatsächlich war. Und nur darauf kam es an.

»Milch, Mr Dickens?«

So kam es, dass sie ihm an diesem Wintermorgen in London ihre Geschichte erzählte, auf Hochglanz poliert und spiegelglatt geschliffen in tausend Wiederholungen, die Geschichte einer Expedition, eines Unternehmens, das zu wagen allein der englische Geist in seiner ganzen Großartigkeit sich vermessen konnte: hinzufahren, wo noch nie jemand gewesen war, am äußersten Rand der Welt den Seeweg zu finden, von dem man seit Jahrhunderten immer nur geträumt hatte, die sagenhafte Nordwestpassage durchs arktische Eis.

Obwohl Dickens vieles davon bereits kannte – wer nicht? –, hörte er geduldig zu. Lady Jane sprach von den zwei herrlichen Schiffen, der *Terror* und der *Erebus,* die man nach der Rückkehr von ihrer berühmten Antarktisreise mit den allerneuesten Wundern der Technik ausgerüstet hatte, mit Dampfmaschinen und Antriebsschrauben, die bei Bedarf weggeklappt werden konnten, mit Kupferverkleidung und Dampfheizung – sogar eine dampfbetriebene Orgel gab es, die automatisch populäre Weisen spielte. Dank einer bemerkenswerten neuen Erfindung konnte man Unmengen von Proviant mitnehmen, konserviert in Tausenden von Blechdosen. Und sie verstand es, jedes Detail der Expedition, der teuersten und spektakulärsten, die je von der Royal Navy ausgeschickt worden war, interessant, ja geradezu fesselnd zu schildern.

Aber am längsten verweilte sie bei den Offizieren und Seeleuten – lauter außerordentliche Männer, das Beste, was England zu bieten hatte, darunter der große Captain Crozier, der schon eine Forschungsreise in die Antarktis mitgemacht hatte, und schließlich der Leiter des Unternehmens, ihr Ehemann Sir John Franklin. Sie sprach von seinem unbeugsamen Charakter, seinem bei aller Sanftheit eisenharten Willen, seinen bemerkenswerten Führungsqualitäten, von den Leistungen, die er voller Heldenmut im Dienst der Polarforschung erbracht hatte, er, der in seiner Person alle Tugend und Größe der englischen Kultur verkörperte. Und man hatte weder von ihm noch von einem seiner hundertneunundzwanzig Männer jemals etwas gehört, seit sie vor neun Jahren in die arktischen Gewässer ausgefahren waren.

»Ist es ein Wunder, wenn dieses Rätsel, wo sie geblieben sein mögen, die zivilisierte Welt nach wie vor in Atem hält?«, fragte Lady Jane, etwas irritiert von dem saugenden Geräusch, das Dickens in selbstvergessener Konzentration von sich gab. »Wie ist es möglich, dass so viele außergewöhnliche Männer so lange Zeit spurlos vom Angesicht der Erde verschwunden bleiben?«

Als er da in seinem Sessel saß, hatte er plötzlich eine Vision, die er nicht mehr loswerden sollte, zugleich ein Talisman, ein Mysterium, eine Erklärung, ein wegweisender Magnet: das eingefrorene Schiff, in einem unnatürlichen Winkel schräg überhängend, hochgehoben und gekippt von der Gewalt des Eises, das hinter den schiefen Masten in ungeheuren weißen Mauern aufragte, das Glitzern des Mondlichts auf endlosem Schnee, das trostlose Stöhnen Sterbender, das über die windgepeitschte weiße Fläche hallte. Eine seltsame halluzinatorische Gabe bewirkte, dass Dickens sich in Eisschollen und fallendem Schnee wiedererkannte; es war ein sehr sonderbares Gefühl: als ob er selbst eine grenzenlos weite gefrorene Welt wäre, die auf eine unmögliche Erlösung wartete.

Er versuchte, sich von dieser schrecklichen Vision frei zu machen. »Größe, wie sie Sir John eigen ist, gibt es nur einmal in jeder Epoche«, sagte er. »Magellan, Kolumbus, Franklin, solche Männer verschwinden nicht spurlos, weder vom Angesicht der Erde noch aus der Geschichte.«

Lady Jane Franklin hatte viele Bekannte und Mundgeruch, sie war in manchen Kreisen gefürchtet. Warum sie gleichwohl in der Gesellschaft Triumphe feiern konnte, blieb ein Geheimnis. Man sagte ihr berückenden Charme nach, aber Dickens konnte an diesem Morgen nichts dergleichen entdecken. Sie trug nicht Schwarz wie eine Witwe, sondern ein rot-grünes Kleid, an einem Kettchen hing vor ihrer Brust ein Medaillon mit einem Bildnis von Sir John in schimmernd weißem Wedgwood-Porzellan. Der Anblick berührte Dickens seltsam – Sir John sah aus wie ein Mann aus Eis.

»Mit diesem knallbunten Kleid kam sie mir eher wie ein Flaggenmatrose als wie eine große Dame vor«, berichtete er später seinem Freund Wilkie Collins. »Es war, als signalisierte sie der Admiralität und den Damen der Gesellschaft immerfort diesen einen Text: Mein Gatte ist nicht tot! Ich weiß nicht«, fügte er nachdenklich hinzu, »ob es eher von Geschmacklosigkeit oder von geradezu übermenschlicher Treue zeugt, wenn jemand so seine Gattenliebe demonstriert.«

Wie auch immer, ihre Botschaft schien doch niemanden kaltzulassen, das musste auch Dickens zugeben. Sie erzählte ihm, dass sie mit den allerhöchsten Persönlichkeiten nicht allein Englands, sondern der ganzen Welt korrespondierte. Alle möglichen großen Männer, vom Zaren in Moskau bis zum amerikanischen Eisenbahnkrösus, hatten Rettungsexpeditionen ausgeschickt, aber niemand hatte die Verschollenen gefunden.

Gleichwohl hielt Lady Jane unbeirrt an ihrer Liebe fest und an ihrer Weigerung, das Rätsel als eine Tragödie aufzufassen. Nichts hatte je eine Frau in den Augen der englischen Öffentlichkeit mehr erhöht als ihre Entschlossenheit, nicht vor Gram niederzusinken. Und obwohl ihr Mann vor neun Jahren fortgesegelt war – mit Proviant für drei Jahre und fast genauso viel Trara –, gab die englische Öffentlichkeit, die, wie Dickens wohl wusste, auch die ungeheuerlichsten Zufälle nur zu gerne wahrhaben wollte, ihr recht. Für die Engländer war es völlig undenkbar, dass Sir John – ein großer Engländer, umgeben von mehr englisch unverwüstlicher Tüchtigkeit als je ein anderer Entdecker – in einer Gegend zugrunde gehen sollte, wo selbst Wilde überleben konnten.

»Und jetzt dies«, sagte Lady Jane in einem Ton, als wäre ihre Stimme zu arktischem Eis geworden. Sie reichte Dickens eine zusammengefaltete Zeitung, die sie aus einer Schublade genommen hatte. »Sie haben es sicher auch gelesen.«

Nein, hatte er nicht, aber er hatte natürlich davon gehört. Die Zeitung war *The Illustrated London News,* und ein Artikel war mit grüner Tinte angestrichen. Es war der Bericht des renommierten Polarforschers Dr. John Rae von den spektakulären und grausigen Entdeckungen, die er im hohen Norden gemacht hatte. Die schreckliche Nachricht hatte sich wie ein Lauffeuer in London verbreitet, sie hatte ganz Europa in Staunen versetzt und das Empire schockiert.

Nach all dem, was Dr. Rae bezeugt und an Funden vorgelegt habe – kaputte Taschenuhren, Kompasse, Fernrohre, ein Chirurgenskalpell, die Medaille eines Verdienstordens, etliche silberne Gabeln und Löffel mit dem Wappenzeichen von Sir John Franklin und einen kleinen Silberteller mit der eingravierten Inschrift »Sir John Franklin K. C. H.« –, fuhr Lady Jane fort, erscheine es immerhin als eine schreckliche Möglichkeit, dass die Expedition ein überaus tragisches Ende genommen habe. Sie müsse zugeben, dass die Möglichkeit nicht von der Hand zu weisen sei. Sie schließe es nicht kategorisch aus – aber es bleibe doch, bis der unwiderlegbare Beweis erbracht sei, nur eine Möglichkeit.

Dickens, selbst ein alter Zeitungsmacher, hatte immer gefunden, dass Zeitungsartikel lediglich eine wenig befriedigende Form von Belletristik waren. Er überflog die ersten Spalten. Darin wurde erzählt, wie Dr. Rae nach vielen

Abenteuern eines Tages Eskimos begegnete und bei ihnen verschiedene Dinge sah, die offensichtlich aus Franklins Expeditionsausrüstung stammten. Nach langen, sehr behutsam durchgeführten Befragungen setzte er das, was er erfahren hatte, zu einer grausigen Geschichte zusammen. Dickens' Blick verharrte bei einer Passage, die durch eine zitternde grüne Linie am Rand hervorgehoben war. Es war der einzige Absatz, den er wirklich aufmerksam las.

»Aber das«, sagte Lady Jane schließlich, »ist nicht möglich. Das ist unerträglich.«

Es war erstaunlich.

»Aus dem verstümmelten Zustand vieler Leichname und dem Inhalt von Töpfen«, las Dickens noch einmal und bewunderte insgeheim den Autor für die großartige Idee, die Töpfe zu erwähnen, *»ist zu schließen, dass unsere unglücklichen Landsleute zum letzten fürchterlichen Mittel, ihr Leben zu fristen, getrieben wurden – Kannibalismus.«*

»Das ist eine Lüge«, sagte Lady Jane. »Kompletter Unsinn. Um eines Sensationseffektes willen beschmutzen sie das Andenken der größten aller Engländer!«

Dickens gab ihr die Zeitung zurück. Er musterte sie aufmerksam.

»Wenn mein Mann umgekommen ist, bin ich es ihm schuldig, seine Ehre gegen solche verleumderischen Vorwürfe zu verteidigen. Und wenn er noch am Leben ist, wie könnte ich, falls Dr. Raes Behauptungen Glauben finden, weiter in der breiten Öffentlichkeit oder bei einzelnen großen Männern dafür werben, ihn zu suchen?«

Und erst jetzt wurde Dickens klar, dass sie ihn einzig und allein deswegen herbestellt hatte, um ihn als Verbündeten im Kampf gegen Dr. Rae zu gewinnen. Lady Jane wollte, dass er dem Gerücht, Sir John habe seine Kameraden aufgegessen, ein Ende setzte. Na ja, dachte Dickens, während er ihr mit ernster Miene zuhörte, irgendwas *muss* der Mensch essen, erst recht so ein Koloss wie Franklin.

»Verstehen Sie, Mr Dickens, was das bedeutet?«

»Ja, natürlich, Lady Jane.«

Ja, er verstand es. Diese berühmte Frau bat ihn um Hilfe. Er, der als Sohn eines Mannes, der im Schuldgefängnis gesessen hatte, wusste, was Schande war, der einst in einer Fabrik Etiketten auf Schuhcremedosen geklebt hatte, er, ein Schreiberling, ein Glücksritter, hatte es zu etwas gebracht. Er hatte alles erreicht, und Lady Jane bewies es ihm mit jedem Wort, das sie sprach: Eine prominente Dame der besten Gesellschaft, eine Adelige, bat ihn um etwas, das selbst die Großen der Welt nicht besaßen. Er, der Sohn des Schuldners, sollte Gläubiger sein.

»Kann man seinem Zeugnis trauen?«, fragte sie.

»Kann man die schlaue Spekulation einer Ratte ein beweiskräftiges Zeugnis nennen?«

»Genau«, sagte Lady Jane verblüfft, »genau das ist es.« Sie stockte, abgelenkt von einem verhuschten Gedanken, der ihr durch den Kopf geschossen war, dann fuhr sie fort in einem Ton, als rezitierte sie etwas, das sie vor langer Zeit unter schweren Mühen auswendig gelernt hatte. »Ja, Ratten sind schlau«, sagte sie langsam, »aber wir dürfen nicht glauben, dass solche Rattenschlauheit aus einem Geschöpf einen gebildeten, zivilisierten *Menschen* macht. Solange sie dafür belohnt werden, *verstellen* sie sich. Aber das beweist nur, dass sie zu krassem Betrug fähig sind, und …«

Lady Jane wurde plötzlich so von ihren Emotionen überwältigt, dass sie ins Stammeln geriet. Dickens, der annahm, sie bewege der Schmerz um ihren Mann, war gerührt von ihrer Gefühlsäußerung, die ohne Zweifel echter war als alles, was sie bis dahin zur Schau gestellt hatte. Er fand es etwas weltfremd, ja sogar lächerlich, wie sie ihren Mann zu einer solchen Lichtgestalt stilisierte. Etwas in ihm verachtete solchen Unsinn. Aber ein anderer Teil von ihm wollte es ihr gleichtun, wollte gemeinsam mit ihr all die Lecks, durch die das Wasser eindrang, zustopfen, diese unwahrscheinliche Geschichte von englischer Größe und englischer Tugend vor dem Untergang retten und ihr zu neuem Glanz verhelfen.

»Ich habe getan, was ich …« Sie brach mitten im Satz ab, denn ihr war plötzlich, als zupfte jemand, als zupfte etwas an ihrem Rock. Sie drehte den Kopf in der Erwartung, ein kleines Mädchen in einem roten Kleid zu sehen, aber da war niemand. Eine Freundin hatte ihr vor einigen Jahren aus Van Diemens Land geschrieben und ihr berichtet, was aus Mathinna geworden war.

Lady Jane wäre am liebsten aufgesprungen und weggerannt, sie wünschte sich, jemand, irgendjemand, würde sie waschen und ihr beruhigend zureden, sie trösten. Sie wünschte sich, jemand würde sie halten, sie würde spüren, wie jemand an ihrem Rock zupfte. Sie sah rote Kleider, aus denen Papageien, Ringbeutler, Schlangen schlüpften. Als sie jung war, hatte sie sich gewünscht, alle würden sie lieb und nett finden. Sie war nicht lieb und nett. Wie tief war sie gesunken seitdem. Sie dachte daran, wie sanft diese dunklen Augen gewesen waren, sah wieder, was sie damals so erbost hatte und sie jetzt so rührte, diese nackten Füße.

»Ihr Schicksal«, so hatte jene Freundin in dem Brief geschrieben, »nimmt seinen Lauf, den man mit aller Güte und Freundlichkeit nur unterbrechen, aber niemals ändern kann.«

Ich bin so allein, dachte sie. Diese nackten schwarzen Füße. Sie hatte den Brief verbrannt und dann etwas ganz Untypisches getan. Sie hatte geweint.

Lady Jane schaute auf. Ihr Kopf zügelte ihr unbesonnenes Herz, das ihr einmal vor langer Zeit solchen Kummer bereitet hatte. Obwohl sie fürchtete, der große Schriftsteller könnte sie alt und widerwärtig finden, wollte sie etwas sagen, das vernünftig klang.

»Ich habe solche Leute kennengelernt«, sagte sie endlich. Ihre Stimme wurde sonderbar streng. »Keine Eskimos, aber es waren auch Wilde. In Van Diemens Land …«

Dickens unterbrach sie. »Kannibalen?«, fragte er.

Lady Jane musste daran denken, wie sie dieses schmutzige Kind zum letzten Mal gesehen hatte, allein in dem verwahrlosten, verdreckten Hof. Ein Schmerz packte sie, eine schreckliche Vergeltung, die sie nur entfernt wahrnahm, eine rächende Gewalt, die sie vielleicht verschlingen konnte, wie das Eis ihren Mann verschlungen hatte. Sie zwang sich wieder zu einem Lächeln.

»Ihr Mann«, sagte Dickens. »Ich kann natürlich nur ganz entfernt mitfühlen, wie schrecklich Sie …«

»Nein. Es ist nicht …« Sie brach ab. Ihr war, als stiege ihr der Geruch von nassem Sandstein in die Nase. »Es ist schwierig …«, sagte sie – aber was redete sie da eigentlich?

Trotzdem machte sie weiter, versuchte, Glauben und Sicherheit aus Wörtern zu ziehen, die sich vertraut anfühlten. »Es ist unmöglich, das wahre Wesen von Wilden, welcher Rasse auch immer, aus ihrem Verhalten dem weißen Mann gegenüber zu erkennen, solange dieser stark und überlegen ist.«

»Ich für meinen Teil«, sagte Dickens lächelnd, »habe noch nie an den edlen Wilden geglaubt.«

»Natürlich sind solche Dinge nicht ohne Beispiel, selbst unter Weißen. In Van Diemens Land gab es Fälle, wo entflohene Sträflinge in der Not einander auffraßen. Aber das waren gemeine Verbrecher ohne jede Religion, hundertmal schlechter als noch so barbarische Heiden, weil sie vom Glauben abgefallen waren. Wissen Sie, Mr Dickens, was die Wilden von der Zivilisation trennt, ist …«

Aber wie oft hatte sie dergleichen schon gesagt? Irgendetwas kam ihr plötzlich falsch vor – ihre Argumentation oder ihre Erinnerungen oder ihr früheres Verhalten. Sie fühlte sich ungewohnt schwach und verloren, doch Dickens kam ihr zu Hilfe.

»Was sie trennt, Ma'am, ist jene Kluft zwischen Begehren und Vernunft, die wir Zivilisierten überwinden.« Er hatte natürlich nicht vor, ihr zu verraten, dass sein ganzes Leben als Lehrbeispiel dafür dienen konnte, wie man die Leidenschaften der Kontrolle der Vernunft unterwirft, ja, dass es nur dieser Selbstdisziplin zu verdanken war, wenn er jetzt hier saß.

»Ich kann denen nicht ganz zustimmen, die annehmen, es sei eine Sache des wissenschaftlichen Fortschritts«, sagte Lady Jane. »Ich glaube, es hat eher mit dem Geist zu tun, der uns beseelt.«

Sie stand auf, trat an einen Glasschrank und nahm ein hölzernes Kästchen heraus. Sie stellte es auf das Mahagonitischchen zwischen sich und Dickens und klappte den Deckel auf. Darin lagen, auf roten Filz gebettet, einige zusammengefaltete Briefe und ein gelblich schimmernder Schädel.

»Er hat einem König der Wilden von Van Diemens Land gehört, Mr Dickens. Ich habe ihn etlichen Professoren und anderen Leuten, die etwas von Phrenologie verstehen, gezeigt. Um sie auf die Probe zu stellen, sagte ich ihnen nicht, wem dieser Schädel gehört hat. Einige fanden bei ihrer Untersuchung untrügliche Zeichen von edler Größe, andere von Degeneration. In gewisser Weise hatten beide recht.«

»Der Sträfling, der Eskimo, der Wilde sind Sklaven ihrer Leidenschaften«, sagte Dickens und klappte den Deckel zu, »ganz egal, wie der Knochen aussieht, der ihre Gehirne umschließt.« Er hob die Hand zu einer emphatischen Geste, als stünde er auf einer Bühne. »Ein Mann von zivilisierter Denkungsart und christlicher Gesinnung wie Sir John ist frei.«

»Genau«, sagte Lady Jane.

»Was den edlen Wilden betrifft, so mag der von mir denken, was er will, ich für meinen Teil will nichts mit ihm zu tun haben. Soll er seinen Bruder in den Kochtopf stecken oder sich wie ein Seehund kleiden, mir ist es gleichgültig. Er kann sich von mir aus jeder beliebigen Leidenschaft hingeben, aber wenn er es tut, ist er eben deswegen ein Wilder und nichts anderes, ein blutdürstiges wildes Tier, das sein Vergnügen an Geschichten findet, die im besten Fall lächerlich und im schlimmsten erlogen sind.«

»Erlogen, Mr Dickens?«

»Allerdings, Lady Jane. Schreckliche, erbärmliche, widerwärtige, seitenverdrehende Lügen. Wir haben es mit einer Rasse von Räubern, Mördern und Menschenfressern zu tun, die uns versichern, die besten Vertreter unserer Nation hätten sich in Räuber, Mörder und Menschenfresser verwandelt – was für eine merkwürdige Übereinstimmung!«

»Sie haben Beweise vorgelegt, Mr Dickens«, wandte Lady Jane ein.

»Mörderische Räuber legen Indizien vor, die mörderische Räuberei beweisen sollen – und was tun wir?« Dickens hob die *Illustrated London News* und wedelte verächtlich damit wie ein Abgeordneter mit einem Gesetzesentwurf, den er zur Ablehnung empfiehlt. Sein triumphierendes Lächeln war genau kalkuliert. »Wir veröffentlichen treu und brav die Geschichte, die uns diese Unschuldsknaben erzählt haben!«

Später, als er ihre mit Altersflecken gesprenkelte Hand küsste, fragte ihn Lady Jane, ob es wirklich in seiner Macht stehe, die Glaubwürdigkeit eines solchen Artikels zu erschüttern.

»Ich weiß nur, dass ich Ihnen unerschütterlich ergeben bin«, antwortete Dickens heiter.

Aber als die Tür von Lady Janes Haus sich hinter ihm schloss und er in den düsteren Vormittag blickte, tanzten vor ihm dicke Rußflocken wie schwarzer Schnee, und nichts mehr schien heiter. Er fuhr von der Pall Mall mit einer Droschke nach Hause. Schlamm und Straßenkot waren dick und tief und Hunde und Pferde so verdreckt, dass man denken konnte, sie bestünden aus nichts als diesem Stoff. Menschen tauchten aus dem schmutzig grauen Nebel auf und verschwanden wieder wie Moorgespenster, wie Spukgestalten, schmuddelige Lumpen vor den Gesichtern, um sich vor den Choleradünsten zu schützen, denen im vergangenen Monat sechshundert Personen zum Opfer gefallen waren. Ganz London schien nur Gestank und Schwärze zu sein, Schwärze in der Luft und in den Augen, Schwärze selbst in seiner Seele, die darum bettelte, wieder weiß sein zu dürfen, während er heimfuhr zu seiner Familie.

Die Familie war natürlich das Wichtigste überhaupt zu der Zeit jenes Morgens im Jahr 1854 – die Familie als solche, sei sie glücklich oder unglücklich –, über alle Grenzen von Klassen, Wohnvierteln und Regionen hinweg hatte die Familie ihren Einzug gehalten wie die Dampflokomotive, unerwartet, aber unwiderstehlich. Jeder musste jetzt ein Familienmensch sein, alle mussten dieser Institution ihren Tribut entrichten, die junge Königin und ihr Prinzgemahl genauso wie der ärmste Fabrikarbeiter. Wie immer in Zeiten der Hochkonjunktur boten sich auch jetzt besondere Möglichkeiten, und so wie es Leute gab, die mit Eisenbahnaktien spekulierten, gab es auch Familienspekulanten. Wenige waren so kühn und erfolgreich gewesen wie Lady Jane, die Mustergattin, und Dickens, der Barde, der das Hohelied der Familie sang. Aber das Familienleben zu preisen war eine Sache, es zu praktizieren war, wie Dickens erfahren hatte, eine ganz andere.

Weil es andauernd in Strömen geregnet hatte und er oft düsterer Stimmung gewesen war, weil ihn wie ein Schatten ständig etwas begleitete, das dem Gefühl des Scheiterns und Versagens allzu nahe kam, weil er nach Licht dürstete und den Drang verspürte, sich selbst zu beweisen, dass er immer noch in allen Dingen raumgreifend vorwärtsschritt, weil ihn fror und die Kälte immer schlimmer wurde, machte er seiner Frau Catherine an diesem Abend den Vorschlag, im folgenden Monat nach Italien zu reisen. Aber sie wollte nicht: Die Kinder hatten allerlei Verpflichtungen, die sie in London festhielten, und sie selbst war nach zehn Geburten nicht in so guter gesundheitlicher Verfassung, dass sie Lust gehabt hätte, eine so lange Reise zu unternehmen.

Dann, nachdem er eine, wie er fand, ganz harmlose Bemerkung über ihr Gewicht gemacht hatte – er hatte einfach nur wahrheitsgemäß eine Tatsache konstatiert –, war Catherine abrupt aufgestanden und hinausgegangen. Seiner Tochter Katy zufolge, die kurze Zeit später ins Zimmer gestürzt war, voller Zorn auf ihn, auf sie, auf dieses ganze abscheuliche Haus, das sie zusammen mit ihren Geschwistern, Dienstboten, Hunden und Vögeln bewohnen musste, war die Mutter zu Bett gegangen.

Zu Bett!, dachte Dickens und wandte sich von Katy ab. Jedes Mal wenn sie sich stritten, immer und immer wieder, ging sie zu Bett, wo sie sich in einen heftig bebenden und erstickt schluchzenden Berg aus Daunendecken verwandelte. Das letzte Mal hatte er ihr Vorhaltungen gemacht, hatte auf sie eingeredet, sich entschuldigt, war schließlich so kühn geworden, dass er versuchte, über ihre Stirn, ihre Wangen, ihre Lippen zu streicheln, aber sie war zurückgewichen, als schnappte ein tollwütiger Hund nach ihr. Dieses Mal ließ er es sein. Er überlegte eine Weile und kam zu der Erkenntnis, dass er nichts tun konnte, dass etwas zerbrochen war, das, was immer er auch sagen oder tun mochte, nicht repariert werden konnte.

Ihm war wohl bewusst, dass alle Bewohner des Hauses das als schmerzlich empfanden, eines Hauses, das nichts als Streit auszubrüten schien, Streit zwischen Brüdern und Schwestern, zwischen Älteren und Jüngeren, zwischen Hausfrau und Dienstboten – ein unseliger Geist schuf Krieg im ganzen Haus, selbst die Möbel schienen den Wänden zu grollen. Das Elend wollte kein Ende nehmen, das Hauen und Stechen ging immer weiter. Aber an diesem Abend stritt er nicht mit seiner Frau, sondern musste gedemütigt einsehen, dass er nicht einmal mehr genügend Leidenschaft aufbrachte, um den Streit fortzusetzen.

Statt zu ihr zu gehen, zog er seinen Mantel an. Vor langer Zeit war er vor sich selbst zu Catherine geflohen, jetzt floh er vor Catherine zu sich selbst. Er hatte sie gebraucht und sich in ihr verschanzt, um sich vor alledem zu schützen, was ihm im Kopf herumging, vor dem, was er jetzt durch ruhelose Aktivität außer Haus in Schach hielt. Man sagte, er habe sich nach oben geheiratet, aber kein Zyniker ist letztlich ganz zynisch, und Dickens hatte Catherine wirklich geliebt. Jetzt verursachte ihm schon ihre bloße Anwesenheit einen unnennbaren Schmerz. Jetzt wanderte er lieber bis nach Land's End und zurück, als die Nacht im Bett mit seiner Frau zu verbringen.

Er konnte ihr Elend und ihre Teilnahmslosigkeit nicht ertragen. Er konnte ihr nicht verzeihen, dass sie sich von den geheiligten Pflichten einer Ehefrau und Mutter in eine Lethargie zurückzog, die sich mit jeder Geburt – doch wohl ein Anlass zur Freude und nicht zum Trübsinn – verschlimmerte, dass sie mit jedem Tag, der verging, immer fetter und stumpfer wurde. Warum bombardierte sie ihn mit allen schweren Geschossen, die im häuslichen Leben zur Verfügung stehen – die bittere Nebenbemerkung, die herrische Vereinnahmung, der plötzliche bitterböse, bewusst verachtungsvolle Blick –, und warum vergalt er es ihr mit Kleinlichkeit, mit Wutausbrüchen, mit Abwesenheit? Je schlimmer es wurde, desto weniger verstand er es, und je weiter sie sich zurückzog und je mehr Gelände sie preisgab, desto mehr war er davon überzeugt, dass alles ihre Schuld war. Konnte es zwei Seelen geben, die weniger zueinanderpassten?

Seine Gedanken wandelten sich wie *Erebus* und *Terror,* die vom Eis hochgehoben und auf die Seite geworfen wurden. Ihre Masten ragten schräg über die gefrorene Meeresfläche, der Wind ließ die Takelage, von der Eiszapfen hingen, klagend ächzen. Und das Eis und die Kälte und der Klagegesang waren alle er selbst, und zugleich war er darin begraben. War nicht seine zwanzigjährige Ehe eine Nordwestpassage, ein Mythos, unbekannt und unerforschbar, ein zugefrorener Wasserweg zur Liebe, immer vor seinen Augen und doch unpassierbar?

Und so entschloss er sich, auszugehen und, wie so oft in letzter Zeit, die Nacht mit Spazierengehen zuzubringen. Gehen war sein Überdruckventil, das er brauchte, um Dampf abzulassen, damit er nicht explodierte. Er sah umher, dachte nach, improvisierte kleine Szenen, probierte Monologe und Dialoge und erfand Romanhandlungen, während er Meile um Meile wanderte, immer tiefer in das geheimnisvolle Labyrinth der größten Stadt der Welt. Und während er den Radau, die Schreie, den Gestank der Elendsquartiere in sich aufnahm, schritt er stetig dahin, rührte die trübe Kloakenbrühe des gewöhnlichen Lebens, die ihm zufloss, in seinem Alchimistenkopf und verwandelte sie in das pure Gold seiner Kunst.

Früher einmal hatte er es voller Lust genossen, zu beobachten, nachzuspielen, zu erinnern, die Unmenge der Eindrücke und Reize zu einem Ganzen zu komponieren, das so großartig und dreckig war wie die Straßen, durch die er wanderte, immer in dem Bewusstsein, dass nichts belangloser Zufall war, dass alles, was passierte, einen Grund hatte. Aber jetzt waren alle Dinge um ihn herum nur trostlos und öde.

Da waren die »kleinen Strandschnecken«, wie Wilkie Collins die leichten Mädchen nannte, die sich anboten, wenn er mit seinem Freund um die Häuser im Theaterviertel zog, und obwohl das und alles Übrige ihm eigentlich hätte genügen können, reichte es doch irgendwie – er wusste nicht, woran das lag – nicht mehr. Sosehr er sich auch bemühte, den gefährlichen, undisziplinierten Gedanken zu unterdrücken, wollte er doch mehr – aber was er wollte, konnte er nicht sagen.

Er fühlte, dass ein Vorhang fiel und eine andere Welt verschloss, die er ein paar Jahre lang in seiner Jugend öfter besucht hatte, eine Karnevalswelt, umgeben von einem Ring aus strahlend hellem Licht, ein Zirkuszelt, zu dem er eine Zeit lang Zugang gehabt hatte, in dem er dann noch für eine kürzere Zeit als Zirkusdirektor hatte wirken dürfen, bevor man ihn wieder in die schwarze Nacht hinausgestoßen hatte. Eine Art Panik hatte ihn erfasst: Er fühlte ein

Licht schwinden, das er nicht näher beschreiben konnte, das aber einst seine Welt erhellt hatte, und das ängstigte ihn.

Irgendwann würde er nach Hause zu seiner schnarchenden Frau zurückkehren, er würde in einen merkwürdig rastlosen Schlummer fallen, halb wach, halb schlafend, immer getrieben von höchst sonderbaren Träumen. War das Laudanum daran schuld, das er immer häufiger nahm, um besser zu schlafen? Oder war es einfach der Zustand seines ganzen Lebens? Langsam würde es dann besser werden, wenn seine Figuren mit ihm zu reden anfingen, wenn er nach und nach verstand, was sie, die keine Luft nötig hatten, zum Atmen brauchten.

Nach wenigen kurzen Stunden Schlaf würde er noch vor dem Morgengrauen vom Geräusch der Karren, die beladen mit Waren zum Markt fuhren, erwachen, und der Lärm auf den Straßen, der in sein Schlafzimmer drang, würde ihn beruhigen: Ein Wunder musste geschehen sein, das Leben ging weiter. Noch halb benommen würde er eine ungeheure Erleichterung fühlen bei dem Gedanken, dass selbst in den kurzen Stunden, in denen er geschlafen hatte, diese erstaunliche Welt sich weitergedreht hatte – und er sich mit ihr.

»Es ist nicht ihre Schuld«, hörte er Katy hinter ihm sagen, als er zur Haustür ging.

Aus seinen Gedanken aufgeschreckt, drehte er sich um und sah sie an. Sie war fünfzehn, eine dunkle Schönheit und, wie er selbst, energisch und temperamentvoll. Er liebte alle seine Kinder, aber nur mit Katy *verstand* er sich. Sie sprach mit ihm, wie niemand sonst es gewagt hätte.

»Dass Dora gestorben ist. Sie war noch so klein. Maman hat alles getan, was in ihrer Macht stand.«

»Natürlich«, sagte er so sanft wie nur möglich. »Natürlich kann deine Mutter nichts dafür.«

»Sir, die unsterbliche Flamme des Genies brennt in seiner Brust«, sagte Wilkie Collins gerade zu John Forster im Garrick Club, als Dickens von den beiden unbemerkt eintrat. Sie redeten über einen Skandal, in den ein prominenter Maler und zwei Frauen verwickelt waren.

Wilkie Collins hatte einen sehr großen Kopf, der auf einem ungewöhnlich kleinen Körper saß. Der Eindruck des sonderbar Unharmonischen, den sein Äußeres machte, wurde noch dadurch verstärkt, dass seine linke Schläfe sich deutlich wölbte, während die rechte tief eingefallen war, weswegen er zwei einander ganz unähnliche Profile hatte: Wenn er den Kopf drehte, war es, als verwandelte er sich in eine andere Person. Der ganze Mann, dachte Forster, war eines jener Naturwunder, wie man sie sonst nur, in Spiritus eingelegt, in anatomischen Sammlungen zu sehen bekam. Forster passte es nicht, dass Dickens in jüngster Zeit an dem jungen Mann Gefallen gefunden hatte, er spürte, dass dieser sonderbare Gnom dabei war, ihm seine Stellung als Dickens' engster Vertrauter streitig zu machen.

»Eines Genies«, fuhr Collins fort, »das England …«

»Ich bitte Sie, Mr Collins«, sagte Forster, »sein *Genie* tut nichts zur Sache.« Er sprach das Wort so aus, als bezeichnete es eine langwierige Krankheit. »In diesem Land hat niemand *Genie,* es sei denn, er hätte zugleich Anstand und

Anspruch auf Achtung. Dann und nur dann sind wir – in Maßen, wohlgemerkt – froh, ja, sehr froh, von Genie sprechen zu dürfen.«

»Mein lieber Mammut.« Dickens trat auf die beiden Männer zu und legte die Hand auf Forsters breite Schulter, bevor er auf dem grünen Diwan neben Collins Platz nahm. »Was für ein Glücksfall, meine beiden guten Freunde zusammen anzutreffen. Wollen wir einen Sherry Negus miteinander trinken?«

Aber Forster wollte keinen Sherry Negus noch sonst etwas, sondern entschuldigte sich, stand auf und ging. Dickens ließ sich von dem etwas abrupten Aufbruch seines Freundes nicht die Laune verderben, das sei eben, bemerkte er nachher, so die Art des Mammuts, »ein Teil seines eiszeitlichen Erbes«. Dann wechselte er das Thema und erzählte Collins von seinem Gespräch mit Lady Jane Franklin. »Von Forschungsreisen und Kannibalismus verstehe ich was«, bemerkte er zum Schluss.

»Von Eis auch?«, fragte Collins.

»Eis ist meine Spezialität.« Dickens winkte einem Kellner. »Blau wie Gin. Manchmal habe ich das Gefühl, ich wäre selbst irgendwo in der Arktis gestrandet.«

Wilkie Collins' Nerven waren noch völlig in Ordnung; er sollte erst noch den Kriminalroman erfinden, als einer der großen Romanciers seiner Zeit gefeiert werden und anschließend in Vergessenheit geraten, seine Gesundheit verlieren und, um die Schmerzen zu betäuben, so viel Opium nehmen, dass er sich schließlich einbildete, er habe einen gespenstischen Doppelgänger, den Geist Wilkie. Die Welt war für ihn noch voller Verheißungen, erst später sollte sie in lauter Wahngebilde zerfallen, erst später sollten sich seine Augen mit Blut füllen. Der große Dickens war sein Freund und Mentor; die beiden machten zusammen Ferien, Collins spielte mit Dickens Theater, und er schrieb sogar Beiträge für Dickens' literarische Zeitschrift, die *Household Words*. Das Leben sollte ihn erst noch formen, einstweilen glaubte er, er formte sein Leben. Er war jung, von schneller Auffassungsgabe und vor allem immer bereit, auf Dickens' Launen einzugehen, und wenn dieser Laune hatte, Strandschnecken aufzusuchen, so kannte sich Collins in dieser Materie bestens aus und konnte ihn in die feinsten Etablissements führen. Aber in dem Fall, der jetzt gerade zur Debatte stand, war er unschlüssig, ob er Dickens zustimmen sollte oder nicht.

»Meinst du wirklich, das ist ein Thema für dich – Potpourri von Berühmtheiten vor dem Hintergrund mächtiger Eisberge, der große Tod großer Männer?«

»Und die Kochtöpfe«, sagte Dickens. »Vergiss die Kopftöpfe nicht.«

»Aber erst vor einer Woche hast du verkündet, du fängst mit der Arbeit an einem neuen Roman an und willst dir alles vom Hals halten, was dich davon ablenkt.«

»Nun ja«, sagte Dickens, »ich habe nie behauptet, dass ich immer konsequent bin. Außerdem bin ich erschöpft, mein Lieber. Als ich *Harte Zeiten* unter so brutalem Zeitdruck schrieb, waren drei Viertel von mir verrückt und eines im Delirium.«

»Aber die Auflage von *Household Words* war so gut wie nie zuvor«, bemerkte Collins.

»Ich war danach am Ende meiner Kraft.«

Wilkie wusste, dass die Zeitschrift, in der Dickens' Romane in Fortsetzungen zuerst veröffentlicht wurden, eine wichtige Einkommensquelle für den Romancier war. Wie alles, was Dickens anfasste, war sie nicht nur ein Erfolg, sondern ein immer weiter wachsender Erfolg. Auch das spielte natürlich eine Rolle.

»Ich bin im Moment gar nicht in der Lage, einen Roman zu schreiben«, sagte Dickens, »aber ich brauche etwas Zugkräftiges für die Weihnachtsausgabe der Zeitschrift.« Sein Blick fiel auf eine gebeugte, käferartige Gestalt in einer Ecke, und seine Miene hellte sich auf. »Ach ja, da ist Douglas Jerrold – er wird uns etwas liefern.«

Er winkte ihn heran. Jerrold, seine leuchtenden Augen unter den buschigen Brauen, die wie wachsame Motten in seinem scharf geschnittenen Gesicht saßen, blauer denn je, war entzückt, Dickens zu sehen, lehnte aber die Einladung, ein Glas mit ihm zu trinken, ab mit der Begründung, er sei seit ein paar Monaten etwas kränklich. Er erzählte aber eine kurze lustige Geschichte über Sherry Negus und den Bruder von Jane Austen, mit dem zusammen er in der Marine gedient hatte.

»Ich glaube, ich habe mal was von Austen gelesen«, sagte Dickens nachdenklich. »Wer tut sich das öfter an?«

»Macaulay«, antwortete Jerrold.

»Genau«, sagte Dickens. »Im Gegensatz zu Ihnen, Douglas, hat sie nie verstanden, dass in jedem einzelnen Satz Herzblut sein muss. Das ist der Grund, warum sie keinen Nachruhm hat, sondern mehr und mehr in Vergessenheit gerät – und warum ich Sie und niemand anderen brauche: Sie müssen mir was für unsere Weihnachtsausgabe schreiben.«

»Ich würde es gern machen, Charlie, wenn ich könnte. Aber ich bin gerade mitten in der Arbeit an einem neuen Stück und habe bis zum nächsten Frühjahr alle Hände voll zu tun.«

Als Jerrold gegangen war, spielte Dickens mit seinem breiten Ehering, streifte ihn ab und fuhr damit über seinen Fingernagel. Sein Gespräch mit Lady Jane hallte in einer Weise, die er nicht vorhergesehen hatte und nicht näher bestimmen konnte, in ihm nach. Er hatte Collins nichts davon gesagt, aber es beschäftigte ihn. Er steckte den Ring wieder an.

»Wie wäre es, wenn ich was zu Dr. Raes Bericht verfassen und gegen seine Thesen Stellung nehmen würde? Was meinst du, Wilkie?«

Daheim in Tavistock House nahm sich Dickens die *Illustrated London News* genauer vor. Es war Vormittag, doch draußen war es fast so dunkel wie in der Nacht. Das leise zischende Geräusch der Gaslampen im Zimmer hatte etwas Beruhigendes und Dr. Raes Bericht letztlich auch. Dickens atmete erleichtert auf: Der Mann hatte keine Ahnung, wie man eine Geschichte richtig erzählt.

Dickens legte die Zeitung hin, rückte die kleine Bronzeszene, die Frösche im Duell zeigte, schön ordentlich in die Mitte des Schreibtisches und machte sich an die Arbeit. Er eröffnete mit einigen schnellen, effektvollen Hieben, ließ dann schlau berechnend kurz von seinem Gegner ab, um ihn zu loben und so jedermann deutlich zu machen, dass sein Artikel gewiss nicht gegen Dr. Rae persönlich gezielt war.

Dann, erst dann, begann er in der Art jener Anwälte, die er als junger Gerichtsreporter studiert hatte, systematisch Zweifel zu säen. War es nicht ganz und gar ausgeschlossen, dass das Kauderwelsch dieser Eskimos akkurat übersetzt werden konnte, und war es nicht sehr leicht möglich, den vagen Gesten der Wilden verschiedene und sogar einander entgegengesetzte Bedeutungen zu entnehmen? Und wie stellt man es unter den gegebenen Umständen an, einen Mitmenschen zu schlachten und zu kochen? *»Hätte die kleine Flamme der Spirituslampe, die den Schiffbrüchigen vielleicht zur Verfügung gestanden haben könnte, ausgereicht, um diesen Zweck zu erfüllen?«*, schrieb er.

Zufrieden mit seiner Arbeit, mit sich selbst, mit der Welt hielt er inne, las den letzten Satz noch einmal und unterstrich die Wörter *vielleicht* und *könnte*. Die Sache ließ sich gut an, er fühlte jetzt, wie die Wörter nur so mit Macht in seinen Gänsekiel und aufs Papier flossen, eine Tintenspur, blau wie Eis, bildeten, die ihn und seine Leser in jene fremde und schreckliche Welt führte.

Er wandte sich der unausweichlichen Frage nach den Verstümmelungen zu, die man an den Überresten der Toten festgestellt hatte. *»Gibt es in jener Gegend keine Bären, die Leichname verstümmeln können? Keine Wölfe, keine Füchse?«* Er beließ es bei dieser rhetorischen Frage – soll der Leser sie selbst beantworten, sagte er sich und holte zum nächsten Streich aus.

Wenn die Männer am Verhungern waren, fragte er nun, müssen sie dann nicht an Skorbut gelitten haben? Und löscht Skorbut nicht schließlich jegliches Verlangen nach Nahrung aus und raubt jedenfalls den Patienten alle Kraft?

Nachdem Dickens den Leser so mit trügerischen Spuren irregeleitet und mit verlockenden Möglichkeiten geködert hatte, ließ er die Falle zuschnappen und enthüllte das, was seiner Überzeugung nach mit an Sicherheit grenzender Höchstwahrscheinlichkeit des Rätsels wahre Lösung war.

»Nach alledem und allen Regeln der Vernunft kann niemand uns einzureden versuchen, dass diese bedauernswerten letzten Überlebenden von Franklins stolzer Schar nicht von jenen Eskimos selbst überfallen und erschlagen worden sein sollen.«

Er hielt inne, einen Moment lang von einem undeutlichen Nebengedanken abgelenkt.

»Wir glauben, dass jeder Wilde in ihrem Herzen triebhaft, heimtückisch und grausam ist.«

Er bemerkte seinen Fehler, strich *ihrem* durch und schrieb *seinem* darüber. Aber drückte dieser Satz nicht etwas aus, was er in seiner Verblendung vor so vielen Jahren am eigenen Leib erfahren hatte? Und jener undeutliche Nebengedanke nahm die Gestalt und den Namen einer Frau an, und Dickens murmelte zwei Worte.

»Maria Beadnell.«

Wie ihn dieser Name reizte, ärgerte, rasend machte! Er erinnerte ihn an seine elende Herkunft, an die unzähligen Demütigungen, die er nie wieder erleiden wollte. Bevor er der große Schriftsteller Charles Dickens, das gütige und tugendhafte Genie, wurde, war er der Hitzkopf Charles Dickens gewesen, der allzu ernste und nicht selten lächerliche Junggeselle.

Maria Beadnell. Dann hatte er sich ihrem Vater, einem Bankier, als Kind kleiner Leute zu erkennen gegeben. Diesen Fehler machte er nie wieder. Der hierarchisch gegliederten Gesellschaft setzte er seine Einzigartigkeit entgegen. Er schlug sogar Einladungen der Königin höchstselbst aus. Wenn er sich in die Gesellschaft mischte, dann, weil es ihm so gefiel und zu seinen Bedingungen.

Maria Beadnell, seine erste Liebe. Eine missverstandene Regung seines undisziplinierten Herzens hatte ihn irregeführt. Und an diesen Ausdruck »undiszipliniertes Herz« musste er immer wieder denken – eine Warnung, eine Drohung, die schreckliche Mahnung, die ihm in Erinnerung rief, was er vielleicht wirklich war. Er sah die Worte im Traum auf die Wände unbekannter Häuser geschrieben, fand sie wie ungebetene Gäste in seinen Schriften.

Maria Beadnell und ihre ganze hundsgemeine Mischpoke hatten ihn kaum besser behandelt als einen Kadaver, mit dem sie ihr Spiel trieben, den sie mit kannibalischer Lust auffraßen. Aber wenn er zurückschaute, sagte er sich, dass ihm ganz recht geschehen war, er hatte seine Strafe dafür erhalten, dass er seinen Leidenschaften nachgegeben hatte, statt sie im Zaum zu halten. War nicht solche Selbstzucht genau das, was den Engländer vom primitiven Wilden unterschied?

In einem seiner Romane ging er so weit auszurufen: *»Antworte mir, undiszipliniertes Herz!«* Aber es war stumm geblieben. Und so hatte er es gebunden und festgekettet, es tief begraben, und nur diese strenge Disziplinierung seines Herzens hatte ihm seinen Erfolg ermöglicht, bewahrte ihn davor, wie sein verschuldeter Vater, seine liederlichen Brüder ins Nichts abzustürzen und schließlich jener Wilde zu werden, der er zu sein fürchtete.

Entschlossen, diese abscheulichen Gedanken zu vertreiben, versuchte Dickens, zu Dr. Rae und den Kannibalen zurückzukehren, aber es war unmöglich. Im Moment hatte er nur einen Gedanken, und dieser Gedanke hatte einen ganz bestimmten Namen. Und nach fünfundzwanzig Jahren hatte Maria Beadnell – jetzt Mrs Winter, in respektablen Verhältnissen trostlos verheiratet, vermutete Dickens – ihm geschrieben, und sie hatten einander bei einem Abendessen wiedergesehen, das aus Gründen der Bequemlichkeit und Ziemlichkeit im Haus von Bekannten veranstaltet worden war.

Liebe – na und?

Er blickte auf ihr welkes Fleisch, ihre dünnen, runzligen Lippen, ihren Kuhhals, der in ihren faltigen Busen überging, die Haut wie gesprungener alter Lack. Sie war auseinandergegangen und hechelte kurzatmig wie ein alter Spaniel. Dickens wandte sich an die anderen Gäste und sagte lächelnd: »Mrs Winter ist eine Freundin aus der Zeit unserer Kindheit.«

Einst hatte er Maria Beadnells öde Leere für geheimnisvoll gehalten. Als sie noch jung gewesen war, hatte sie ihm verächtlich die kalte Schulter gezeigt, jetzt, in mittleren Jahren, flirtete sie mit ihm und konnte sich gar nicht genug tun mit »Charlie dies« und »Charlie das«. Wie verachtenswert das alles war! Wie ein Mensch derart widerwärtig sein konnte! Fett und gewöhnlich und angefüllt mit Schleim, der wie brodelnde Lava grollte, wenn sie kokett zu kichern versuchte. Das Ganze hatte dazu geführt, dass sie ihn mit ihrer Erkältung angesteckt und er auch noch den letzten Rest Sympathie für sie verloren hatte.

Einige Jahre zuvor hatte er sie in der Geschichte auftreten lassen, die mehr als alle anderen seine eigene war, in *David Copperfield*. Sie war die Frau, die David heiratete, Dora Spenlow. Und als Dickens an jenem düsteren Vormittag in seinem Arbeitszimmer saß und Sir Johns Ehre zu retten versuchte, stieg in ihm noch eine bittere, eine unerträglich bittere Erinnerung auf: Damals, als er jene Geschichte seines idealisierten Lebens schrieb, die Geschichte, in der seine unerwiderte Liebe endlich doch erwidert wurde, in der er die Welt so ummodelte, wie er sie sich wünschte, damals wurde sein neuntes Kind geboren, ein Mädchen, und er gab ihm den Namen Dora.

Und dann passierte etwas Unheimliches, Schreckliches: Wenige Monate nachdem er Dora in *David Copperfield* hatte sterben lassen, starb seine eigene kleine Dora. Es war grauenhaft, es war, als fügte sich die Welt seiner Fiktion, aber nur um ihn auf die grausamste Weise zu verhöhnen.

Auf dem Korridor vor seinem Arbeitszimmer hörte Dickens seine jüngeren Kinder kreischend und polternd herumrennen. Er stand auf, schloss die zweite Tür, die er eigens hatte einbauen lassen, und kehrte wieder an seinen Schreibtisch zurück. Die Geräusche waren nur noch leise wie von fern zu hören, aber er war jetzt ganz aus dem Konzept gebracht.

Er legte seine Feder hin, trat an ein Regal und suchte eine Weile, aber was ihn die ganze Zeit eigentlich beschäftigte, war die verwunderte Frage, warum er Maria Beadnell jemals gewollt hatte. Jetzt dankte er Gott dafür, dass ihr Vater ihn aus Standesdünkel abgelehnt hatte. Er hatte eine Ehefrau, die Frauen seiner Bücher, die Strandschnecken für die Nacht. Das reichte ihm – es musste reichen.

Dickens' Blick ging die Bücherreihen entlang, bis er endlich Sir John Franklins *Reise an die Küsten des Polarmeers* gefunden hatte. Nachdem er das Buch zweimal durchgeblättert hatte, stieß er auf die Passage, die er undeutlich im Gedächtnis behalten hatte. Jetzt stellte er erfreut fest, dass sie sich noch besser für seine Zwecke eignete als erhofft, sie war wie für ihn gemacht. Mochte es Franklin in dem Buch vielleicht auch nicht immer mit der Wahrheit allzu genau nehmen, so bewies es doch jedenfalls, dass er ein sehr viel besserer Schriftsteller war als der arme Dr. Rae. Sir John Franklin war, das wurde Dickens schnell klar, eine großartige Kunstfigur aus der Feder von Sir John Franklin, ein ebenso durch und durch literarisches Geschöpf wie sein eigener Oliver Twist.

In dem Teil des Buchs, der von der schlimmsten Phase der Expedition des Jahres 1819 erzählte, als von Franklins zwanzig Männern elf gestorben und die übrigen kurz vor dem Hungertod standen, gab es mehrere Stellen, aus denen hervorging, dass man die Prinzipien zivilisierten Anstands niemals preisgab. Sir John hatte keinen Augenblick lang den Gedanken an Menschenfresserei zugelassen, er hatte seine Stiefel gegessen! Dickens ging das Herz auf. Das war ein Engländer von echtem Schrot und Korn! Ein unerschütterlich festes Herz, gekochte Stiefel – sag mir, was du isst, und ich sag dir, was du bist: ein Ehrenmann.

Jetzt fühlte Dickens, dass er bestens gerüstet war, und er begann, die Geschichte zu erzählen: Wie der Irokese Michel, der bei Franklins erster Expedition dabei war, vom Hunger getrieben »auf den grausigen Gedanken verfiel, sich vom Fleisch der Gefährten zu ernähren«, und wahrscheinlich sogar einen oder zwei Expeditionsteilnehmer umbrachte und wie dann Sir John Richardson in heiligem Zorn diesem Teufel in Menschengestalt eine Kugel in den Kopf jagte – *»zur tief empfundenen Befriedigung«*, schrieb Dickens, *»aller heutigen und künftigen Leser«*.

Seine Feder eilte wieder in harmonischem Einklang mit seiner Fantasie dahin, ihr hurtiger, frisches Leben schaffender Lauf beflügelte auch seine Lebensgeister. Jetzt war er in seinem Element, hier war er ganz bei sich! Er lebte und fand und empfand sich selbst nur in Geschichten, und während er so schrieb, fühlte Dickens sich immer inniger verbunden mit Sir John und seiner unseligen Reise und mit jener fremden eisigen Welt, die ihre Geheimnisse nicht preisgab. Ihm wurde in aller Klarheit bewusst, dass große Geister vom Schlag Sir Johns und der Seinen immer stoisch bis zum Ende durchhalten würden, so wie er selbst in seiner Ehe. Sir John würde nie schwach werden wie der Irokese Michel, der nicht gegen seine indianische Natur handeln konnte, oder wie Dickens selbst, der sich damals, jung wie er war, von der Leidenschaft hinreißen ließ. Hatte er nicht ebenso gierig danach gelechzt, in die Schenkel von Maria Beadnell zu beißen, wie die Eskimos, die mageren Altmännerbeine von Sir John abzunagen? Aber ein weiser und zivilisierter Mensch zeichnete sich dadurch aus, dass er fähig war, sein Begehren zu überwinden, abzuweisen, es zu vernichten. Wer das nicht schaffte, war nicht besser als der Irokese Michel oder ein Eskimo.

Im Wesentlichen war die Sache klar. Den Worten eines Wilden war nicht zu trauen, *»denn er ist ein Lügner«*. Die gekochten und zerstückelten Leichen, die man bei diesen oder jenen tätowierten Stämmen gefunden hatte, besaßen weit mehr Beweiskraft.

»Man hat oft gesehen und erfahren«, schrieb er, mittlerweile selbst überzeugt, *»dass Wilde ihren barbarischen, starr glotzenden Göttern, die nicht ohne Grund ihre Mäuler so gierig aufsperren, solche Opfer dargebracht haben.«*

Dickens war jetzt, da er zum Ende kam, ganz aufgepeitscht, in seinen Ohren brauste Musik. Seine hasserfüllte Erbitterung über sein Versagen damals vor vielen Jahren, als er nicht fähig gewesen war, seine Leidenschaften zu meistern, wurde irgendwie eins mit dem Gefühl, dass ihm die Frauen sein Leben lang nichts als Enttäuschungen bereitet hatten – seine Mutter, Maria Beadnell, seine Ehefrau, die Strandschnecken –, und er spürte einen Anflug von Neid bei dem Gedanken an Sir John, der jetzt zweifellos ohne weibliche Gesellschaft war.

»Das Beispiel, das solche Männer und ihr Expeditionsleiter, der große Sir John Franklin, gaben, als sie sich unter ähnlichen Umständen als wahrhaft edel erwiesen«, schrieb er, *»fällt unendlich viel schwerer in die Waagschale als das Geschwätz einer Handvoll Primitiver, die mit Blut und Seehundsspeck ihr Leben fristen.«*

Zur Abrundung hängte er noch eine Coda an, die wie das letzte Stück eines Requiems klang, einen milden Sermon über die Frage, warum die Toten es verdienen, dass man sie verteidigt und in Ehren hält – er selbst sollte für die Zeit, wenn er einmal nicht mehr war, jede nur denkbare Vorsorge treffen, weiß Gott. Er sollte alle seine Briefe verbrennen – einen ganzen Tag lang loderte das Feuer. Er sollte ein täuschend echtes Doppelleben schaffen, künstlicher und komplizierter gestrickt als alle seine Romanhandlungen. Er sollte Freunden das Versprechen abnehmen, seine Geheimnisse zu bewahren, sie zu strenger Vertraulichkeit über seinen Tod hinaus verpflichten.

Und er sollte den Preis dafür bezahlen, einen ungeheuren, schrecklichen Preis, die Sühne dafür, dass er letztlich unfähig war, sein großes undiszipliniertes Herz zu disziplinieren. Er sollte mit seiner Seele bezahlen.

5

Der Protektor fand, dass sich die vizekönigliche Inspektion der Siedlung Wybalenna über Erwarten gut anließ. Eine dichte Menge von Eingeborenen hatte sich am Strand versammelt, um den Gouverneur Sir John Franklin und seine Begleitung zu begrüßen, mit freudigen Bocksprüngen und wildem Jubel verliehen sie ihrer überschäumenden Begeisterung Ausdruck. Das alles war vielleicht nicht sehr elegant oder zivilisiert, aber es machte doch durchaus einigen Eindruck. Lady Jane Franklin war besonders fasziniert von einer kleinen Schwarzen, die zusammen mit anderen Kindern auf dem blendend weißen Sandstrand einen zeremoniellen Willkommenstanz aufführte. Das Mädchen trug eine lange, recht hübsche Halskette und über einer Schulter ein großes weißes Kängurufell. Sie stach heraus aus der kleinen Schar, aber das lag nicht an ihrem bei aller Schlichtheit doch recht auffälligen Kostüm, auch nicht an ihrer zierlichen Gestalt oder ihren großen schwarzen Augen, vielmehr war es ein gewisses, nicht genau fassbares Etwas in ihrer Haltung und ihren Bewegungen, das sie vor den anderen auszeichnete.

Lady Jane konnte keine Kinder bekommen. Wenn Freundinnen das Thema zur Sprache brachten, behauptete sie, dass sie nie darunter gelitten habe, dass sie im Gegenteil sogar in gewisser Weise froh darüber sei. Das stimmte nicht, aber wie alle Lebenslügen schuf auch diese mit der Zeit ihre eigene Wahrheit. Lady Jane vermied es zunehmend, mit Kindern in Kontakt zu kommen, und als sie älter wurde – sie war jetzt siebenundvierzig –, entwickelte sie sogar eine regelrechte Unverträglichkeit, die sich in einer diffusen Missstimmung äußerte. Kinder hatten etwas an sich, das ihr fehlte und das sie im Grunde ihres Herzens mit Schrecken erfüllte. Es war, als würde sie in dem Maß weniger, in dem sie mehr wurden, als lebten sie von Lady Janes Substanz.

Geschrei und Gelächter von Kindern hallten viel zu laut in den leeren Korridoren ihrer Erinnerung. Sie vergaß nie, wie ein jüngerer Sir John sie gefragt hatte, warum sie so blass sei, und wie sie aus Scham und Furcht nichts von dem kleinen roten Fleck hatte sagen können. Sie hatte ihr Buch zugeklappt, aufgeschaut und bemerkt, Wordsworth habe durchaus recht, wenn er meine, dass das Erhabene immer nur im Einzigartigen zu finden sei.

»Ist das nicht so?«, hatte sie mit brüchiger Stimme gefragt.

Er hatte zugestimmt. Er hatte immer zugestimmt. Weitere Schwangerschaften hatten abrupt geendet. Sie hatte Leben geschaffen, aber sie hatte es nicht halten können. Niemand wusste, warum. Ihr Leben wurde einsam. Keine Todesanzeigen in der *Times,* keine Beileidsbekundungen, keine Gespräche, keine schwarze Trauerkleidung. Das Leid war nicht mitzuteilen, es konnte nirgendwohin als in ihr Inneres. Und dann war die Zeit abgelaufen, ihr Körper hatte sich verändert. Und so war es jetzt ein Schock für Lady

Jane, als sie beim Anblick dieses Eingeborenenmädchens am Strand plötzlich spürte, dass eine unerträglich schwere Last von ihr abfiel und ein unbeschreibliches Gefühl in ihr aufstieg.

Die Kleine bewegte sich nicht ganz im Takt mit den anderen, doch Lady Jane erkannte, dass es ebendas war, was die Aufmerksamkeit auf sie und ihren Tanz lenkte und irgendwie ihren Figuren einen besonderen Reiz verlieh. Lady Jane überfiel ein unwiderstehlicher Drang, das kleine Mädchen zu berühren.

»Da, schau mal«, sagte sie zu ihrem ältlichen und korpulenten Mann, »man möchte dieses kleine wilde Tierchen am liebsten in den Arm nehmen und kraulen.«

Diese Bemerkung überraschte sie selbst genauso wie ihn, aber sie beschloss, sich von ihren Gefühlen nicht irritieren zu lassen. Was Lady Jane davor bewahrte, dieses Kind als Kind zu sehen, war die Tatsache, dass es eine Wilde war, und die Tatsache, dass es sich um ein Kind handelte, bewahrte sie davor, es als Wilde zu sehen.

In der Annahme, dass die Gattin des Gouverneurs sich mehr für die handwerklichen Fähigkeiten der Eingeborenen als für einzelne Personen interessierte, erklärte ihr der Protektor, dass die Kette, die das Mädchen etliche Male um den Hals geschlungen trug, aus Hunderten von winzigen lebhaft grünen Muschelschalen bestand, die auf etliche Armlängen Kususehnen gefädelt waren. Er fügte hinzu, dass der Schmuck der Mutter des Mädchens gehört hatte, die vor einigen Jahren verstorben war, und das weiße Kängurufell ihrem Vater, den man erst vor einer Woche begraben hatte, was Lady Jane noch mehr rührte.

»Das arme kleine Ding«, seufzte sie.

»Leda«, sagte der Protektor, »sie heißt Leda. Sie ist sieben. Die Jüngste hier auf der Insel.«

»Und was für Eier« – Lady Jane lächelte – »wird sie wohl einmal legen, was meinen Sie, Mr Robinson?«

»Eier?« Der Protektor war etwas verwirrt. »Ich habe von dem Kind geredet, nicht von irgendwelchem Geflügel.«

»Sie müssen Sie nur vor Schwänen beschützen«, sagte Lady Jane schelmisch.

»Ich verstehe nicht, Ma'am.« Der Protektor wusste kaum mehr von klassischer Mythologie als das, was in seiner zerfledderten Ausgabe von *Carswell's Classical Names & Almanac* stand.

»Leda«, sagte Lady Jane.

»Ja?« Der Protektor lächelte unsicher. »Eine Schönheit in der Antike.«

»Die Alten glaubten, Zeus habe in Gestalt eines Schwans der schönen Leda Gewalt angetan.«

»Natürlich, eine wunderbare Erzählung.« Der Protektor lachte, in Wahrheit entsetzt über die Geschichte und über Lady Janes unziemlich freie Ausdrucksweise, vor allem aber peinlich berührt, weil seine Unwissenheit an den Tag gekommen war. »Die antiken Götter!«, seufzte er. »Was für Geschichten! Wissen Sie«, fügte er eilig hinzu, während die Kinder, die ihren Tanz beendet hatten, an ihnen vorbeiliefen, »wir nennen sie lieber Mathinna.«

Lady Jane, die normalerweise nie ein Kind anfasste, hielt Mathinna am Arm fest. Das Kind drehte sich grinsend um, dann sah es die weiße Frau.

»Du tanzt wunderschön«, sagte Lady Jane.

Doch plötzlich wurde ihr bewusst, wie befremdlich spontan das alles war, was sie da tat, und sie ließ Mathinnas Arm los. Das Mädchen rannte weg, und der Protektor begann, von dem neuen Friedhof zu reden, den er ihnen vorführen wollte. Aber die Mischung von innerer Energie und Tragik bei einem so jungen Menschen hatte Lady Jane neugierig gemacht.

Sicher war Mitleid, wenn es einmal geweckt war, bei ihr ein sehr tiefes und überwältigend starkes Gefühl. Aber vielleicht fand sie es auch einfach nur reizvoller, den Kindern zuzusehen, als einen Friedhof zu besichtigen. Wie auch immer, jedenfalls verlangte sie, dass die Kinder zurückkämen und noch einmal tanzten.

Während sie Mathinna bei dieser zweiten Vorführung beobachtete, hatte Lady Jane das Gefühl, das Kind zu verstehen. Sie stellte sich ihren Kummer vor, ihre Sehnsüchte, ihre Träume. Danach, als sie den Hang zum Friedhof hinaufstiegen, schlug Lady Jane ein so schnelles Tempo an, dass Sir John keuchend und schnaufend hinter ihr zurückblieb. Der Protektor, der ständig zwischen den beiden hin und her eilte, war froh, dass die beiden ganz offensichtlich seine Arbeit so hoch schätzten, aber ihm fiel doch auf, dass Lady Jane nicht ganz bei der Sache war. Sie dachte daran, wie Mathinna tanzte, an ihre verzögerten Bewegungen, die so besonders und ausdrucksstark waren.

»Man könnte fast annehmen«, sagte sie zu Sir John, als er sie schließlich am Friedhofstor einholte, »ihr Körper denkt.«

Sir Johns Körper dagegen wirkte so wenig von einer aktiven Intelligenz durchdrungen wie ein wohlgenährter Kürbis. Und doch hatte Lady Jane lange zu spüren geglaubt, dass in ihm irgendein Mechanismus oder eine treibende Kraft, irgendeine Leidenschaft nur darauf warte, in Bewegung gesetzt zu werden. Im Stillen hatte sie ihn zuerst »den Bären« genannt, denn das war er in ihrer Fantasie: ein mächtiger Bär im Winterschlaf. Aber nachdem sie vor und in ihrer Ehe mehr als ein Jahrzehnt lang um den großen Mann geflattert war wie eine Motte, hatte sie immer noch darauf gewartet, dass er endlich erwachte.

Sie war so klein, wie er groß war, und hätte vielleicht schön sein können, wenn sie sich dazu hätte entschließen können, ihre Vorzüge zu betonen. Aber es war, als wollte sie sich von ihrem Äußeren distanzieren. Und wenn das vielleicht auch nicht ganz zutraf, so war doch ihr gesamtes Wesen ständig mit sich selbst uneins. Ihr Streben nach Bestätigung und ihr Anpassungstrieb, die sie von ihrer Mutter, der Tochter verarmter Landadeliger, geerbt hatte, lagen andauernd im Krieg mit ihrer Vitalität und einem Glauben an sich selbst, den ihr Vater, Fabrikant aus den nördlichen Midlands, ihr eingeimpft hatte. Wie ihre Mutter wollte sie durch Heirat aufsteigen, und ihre Wahl war schließlich auf einen alternden Polarforscher gefallen, der damals von der Gesellschaft Londons als der größte Sohn Englands seit Drake und Raleigh vergöttert wurde. Unternehmerisch denkend wie ihr Vater, gelangte sie zu der Erkenntnis, dass Sir Johns Stumpfheit, ähnlich wie Kohle, nur dann zu etwas gut war, wenn man sie gewissermaßen verheizen konnte, um etwas Größeres damit anzutreiben.

Sie sprach mit ihm über Geschichte, Landschaften, pittoreske Ruinen und den Schwindel, der sie einmal in ihrer Kindheit erfasst hatte, als sie sich unter die unübersehbare Menge der Ärmsten von London gemischt hatte, um den Leichenzug von Lord Byron zu sehen: ein Gefühl, als stürzte sie ins Unendliche. Er seinerseits redete von Seereisen, von Dienstvorschriften der Admiralität, von Polarlichtern und wie köstlich Rentierzungen schmeckten, wenn man sie nur richtig zubereitete, nämlich ohne Haut, die man wie eine Socke abziehen musste. Sie hatten nichts gemeinsam außer dem Respekt vor dem Ritual. Auch wenn die untergründige Vorstellung, etwas zu essen, was vorher in einer Socke gesteckt hatte, ihr nicht behagte, gefiel ihr doch seine Ernsthaftigkeit, die sie fälschlich für eine Errungenschaft hielt, von der sie selbst sich eine Scheibe abschneiden könnte.

Aber so fade er auch von Anfang an war und so schwierig sie es fand, die romantische Aura, die seinen Namen umgab, mit der winterstarren Stumpfheit seiner lebenswirklichen Person zu irgendeiner Deckung zu bringen, verstand sie doch, dass er formbar war und dass sich ihr die Chance bot, einen großen Mann zu erschaffen. Sie beschloss, seine Muse und sein Schöpfer zu werden.

Lady Janes Ehrgeiz hatte denselben Ursprung wie ihr ausgeprägtes Schamgefühl und ihre Energie: ihr Vater. Schon früh in ihrer Ehe hatte sie darauf geachtet, Sir John nicht zu Intimitäten zu ermutigen. Die Geräusche, die er machte, sein Fleisch, sein Gesicht waren ihr zutiefst widerwärtig und erinnerten sie an all das, was sie nicht einfach nur vergessen, sondern mit dem glühenden Eisen höherer

Erfahrungen aus ihrem Leben ausbrennen wollte. Gelegentlich vergaß er sich und ließ sich von seinen niedrigsten Trieben überwältigen; sie fand dann jedes Mal, dass die Duldsamkeit, die sie angesichts der empörenden Bestialität des Mannes bewies, wahrhaft mustergültig war. Sie ertrug seine immergleichen stumpfsinnigen Bemühungen, Fingerübungen eines hoffnungslos Unmusikalischen. Im Lauf der Zeit gelangte sie zu der Erkenntnis, dass die Männer das schwache Geschlecht waren – sicher auch das verderbte –, Sklaven einer unkontrollierbaren Sinnlichkeit, und sie fühlte sich umso grausamer verhöhnt, als das Ganze in ihrem Fall nie dazu geführt hatte, dass sie ein Kind zur Welt brachte.

Und so glaubte sie an ihn: weil ihr keine andere Wahl blieb, weil sie schon in die Jahre kam und weil sie, nachdem er sie erst mit seiner Geist- und Kraftlosigkeit enttäuscht hatte, doch zu ihrer Überraschung feststellte, dass er sich durchaus willig zeigte, sich von ihren Ambitionen und Passionen schleppen zu lassen. Seine größte Tugend war, wie sie erkannte, Ausdauer. Ihr war es zu verdanken, dass er auf seiner berühmten Expedition von 1819 bis 1821 die Schrecken der Arktis überlebt hatte, und sie bewirkte, dass er sich folgsam ohne Murren von ihren Träumen und Plänen leiten ließ. Er war ihr Tanzbär.

Darum setzte er ihren verschiedenen Vorhaben nie irgendeinen Widerstand entgegen, auch nicht dem Plan, Van Diemens Land von Schlangen zu befreien, indem sie einen Shilling – von ihrem eigenen Geld, wohlgemerkt – als Belohnung für jede Schlangenhaut bezahlten (erst als sie um 600 £ ärmer waren, das Land immer noch von Schlangen nur so wimmelte und der früher unbekannte Beruf des Schlangenzüchters fest etabliert war, gab man es auf). Darum hatte er sich, obwohl ihm das Projekt dieser Eingeborenensiedlung ganz gleichgültig war, auch bereitgefunden, Flinders Island einen Besuch abzustatten. Lady Jane hatte erklärt, die Eingeborenen von Van Diemens Land, die dort lebten, seien eine wissenschaftlich hochinteressante Kuriosität, ebenso bemerkenswert wie das Quagga, das in der Ménagerie du Jardin des Plantes frei umherstreifte. Und so war es gekommen, dass sich die vizekönigliche Delegation nun in dem Häuschen des Protektors zu Tisch setzte und den großartigen und – man muss es leider sagen – ziemlich langatmigen Reden des Hausherrn über seine historische Völkerversöhnungsmission lauschte.

»Sein Königreich umfasste die großen Berge und wilden Flüsse«, sagte der Protektor, als die Teller des zweiten Gangs – gebratenes Wallaby – abgetragen wurden, »die wilden Wälder und die erhabenen Strände des westlichen Van Diemens Landes.«

Da er glaubte, dass Intervalle der Stille dem Gesagten besonderes Gewicht verliehen, hatte er sich, unempfindlich gegen die Reaktion seines Publikums, die er als Ausdruck hingerissener Aufmerksamkeit statt bloßer Höflichkeit missdeutete, angewöhnt, ausgedehnte Pausen in seine Rede einzuschieben. Er ließ seinen Blick über die illustre Runde schweifen, die an diesem Abend an seiner Tafel versammelt war – Sir John, Lady Jane, ein halbes Dutzend ihrer Lakaien und Trabanten –, dann über seinen eigenen Hofstaat: seinen Sohn, seine Frau, die in schmutzige Lumpen gekleidete Gestalt des Katecheten Robert McMahon, der, seitdem seine schwangere Frau ertrunken war, als man sie während eines wilden Sturms vom Schiff an Land bringen wollte, vollkommen verlottert war. Hatte auch nur einer von ihnen, fragte sich der Protektor, eine blasse Ahnung davon, was für eine Arbeit es war, ein solches Werk zu schaffen: eine ungeheure Tragödie, deren Schöpfer zugleich ihre Hauptfigur war?

»Denn er war ein König«, sagte er und hob eine Hand zu einer großartigen Geste, die seinem emphatischen Ton zu Hilfe kommen sollte, denn es war, als spräche er von Orten und Menschen einer längst verschollenen Epoche – vom Mittelalter, von der normannischen Invasion, von Wikingeräxten, die an einer Flussmündung in der Morgensonne blitzten –, von Welten, die durch einen strudelnden Mahlstrom von Mythos und hochfliegenden Phrasen nur undeutlich zu erahnen waren. Und obwohl, wie jedermann wusste, die Ereignisse, von denen er sprach, nicht einmal ein Jahrzehnt zurücklagen, gehörten sie doch tatsächlich bereits einer anderen Ära an, und er, der Protektor, war sowohl der Wikinger, der jene Welt vernichtete, als auch ihr Beda, der Chronist, der ihr Andenken bewahrte.

»Und Sie beabsichtigten, solche gefallenen Herrscher hier zu tüchtigen Ackerbauern zu machen?«, fragte Lady Jane. »Widerspricht so etwas nicht allen Regeln wissenschaftlicher Vernunft, Mr Robinson?«

Der Protektor hatte das, was er seine »menschenfreundliche Mission« nannte, in einer Hoffnung angepackt, die kaum irgendwelche fest umrissenen Ziele hatte. Ihn hatte ein Verlangen getrieben, das er gar nicht richtig fassen konnte. Als es verschwand, wusste er plötzlich nicht mehr, was eigentlich geschehen war. Eine Welt hatte aufgehört und eine neue begonnen, er bewegte sich jetzt nicht mehr staunend durch jene alte Welt, sondern saß in Wybalenna in der Falle, inmitten von neuen Schrecken, denen er nicht entkommen konnte. Er lächelte. Er breitete die Arme aus.

»Gott befiehlt so etwas, Ma'am. Wie könnte die Wissenschaft es verbieten? Im Übrigen«, fügte er hinzu, »hing er sehr an mir. Ich kannte ihn schon seit 1830.«

Er sagte das in einem Ton, als hätte er in einem der feinen Clubs von London seine Bekanntschaft gemacht. Aber dieser Monarch hatte nicht in einer schummrigen Ecke des Athenäums mitten in der größten Stadt der Welt gesessen. Und er hatte noch nicht King Romeo geheißen: Diesen Namen hatte ihm der Protektor erst in einer anderen Zeit gegeben, in einer anderen Welt, in einem absurden, verkehrten, suspekten Pseudo-England. Die Geschichte, die der Protektor erzählte, handelte von Mut und Edelmut, von der kindlichen Furcht der Wilden und endlich von der glücklichen Rettung einer Familie. Aber King Romeos wahre Geschichte war ganz anders verlaufen.

Damals hieß er Towterer. Er stand auf einem Geröllfeld am Hang eines namenlosen Berges mitten in einer unübersehbaren Wildnis, deren Geografie auf keiner Karte beschrieben war. Natürlich hatte er von Landkarten noch nie gehört, und wenn man ihm eine gezeigt hätte, so hätte er sie lächerlich gefunden, denn er lebte nicht auf einer Insel, sondern in einem Kosmos, wo Zeit und Raum grenzenlos waren und das Wesen aller Dinge in heiligen Geschichten offenbart wurde. Er war ein groß gewachsener, athletisch gebauter Mann, aufmerksam und vorsichtig. Über einer Schulter trug er ein weißes Kängurufell. Auf einem Kamm in der Ferne bewegte sich ein Trupp Männer auf ihn zu. Er hatte sie mit Bangen erwartet, aber er war entschlossen, sich nicht einschüchtern zu lassen. Die heiligen Geschichten prophezeiten nichts Schlimmes, und im Übrigen vertraute er seiner eigenen Schlauheit.

Damals war der Protektor noch nicht der Protektor. Zwar gab es eine Handvoll Leute, die ihn den »Versöhnungsstifter« nannten, aber die meisten Weißen kannten ihn unter dem Namen George Augustus Robinson, woraus die Schwarzen in ihrer praktischen Art die Kurzform Guster bildeten. Ebendieser Robinson, der bereits davon träumte, der Versöhnungsstifter zu werden, einstweilen aber noch auf den Namen Guster hörte, nahte jetzt, begleitet von seinen gezähmten Wilden, auf dem Kamm, um Verhandlungen mit Towterer aufzunehmen.

Ein kalter Regen peitschte heftig Robinsons Leute, Ungeziefer plagte sie, und eine abscheuliche Missstimmung drückte sie vollends nieder. Seit einem Monat zogen sie über jene erstaunte Erde in der Absicht, die entlegensten Stämme einzubringen, aber sie hatten keinen einzigen Wilden gefangen. Sie hatten sich Gassen durch kalte Regenwälder geschlagen, waren in den hängenden Gärten von Moosen, die wie Wolkenschwaden den Himmel verhüllten, umhergeirrt, über endlose Strände gewandert, betäubt vom Tosen eines zornigen Ozeans, der wie ein flüssiges Gebirge aufstieg und niederstürzte, hatten Höhen erklommen und angesichts der endlosen Weite um sie herum eine Verlassenheit empfunden, die in allen Gliedern wehtat. Aber jetzt, als sie den großen Schwarzen begrüßten, schien ihr Geschick sich endlich gewendet zu haben.

Towterer reagierte vorsichtig und redete wenig, aber er hieß Robinson und die Seinen willkommen. Er führte sie in eine Schlucht, einen Wildbach entlang und zu einer Lichtung, auf der ein Dorf, wie es für die Stämme im Westen typisch war, stand, einige aus Zweigen geflochtene Hütten, unter deren Kuppeldächern jeweils bis zu zwanzig Personen wohnen konnten. Aber Towterers Horde war nur dreißig Personen stark – oder schwach, je nachdem, wie man es betrachten wollte. Vielleicht, dachte Robinson, waren die Seuchen des weißen Mannes, die in den kolonisierten Gebieten des Ostens die Schwarzen in Scharen dahinrafften, ihm schon als Unheil bringende Vorboten vorausgeeilt.

Der Regen wurde schwächer und hörte dann ganz auf, anstelle der Wolken wurde ein mit Sternen übersäter Himmel sichtbar, und ein großes Feuer begann zu prasseln. Die Eingeborenen betasteten Robinsons ganzen Körper, um sich davon zu überzeugen, dass er wirklich Knochen hatte, dass er kein Gespenst war. Sie brachten ihn dazu, sein Gesicht zu schwärzen – offenbar wurde er dadurch für sie irgendwie akzeptabel. Dann fingen alle Schwarzen, wilde wie zahme gleichermaßen, im Wald zu tanzen und zu singen an. Schließlich gab Robinson ihrem Schmeicheln nach und machte mit, wenn auch peinlich berührt und ungeschickt. Ein Südlicht zuckte über den südlichen Himmel, Wellen von reinstem Geist, leuchtend grüne und rote

Bänder, die sich durchs Universum schlängelten. Towterer drängte Robinson immer heftiger, seine Kleider abzulegen. Im Bann einer Logik, die er nicht verstand, zog Robinson sich aus.

Einen Moment lang überkam ihn der schreckenerregende Gedanke, dass genau dies das war, wonach er sich im Leben wirklich sehnte. Zu seinem eigenen Erstaunen hüpfte er da splitternackt unter südlichen Lichtern, stampfte, flog völlig weggetreten in einen Zustand befremdlicher Hemmungslosigkeit. War dies seine wahre Belohnung, besser als das Geld, das er bekommen würde, wenn er all die Eingeborenen einfing?

Später, in der Erinnerung, sollte ihm das Ganze lächerlich vorkommen, aber damals, als er herumsprang und jaulte, wenn die Flammen aufloderten und er die verstörende Hitze auf seinen nackten Schenkeln und Lenden spürte, wusste er davon nichts, hätte er das nicht sagen können. In dieser Nacht war das Universum in ihn eingeströmt, er war offen für alles, nahm andere Menschen und sich selbst mit nie gekannter Schärfe wahr. In dieser Nacht schwebte er schwerelos zwischen den Sternen und den Bergen, zwischen den Wäldern und dem Feuer. Der Tanz hatte etwas Betäubendes, Schwindelerregendes, was er zugleich als sündhaft und als beglückend empfand. Es ergab keinen Sinn. Es war unfassbar. Für einen Moment – vielleicht den einzigen Moment in seinem Leben – fühlte sich Robinson in einer Freiheit jenseits seiner selbst.

Dieser Zustand konnte nicht von Dauer sein.

Als er zu seinem Zelt ging und das Bevollmächtigungsschreiben von Gouverneur Arthur sah, das vorn in seinem

Tagebuch steckte, wusste Robinson plötzlich wieder, was von ihm erwartet wurde und wer er wirklich war. Sein Auftrag, der einzige Grund, warum er überhaupt hier war, ließ ihm keine andere Möglichkeit: Er musste diese Schwarzen gefangen nehmen und in eine Welt schaffen, in der er selbst kaum mehr zu Hause war als sie. Und er musste es tun, damit er und die Seinen es zu etwas brachten, damit er aufstieg und sich einen Namen machte, ein geachteter Mann wurde, willkommen in den Salons der guten Gesellschaft, in einer Welt, in der niemand nackt tanzte, niemand sich für andere öffnete, wo alle sich verschlossen und alles um sich herum ausschlossen.

Er fühlte sich, als wäre er ebenso verloren wie alle die, mit denen er getanzt hatte.

Und während diese Gedanken sein Hirn ganz wirr machten, wurde Robinsons Kopf immer schwerer. Sein Geist, der ganz in der Ordnung der Religion erzogen war, konnte eine solche Unordnung nicht anders denn als Ketzerei begreifen. Robinson flossen Gedanken zu, die er als blasphemisch, ja als satanisch erkannte. Er fragte sich, ob nicht Gott letztlich nur das Hindernis war, das den Menschen von seiner Seele abschnitt. Und schließlich war nur noch die Erinnerung an das wilde rote Licht der Flammen übrig, das über ihre Körper spielte, und an ihre seltsamen Gesänge, und dann schlief er ein.

Er erwachte plötzlich vor dem Morgengrauen von dem unangenehmen Gefühl, dass da jemand war. Er richtete sich auf, drehte sich instinktiv um und sah eine junge Eingeborene, die hinter ihm am Kopfende seines Zelts saß und ihn beobachtete. Als er sie wegzuscheuchen versuchte, deutete sie mit einem langen Stock auf den Tornister, in dem er seine drei Pistolen versteckt hatte.

Sie hatten es die ganze Zeit gewusst.

Wie er es bereute, dass er die Pistolen mitgenommen hatte! Sie trauten ihm nicht über den Weg, das wurde ihm jetzt klar, mochte er noch so oft seine guten Absichten beteuern, ihnen versichern, dass er nicht daran dachte, sie gefangen zu nehmen, ihnen noch so viel Tee und Brot schenken, und es half ihm nichts, dass er sogar bereit gewesen war, seine Kleider abzustreifen und genauso unzüchtig nackt wie sie herumzulaufen. Er hatte nie vorgehabt, die Feuerwaffen gegen die Eingeborenen zu richten – er hatte ja gesehen, was für katastrophale Folgen das hatte. Die Pistolen hatte er nur zur Selbstverteidigung dabei, für den Notfall, wenn gar kein anderer Ausweg bliebe.

Er war nicht wie die anderen, er arbeitete mit Überredung, vertraute auf die Vernunft – zumal ja hinter allen Argumenten immer noch die Leute mit den Gewehren standen. Warum sollte er mit Waffen fuchteln und schießen, wenn das andere für ihn erledigten? Robinsons Truppe war nur eine von vielen, die den Busch nach Eingeborenen durchkämmten, aber war seine nicht die einzige, die *Leben* versprach?

Als der Morgen kam, waren die Frauen von Towterers Stamm verschwunden. Towterer sagte, sie seien fischen gegangen. Aber am Abend waren sie immer noch weg. Towterer hörte sich weiter aufmerksam Robinsons Argumente an, als ob es überhaupt nichts zu bedeuten hätte, dass die Hälfte seiner Leute sich aus dem Staub gemacht hatte.

Mithilfe seines eingeborenen Adjutanten, des Schwarzen Ajax, der seine Worte übersetzte, versuchte Robinson, Towterer klarzumachen, dass die Wilden keine Chance mehr hatten, diesen Krieg zu gewinnen, und dass das, was er ihnen in Aussicht stellte, ihre letzte und einzige Option war: Sie mussten ihr Land aufgeben und Asyl auf den Inseln in der Bass-Straße suchen. Dort würde man sie mit Nahrung versorgen und ihnen all die guten Dinge schenken, die die Welt der Weißen zu bieten hatte: Kleidung, Wohnung, Tee, Mehl, Gott. Er redete so überzeugend, dass er es beinahe selbst geglaubt hätte. In dieser Nacht schallte wieder ihr Gesang durch den Wald, sie tanzten, Robinson ging schlafen, und wieder wachte er plötzlich vor Morgengrauen auf.

Aber diesmal saß niemand an seinem Zelt. Die wilden Schwarzen hatten sich alle davongeschlichen, hinaus in die Nacht, nicht einmal Robinsons Eingeborene hatten etwas davon bemerkt. Towterers Leute gingen ihm nicht auf den Leim, mochte er ihnen auch noch so viel vorlügen.

Als Robinson drei Jahre später wieder in den Südwesten des Landes kam, war alles anders geworden. Die Schwarzen, die nicht im Krieg umgebracht worden waren, hatte Robinson gefangen und in ein Lager auf Flinders Island bringen lassen, aus dem später die Siedlung Wybalenna werden sollte. Nur in den entlegensten Gebieten lebten noch einige wenige Eingeborene. Die Behörden legten allergrößten Wert darauf, dass auch sie eingefangen wurden, um die Gefahr, dass die Schwarzen sich wieder erhöben, ein für alle Mal zu bannen.

Robinson erklärte seinen zahmen Eingeborenen, unter den nun gegebenen Umständen sei es durchaus vertretbar,

Stärke zu demonstrieren, um zum Ziel zu gelangen. Jetzt fuchtelten seine wenigen weißen Gefolgsleute drohend mit Schusswaffen, und seine Schwarzen härteten ihre hölzernen Speerspitzen im Feuer. Mitten in einer Schlechtwetterperiode, die kein Ende nehmen wollte, unternahm der Schwarze Ajax mit einer Abteilung Eingeborener einen Vorstoß nach Süden, während Robinson im Lager zurückblieb. Der Befehl, den er dem Trupp mitgegeben hatte, bestand aus einem einzigen Wort.

»Towterer.«

Denn Robinson hatte den Häuptling und die Art, wie er sich und die Seinen mit klugem Bedacht aus der Affäre gezogen hatte, nicht vergessen. Anders als die meisten hatte er keine Zugeständnisse oder lügenhaften Versprechungen gemacht, er war auch nicht so töricht gewesen, ihn anzugreifen oder einfach wegzurennen, sondern tapfer genug, ihm mit Freundschaft zu begegnen, und schlau genug, in aller Stille das Weite zu suchen.

Eine Woche später tauchten der Schwarze Ajax und seine Männer wieder aus dem grauen Gestöber von Schnee und Graupeln auf. Sie hatten acht wilde Eingeborene dabei, aber Towterer war nicht darunter. Der Schwarze Ajax hatte um seine Schulter wie einen Beutel an einem Tragriemen ein frisches Kängurufell geschlungen. Er trat vor Robinson hin und hob den Beutel vor seine Brust. In dem grauen blutigen Fell lag ein kleines Kind, noch im Krabbelalter, so wie es aussah. Es war Towterers Tochter.

Der Schwarze Ajax erzählte, wie sein Stoßtrupp Towterer und seine arg dezimierte Horde während eines schlimmen Unwetters überfallen hatte, und er behauptete, Towterer sei mit seiner Frau Wongerneep geflüchtet und habe das Kind zurückgelassen.

Robinson vermerkte die unwahrscheinliche Geschichte in seinem Tagebuch, aber er glaubte sie nicht. Er war davon überzeugt, dass der Schwarze Ajax das Kind entführt hatte, um es als Köder zu gebrauchen. Er bewunderte seine Schlauheit und fand es sehr diplomatisch von ihm, dass er die Tatsachen etwas zurechtgebogen hatte.

Am Tag danach hatte es am frühen Morgen aufgeklart, schmutzig graue Wolken zogen fort, und ein strahlend blauer Winterhimmel kam zum Vorschein. Auch die Stimmung von Towterers Leuten hatte umgeschlagen, sie waren jetzt aufsässig und unruhig. Da er fürchtete, sie könnten zu fliehen versuchen, stellte Robinson seine Männer in zwei Reihen auf, die die Gefangenen in ihre Mitte nahmen, die zahmen Schwarzen mit gefällten Speeren, die Weißen ihre Gewehre im Anschlag. So brachte man die Wilden, die allesamt in ziemlich elender Verfassung waren, zu einem Lager bei Hell's Gates.

Es tat Robinson weh, dass er gezwungen war, ihnen Angst zu machen. Er bekam Kopfschmerzen davon, und sein Magen krampfte sich zusammen, wenn er sie ansah.

»Sie sind für mich immer«, schrieb er in sein Tagebuch, *»Gegenstand allergrößten Mitleids.«*

Er hatte das Bedürfnis zu beten, aber als er seinen Federkiel hinlegte, fühlte er etwas Warmes, Schmieriges in seinem Hosenboden, und er merkte, dass er sich in die Hose geschissen hatte. Er fühlte sich schwach, doch sein Geist war klar und ruhig. Er beschloss zu fasten, bis sich sein Magen wieder erholt hatte; dann wollte er nach Süden ziehen, um selbst die letzten Eingeborenen gefangen zu nehmen. Es würde ihm nicht schwerfallen, schließlich hatte er das Kind.

Zwei Tage später – im Morgengrauen – brach er auf, begleitet von seinem Sohn und vier zahmen Schwarzen. Sie folgten der Brandspur der Eingeborenen, die mithilfe des Feuers Wege durch die Wälder und Moore bahnten. Schon nach anderthalb Tagen erspähten sie Towterer und Wongerneep auf einem Hochplateau. Nachdem er seinen Leuten befohlen hatte, sich flach auf den Boden zu legen, ging Robinson zusammen mit einer Schwarzen, die dolmetschen sollte, zu den beiden hin.

Towterer benahm sich völlig anders als bei ihrer ersten Begegnung. Er schien überglücklich zu sein, Robinson wiederzusehen, und erklärte ihm, er betrachte ihn als einen alten und lieben Freund. Schließlich fragte Towterer nach seiner Tochter. Sie heiße Mathinna, sagte er.

»Sie lernt schon beten«, antwortete Robinson. »Sie hat eine glänzende Zukunft vor sich.«

Towterer sagte, er schätze Robinson in jeder Hinsicht wie einen nahen Verwandten. Er war dabei, eine ganz neue Vorstellung davon zu entwickeln, wer ihm nahestand und ihm helfen konnte, die Gefangenschaft zu ertragen, oder vielleicht sogar gemeinsam mit ihm kämpfte. Wenn es eine Illusion war, so war es doch auch ein Versuch, die Augen davor zu verschließen, welch schrecklichen Preis er zahlen musste, um seine geraubte Tochter zurückzubekommen.

»Ich schätze dich und die Deinen nicht weniger«, sagte Robinson. »Ebendeswegen möchte ich, dass du mit mir kommst, um deine Tochter wieder in die Arme zu schließen und damit wir alle zusammen das neue Leben beginnen können, das uns auf wunderhafte Weise geschenkt worden ist.«

Wenn Towterers überfließende Herzlichkeit auch etwas gezwungen anmutete, so sah Robinson doch sehr wohl, was daran echt war: Towterer hatte verstanden, dass von nun an neue Umgangsformen zwischen ihnen üblich sein würden. Denn Towterer wollte seine Tochter wiederhaben, und er war nicht naiv, und Robinson wollte Towterer, und nur Robinson konnte Towterer sein Kind zurückgeben. Robinson fühlte, dass sein Magen sich beruhigte.

An einem stürmischen Vormittag vier Tage später kam endlich die Brigg *Gulliver,* die Robinson gechartert hatte, um seine gefangenen Wilden zu der Siedlung auf dem fernen Flinders Island zu schaffen, in Sicht, die Segel geschwellt vom warmen Nordwestwind.

Am Abend, als Robinson sich über sein Tagebuch beugte, fiel sein Blick auf die erbarmungswürdigen letzten Ureinwohner, die vor seinem Zelt darauf warteten, aus ihrem Heimatland in die Verbannung gebracht zu werden. *»Sie sind für mich immer«,* begann er, aber dann hielt er inne, strich die Worte durch und schrieb stattdessen: *»Capt. Bateman angek. 5 Uhr. Wind NNW.«*

Bateman berichtete ihm, dass in der Siedlung auf Flinders Island in dreizehn Tagen ebenso viele Schwarze gestorben waren. Robinson vermerkte es in seinem Tagebuch, aber er schrieb nicht auf, was Bateman zuletzt gesagt hatte.

»Sie sterben wie die Fliegen.«

Bateman zeigte sich erstaunt über Robinsons anhaltenden Erfolg. Robinson stellte fest, dass es seinem Magen und seinem Kopf deutlich besser ging und seine Stimmung sich aufhellte. Er vergaß den Tanz unter südlichen Lichtern.

»Auch ich kann mit Recht sagen:«, schrieb er, *»Veni, vidi, vici.«*

Wongerneeps Tod ein Jahr nach ihrer Ankunft in Wybalenna schien ihre Tochter wenig zu bedrücken, sondern hatte sonderbarerweise eher den entgegengesetzten Effekt: Die Kleine wurde zugänglicher, lebhafter, neugieriger auf das, was die anderen machten. Der Protektor hatte getobt, als er entdeckt hatte, dass Towterer den Leichnam seiner Frau, statt ihn auf dem Friedhof zu begraben, wie es sich für Christenmenschen gehörte, auf den Flaggenhügel getragen und dort auf einem Scheiterhaufen verbrannt hatte. Mathinna hatte zugesehen, wie der Rauch zu den Sternen aufgestiegen war; der Mond hatte leicht gezittert, während ihre Mutter verkohlt und zu Asche geworden war.

Danach hatte sich Mathinna immer in der Nähe von Erwachsenen aufgehalten, so als suchte sie eine neue Mutter, aber obwohl sie noch so klein war, besaß sie doch bereits genügend Verstand, um niemandem zur Last zu fallen und sich sogar schon nützlich zu machen. Und so wuchs sie zu einem lebhaften Kind heran, das von der Düsternis und Teilnahmslosigkeit, die sich mehr und mehr in der Siedlung Wybalenna ausbreiteten, scheinbar unbeeindruckt blieb und nichts lieber tat, als seinem Vater zuzuhören, wenn er von einem Kosmos erzählte, in dem Zeit und Raum grenzenlos waren und heilige Geschichten alle Dinge offenbarten.

»Und dieser Neger«, fragte Sir John den Protektor, »dieser Tuttereramajig oder so ähnlich, der soll tatsächlich so etwas wie Majestät ausgestrahlt haben?«

Robinson hatte gerade seinen Gästen von seiner ersten Begegnung mit Towterer erzählt, in einer zensierten Fassung, die fast nichts von dem verriet, was tatsächlich passiert war. Er stand jetzt auf und trat an eine Kommode, auf der ein strohgelbes Holzkästchen von der Größe einer Hutschachtel stand.

Ehrfurchtsvoll, als wäre es ein heiliges Sakrament, brachte er das Kästchen an den Tisch, ins Licht der Kerzen.

»Es ist aus einheimischem Holz, Huonkiefer«, erklärte er. »Marc Antony hat es unter meiner Anleitung geschreinert.«

Die Tischbeine schrammten misstönend über den Dielenboden, als die Oberkörper der Gäste wie die Tentakel einer erschreckten Seeanemone plötzlich alle nach vorn fuhren, um das Wunder, das da präsentiert wurde, besser betrachten zu können.

»Er sah aus wie ein Sarazene«, sagte der Protektor, »und seine ganze Haltung war die eines Saladin.«

Er klappte den Deckel auf. Die Tischgesellschaft starrte schweigend auf unbestimmbare Umrisse, die im Spiel von Licht und schmierigen Schatten vexierten, bis sie sich schließlich zur unleugbaren Realität eines menschlichen Schädels verfestigten.

»Ich schenke Ihnen King Romeo, den letzten der Könige von Port Davey.«

Nach einer Weile, in der nur leises Gemurmel in der Runde zu hören war, dankte Lady Jane dem Protektor für

»dieses wirklich außergewöhnliche Geschenk«. Sie war entzückt, und noch mehr als das Geschenk selbst gefiel ihr das, was Robinson dazu erzählt hatte, denn es verlieh dem Schädel, den sie im Geist bereits *ihren* Schädel nannte, einen besonderen Glanz: Er hatte einem der edelsten Vertreter seiner Rasse gehört. Ihre Stimmung hob sich.

»Und dieser King Romeo«, fragte sie angeregt, »war der Vater der hübschen Kleinen, die wir heute Nachmittag tanzen gesehen haben?«

»Genau«, sagte der Protektor.

»Und das liebe Kind hat keine Mutter, keinen Vater noch sonst irgendwelche Verwandte?«

»Sie hat Familie, Ma'am, aber keine unmittelbaren Verwandten. Die Eingeborenen sehen das nicht so eng wie wir, bei ihnen sind diese Dinge viel komplizierter. Wir sprechen von ›Familienbanden‹; für sie ist Verwandtschaft kein Band, sondern eher etwas wie geklöppelte Spitze.«

»Trotzdem, sie ist ein Waisenkind.«

»Nach unseren Begriffen«, sagte der Protektor, »ist sie eine Waise.«

»Ganz ohne Zweifel leisten Sie hier gute Arbeit, Mr Robinson.« Lady Jane hob die Stimme, denn draußen fing ein Hund zu bellen an, dann noch einer und immer mehr, bis schließlich die ganze unübersehbare Meute von halb verhungerten Kötern, die die Siedlung bevölkerte, lärmte. »Aber könnte Ihnen eine bessere Bestätigung und Anerkennung Ihrer Leistung zuteilwerden als dadurch, dass einer Ihrer Schützlinge eine Erziehung mit allen Vorzügen bekäme, die Rang und Stand gewähren können?« Sie wandte sich an ihren Gatten. »Glauben Sie nicht auch, Sir John?«, schrie sie.

Sir John schrak auf und murmelte etwas undeutlich Zustimmendes, die Hunde verstummten, und der Gouverneur, der sich etwas gefasst hatte, sodass er wieder in einen geregelten Sprechrhythmus verfiel, erklärte, das wäre ein Experiment mit einer Seele, das gewiss die Mühe lohnte; es wäre sowohl von wissenschaftlichem Interesse als auch ein gottgefälliges Werk.

»Wenn wir das Licht Gottes auf verlorene Seelen scheinen lassen, können sie es so weit bringen, dass sie nicht Schlechteres sind als wir«, sagte er. »Aber man muss sie vorher aus der Dunkelheit und Barbarei herausholen.«

Vor ihrem Besuch hatte Lady Jane den Protektor brieflich um ein anatomisches Präparat zu Studienzwecken gebeten, um den Schädel eines Individuums der »aussterbenden Rasse«, wie sie sich ausgedrückt hatte. Robinson war gern bereit gewesen, ihr diesen Wunsch zu erfüllen, aber als er seinen toten Freund enthauptet, den Kopf abgehäutet, ausgekocht und gesäubert hatte, froh darüber, dass so vornehme und so lebhaft wissenschaftlich interessierte Leute ihn bekommen sollten, hatte er die weitere Bitte, die Lady Jane nun über den Tisch hinweg äußern sollte, nicht vorausgesehen. Während der nächste Gang, gebratene junge Schwarzschwäne, aufgetragen wurde, verkündete Lady Jane – in einem Ton, als bestellte sie das letzte Gericht auf einer langen Speisekarte –, sie beabsichtige, ein Eingeborenenkind zu adoptieren.

»Sie wird wie unsere eigene Tochter sein«, sagte Lady Jane.

»Ich werde sehen, welches Kind …«, begann der Protektor.

Lady Jane unterbrach ihn. »Sie haben uns missverstanden.« Sie lächelte. »Wir haben bereits gewählt.«

Und dann nannte ihm Lady Jane das Kind, das sie haben wollte vor allen anderen, das Mädchen, das sie in dem weißen Kängurufell hatte tanzen sehen.

»Sie«, sagte Lady Jane, »Mathinna.«

6

Aber was ist mit Dickens? Für alle diejenigen, die sich mit dem spektakulärsten Rätsel jener Zeit beschäftigt hatten, war die Aussicht, dass sich der erfolgreichste Schriftsteller Englands zu den sensationellen Spekulationen über kannibalische Gräuel äußern sollte, von unwiderstehlichem Reiz. »The Lost Arctic Voyagers« wurde in *Household Words* rechtzeitig vor Weihnachten 1854 veröffentlicht – genau die richtige Zeit, sagte Dickens zu Collins, um daheim in behaglicher Wärme freundlich derer zu gedenken, die es elend kalt hatten. Dr. Raes ärmliche Prosa erwies sich als hoffnungslos unterlegen, die Ausgabe verkaufte sich über die Maßen gut, und Dickens' Sicht der Dinge setzte sich durch: Wenn Sir John umgekommen war, so war er wie ein Edelmann, ruhmreich, heldenhaft gestorben, nicht als glotzäugiger Barbar.

So verband Dickens seinen Namen mit einer großen Sache, der Befreiung seiner Nation von einer quälenden Angst, und er erntete keinen Undank. Unter diesen Umständen konnte Lady Jane jetzt Witwentracht anlegen. Ihre lebenslangen Mühen, ihren schwerfälligen, beschränkten Gatten in einen großen Mann zu verwandeln, nun endlich unbehindert von seiner unheilbaren und kolossalen Bedeutungslosigkeit, begannen Früchte zu tragen. Dickens trat als

Redner bei festlichen Diners auf, die Lady Jane veranstaltete, um Sponsoren für weitere Expeditionen zu gewinnen. Das Ziel, auf das sie jetzt hinarbeitete, war, Sir John – obwohl und eben weil es keinerlei handfeste Beweise gab – zum ruhmreichen Entdecker der Nordwestpassage, die sich so hartnäckig ihrer Erforschung entzog, auszurufen.

Weniger erfolgreich waren Wilkie Collins' Versuche, seinen Freund mit Alkohol und Strandschnecken aufzuheitern. Ihm war alles verdorben. Zwar hatte er Dr. Rae und seine Kannibalentheorie mit Bravour erledigt, aber ihm wurde einfach nicht mehr wohl – ihm war, als hätte irgendeine höhere Instanz die ganze Welt in einen Gefängnishof verwandelt. Ganz gleich, welche Auszeichnung oder Anerkennung er erfuhr, welchen Erfolg, welche Bestätigung, mochte man ihm auch die schönsten Komplimente und Gratulationen aussprechen, ihn mit Beifall und Preisen bedenken, so war doch alles Eisen rostig und jeder Stein schleimig, die Luft, die er atmete, war verpestet und alles Licht am Verdämmern. Und dennoch, für ihn gab es nur einen Weg, den Weg nach vorn, immer vorwärts, ohne anzuhalten.

Im Herbst hatte er einen neuen Roman begonnen, der sich gegen die Regierenden und staatlich verordnete Absurditäten empörte, gegen die menschenfeindliche Welt der Behörden und behördlicher Vorschriften, und am Ende war er zorniger und trauriger denn je, hoffnungslos eingeschlossen im immer dichter werdenden Packeis seines Lebens. Dieses Mal hatte die Macht seines Wortes ihn nicht gerettet, so erfolgreich der Roman auch war, der unter dem Titel *Klein Dorrit* in Fortsetzungen erschien.

In seiner Ehe ging es immer weiter im alten Geleise. Er hielt an dem Glauben fest, irgendwie würde durch die schiere Kraft seines Willens alles gut werden. Er konnte es nur schwer ertragen, sich zusammen mit seiner Frau im selben Zimmer aufzuhalten, aber er blieb. Er pries weiter in seinen Schriften das häusliche Leben und schob den Gedanken weg, dass ihm selbst vielleicht das Glück, das er empfahl, versagt geblieben war, ja, dass es möglicherweise gar nicht existierte oder, wenn doch, nur eine besondere Art von Gefängnis war.

Er sah weiter immer wieder die kalte, weiße Leere der Nordwestpassage und fühlte sich darin gemeinsam mit Sir Johns Leiche gefangen. Er träumte weiter immer wieder, er habe im hohen Norden Schiffbruch erlitten und schleppe sich gemeinsam mit anderen Seeleuten durch eine fürchterliche und zugleich großartige arktische Welt. Schließlich stoßen sie auf Sir Johns von Eis überzogenes Schiff. Hier, glauben sie, winkt Rettung, hier werden sie Nahrung finden, Menschen treffen, die ihnen sagen werden, wie sie wieder nach Hause kommen. Aber als sie die stillen, kalten Kabinen durchsuchen, entdecken sie nur gefrorene Leichen.

Seine Flamme flackerte schwächlich, so viel Brennstoff er ihr auch zuführen mochte. Er gab sich fröhlich in Gesellschaft, doch in der Einsamkeit war ihm wohler. Er sprach hier, er sprach dort, er sprach überall, aber er hatte immer stärker das Gefühl, dass ihn alles nichts anging. Er wanderte noch größere Strecken als je zuvor, er unternahm immer öfter Reisen ins Ausland, aber in seinem Innern fühlte er Stillstand. Die Zahnräder waren blockiert, nichts bewegte sich.

Er beschloss, ein Jahr fern von der Welt bei Mönchen und Bernhardinern in den Schweizer Alpen zuzubringen. Er beschloss, nach Australien auszuwandern. Er beschloss, vor sich selbst zu fliehen, aber es war unmöglich. Die Bettler und Elenden, die er überall sah, die zerlumpten Gestalten, mit denen er oft redete, erbarmten ihn, doch es blieb ihm unverständlich, warum seine Frau, mit der er jetzt fast nie mehr ein Wort wechselte, so furchtsam und verschlossen war, warum sie so wenig mit ihm redete und warum sie ihn, wenn sie es tat, oft so böse anfuhr. Er hatte den Verdacht, dass er sich selbst hasste. Er hatte das Gefühl, es würde ihn zerreißen, wenn er nicht immer weitermachte.

Im Zug nach Dover las er den Bericht eines Walfängerkapitäns, der beschreibt, wie sich in den Polarregionen irgendwann im Laufe des Winters das treibende Packeis zu einer zusammenhängenden gefrorenen Masse zusammenschließt und jedes Schiff, das es in seinem brutalen Griff hält, drückt und quetscht, immer fester und fester. Alle warten, dass das Schiff zerquetscht wird, während das Terpentin langsam aus den Planken tropft, alle lauschen dem gequälten Ächzen der Balken, man kann nichts tun als warten, ungewiss, ob das Schiff es aushält oder aber zerbricht und sie alle verloren sind. Es hätte auch eine Beschreibung von Dickens' Leben sein können.

»Ich glaube, es gibt keine zwei Menschen auf der Welt, die weniger gemeinsam haben«, schrie er eines Abends Collins auf dem Montmartre zu, als sie inmitten einer lärmenden Menge zwei Türken zusahen, die miteinander rangen, der eine groß, die Haut mit schmutzigem Schorf übersät, der andere klein und erstaunlich hartnäckig. »Es ist unmöglich …« Er stockte, suchte vergeblich nach Worten. »Da ist kein Interesse, kein Verständnis, kein Vertrauen, kein Gefühl, keine gegenseitige Zärtlichkeit irgendeiner Art«, sagte er in einem Ton, der gleichgültig war, als analysierte er die Ausdünstungen einer Abortgrube.

Collins wusste nicht, was er tun sollte: Wenn er Mitleid bekundete, würde er vielleicht nur Öl ins Feuer gießen und Dickens so weit bringen, dass er in seiner Erbitterung Dinge sagte, die ihn später reuen würden, und wenn er gar nicht reagierte, würde es so aussehen, als wäre er so dickfellig oder gleichgültig, dass er etwas, das seinen Freund doch ganz offensichtlich quälte, gar nicht zur Kenntnis nahm. Zum Glück fing Dickens, bevor Collins zu einer Entscheidung gelangte, schon wieder zu reden an.

»Es ist unsagbar schrecklich für sie«, sagte er und schüttelte ratlos den Kopf. »Es ist unsagbar schrecklich für mich. Ich bin in meinem ganzen Leben nie einem Menschen begegnet, mit dem ich so wenig zurechtkomme wie mit ihr, ganz egal, wie ich es auch versuche. Ich weiß, ich habe viele … Fehler …« Er schüttelte wieder den Kopf, wie jemand, der ein Puzzle legt, dessen Teile einfach nicht zusammenpassen. »Die«, sagte er und bemühte sich, wieder Tritt zu fassen, »aus meinen Launen erwachsen. Aber im Grunde bin ich ein geduldiger und rücksichtsvoller Mensch, und es hätte alles nicht so schlimm kommen müssen, wenn ich …«

Wieder stand Wilkie vor dem Dilemma, was er tun sollte, und wieder fasste sich Dickens und redete weiter, aber es klang jetzt düsterer und bitterer und weniger zögernd, als er feststellte, dass Catherine sich nie übertrieben fürsorglich um ihre Kinder gekümmert habe und wenig Wärme ausstrahle. Vor ihnen drückte der grindige Türke seinen Gegner endlich auf den Boden. Die umstehende Menge schrie Beifall, dann erhob sich Gelächter, als der Türke seinem unterlegenen Landsmann ins Gesicht spuckte.

Nach diesem Abend sprach Dickens nicht mehr mit Collins über seine Ehe – zumindest so lange, bis die Dinge so schlimm wurden, dass er kaum mehr von etwas anderem sprechen konnte. In der Zwischenzeit entfaltete er immer hektischere Aktivitäten: Er schlief immer weniger und wanderte immer mehr durch die Nacht, er besuchte immer mehr Veranstaltungen verschiedenster Art und bürdete sich immer mehr Pflichten auf. Eines Abends saß er mit Wilkie Collins in einem Theater in Covent Garden, um sich *Romeo und Julia* anzusehen. Die Mischung aus Realismus und Mysterium, die sprachliche Kunst Shakespeares, die Lichter, die Darsteller, die spektakulären Wechsel prächtiger, atemberaubender Bilder entzückten Dickens so sehr, dass es ihm, als er gegen Mitternacht hinaus in den Regen trat, vorkam, als stürzte er aus den Wolken ab, in eine bösartige Welt voller Dreck und Lärm und Elend.

Um seinen jähen Fall etwas zu verzögern, versuchte er, ein bisschen Auftrieb zu gewinnen, indem er ein anderes Theaterereignis zur Sprache brachte, den nächsten Auftritt seiner aus Verwandten, Freunden und Dienstboten bestehenden Laienspieltruppe, die immer in der Neujahrszeit in Tavistock House eine Vorstellung gab. Der Erlös aus dem Verkauf von Eintrittskarten kam dem einen oder anderen wohltätigen Zweck zugute, und die Veranstaltung war im Laufe der Zeit zu einem wichtigen gesellschaftlichen Ereignis geworden.

»Das Problem dabei ist«, sagte Dickens zu seinem Freund, »dass das Jahr unaufhaltsam seinem Ende zugeht und ich immer noch nicht weiß, was wir spielen werden.«

Während sie eine schmutzige Straße entlang zu einem Haus gingen, das Collins empfohlen hatte, weil es »dem verwöhnten Genießer ganz besondere Freuden« bot, trafen in Collins' Geist die tragisch tödlichen Verwirrungen am Ende des Stücks, das sie gerade gesehen hatten, und Franklins Polarexpedition, für die Dickens sich so brennend interessierte, aufeinander und brachten ihn auf eine Idee.

»Ich habe lauter verrückte Einfälle«, sagte Dickens, »die wildesten Pläne – ich will nach Paris, Rouen, in die Schweiz, irgendwohin, wo ich in einem verlotterten Gasthof meine Ruhe habe und schreiben kann. Ich bin rastlos, Wilkie.«

»Wie wäre es«, begann sein Begleiter, »wenn dein nächstes Neujahrsstück in dieser kalten weißen Welt spielen würde?«

»Ich brauche Luftveränderung, Wilkie, aber ich bin gezwungen, zu Hause mit einer Ehefrau zu leben. Jesus war bestimmt ein guter Mann, aber hat der eine Frau gehabt?«

Collins hüstelte.

Er mochte Frauen, ihm war nicht wohl, wenn Dickens über sie herzog. Anders als sein älterer Freund hatte er ein ebenso unsentimentales wie unkonventionelles Verhältnis zum weiblichen Geschlecht: Später sollte er einmal mit zwei Frauen zusammenleben und weder die eine noch die andere heiraten. Er hatte auch ungewöhnliche Ansichten über Mesmerismus, über das Phänomen der »spontanen Selbstentzündung« von Menschen und über Lymphdrüsentuberkulose, und Dickens fand seine Theorien über all diese Dinge hochinteressant.

»Diese Welt«, fuhr Collins fort und zuckte nervös mit den Fingern, denn im flackernden Licht der Gaslaterne sah er plötzlich einen Moment lang nicht mehr einen großen Schriftsteller in den besten Jahren vor sich, sondern ein erbarmungswürdiges Geschöpf, das unnatürlich gealtert wirkte, »in der Parry sich durchschlug …« Ein Zweifel an seiner Idee flog ihn an – vielleicht war es ganz schlecht, was er sich ausgedacht hatte? Aber er zwang sich weiterzusprechen. »Und in der Franklin starb.«

Dickens drehte den Kopf und starrte Collins an. Er sagte nichts, nur ein sonderbar saugendes Zungenschnalzen war zu hören. Dann beugte sich Dickens verschwörerisch vor.

»Sobald wir drinnen sind«, sagte er, »bestellen wir ein Gläschen vom schlechtesten blauen Gin, den sie haben, und ein großes Glas vom besten Rum.«

Und ein Lächeln erstrahlte in Dickens' Gesicht. Die Tür öffnete sich, er wandte sich ihr zu.

»Natürlich hat mich Franklin auf die Idee gebracht«, rief Collins. »Und obwohl die Geschichte frei erfunden ist, enthält sie doch eine tiefe Wahrheit. Erst recht, wenn sie zeigen kann, dass Engländer bis zuletzt Haltung und Größe zu bewahren wissen und eben nicht zu Wilden werden, dass ihre besten Eigenschaften über ihre niedrigsten Triebe triumphieren.«

»Ja«, sagte Dickens, ohne sich umzuwenden. »Ich bin sehr beeindruckt. Höchst beeindruckt. Bezaubernd, eine großartige, originelle Idee für ein Stück.« Dickens ging voraus die ausgetretenen Steinstufen hinauf, das Gaslicht, das aus dem Inneren des Hauses drang, färbte den Nebel um die beiden Männer rötlich gelb. Er drehte sich um, immer noch lächelnd. »Und du, lieber Wilkie, wirst es schreiben.«

Als sie eintraten und die Geräusche des Hauses, der überreife Geruch billigen Parfüms über ihnen warm zusammenschlugen, hatte Wilkie das Gefühl, dass Dickens ihm einfach eine Aufgabe übertragen hatte, die er nur allzu gerne loswerden wollte.

»Du möchtest also, dass die Zeile stehen bleibt?«, fragte Collins, als er einige Monate später Dickens in Tavistock House besuchte, um zu sehen, wie weit die Vorbereitungen für die Aufführung gediehen waren. Irgendwie fand er seinen Freund seit ihrer letzten Begegnung vierzehn Tage vorher verändert.

»Welche Zeile?«, sagte Dickens laut, während sie durch den Korridor schritten, von dessen Ende her ein Heidenlärm drang.

»Wo Wardour schreit:«, schrie Wilkie, »›Das einzig hoffnungslose Elend auf dieser Welt ist das Elend, das Frauen verursachen.‹«

»Natürlich, sonst kann man seinen Charakter gar nicht mehr verstehen«, schrie Dickens zurück, als wäre es eine jener Anweisungen, die er täglich im Büro von *Household Words* gab, etwas, das sich von selbst verstand und keiner weiteren Erklärung bedurfte. Hatten nicht Frauen ihn sein Leben lang im Stich gelassen? Seine Mutter. Maria Beadnell. Seine Frau. Was gab es da noch zu erklären?

Collins hustete.

»Hör nie auf deinen Magen, Wilkie«, sagte Dickens, »dann hört er am Ende auf dich!« Er deutete mit dem Finger, an dem ein klobiger Ring steckte, auf Collins. »Ich habe noch eine Zeile, die unbedingt reinmuss. Weißt du, Wilkie, das ist es, was Franklin erfahren hat und was wir von ihm lernen können: Wir alle haben Triebe und Begierden, aber nur der Wilde hat keine Bedenken, sie zu befriedigen.«

Und jetzt öffnete Dickens schwungvoll die Tür und gab den Blick auf das Chaos dahinter frei: An die zwanzig Schreiner und Maler arbeiteten unter großem Getöse in einem Raum, den Collins als Unterrichtszimmer der Kinder in Erinnerung hatte, der jetzt aber völlig anders aussah als früher. Überall standen Farbkübel und Werkzeugkästen herum, und an einem Ende des Saals hatte man ein Erkerfenster herausgebrochen und baute in die Nische einen riesigen Holzverschlag ein, der die Bühne beherbergen sollte. Der ganze Raum roch nach dem Leim, den ein Arbeiter in einem großen Tiegel über dem Kaminfeuer erhitzte. Auch Installateure waren zugange, die zusätzliche Gasleitungen verlegten und Lampen montierten.

»Hier geht's ja zu wie auf der Werft in Chatham«, sagte Collins.

Dickens breitete strahlend die Arme aus. »Das ist unser Theater. Das kleinste in London, aber gleichwohl ein richtiges Theater!«

Und dann wurde Collins plötzlich bewusst, dass nicht nur dieser Saal wie umgewandelt war.

»Dein Bart gefällt mir, Dickens«, bemerkte er. »Sehr schick.«

Dickens zwirbelte seinen noch jungen Schnurrbart.

»Ich habe ihn mir extra für die Rolle wachsen lassen. Ich merke, dass ich mich mehr und mehr in die Figur von Richard Wardour einfühle, man könnte fast sagen, ich *lebe* sie. Gestern zum Beispiel bin ich an die zwanzig Meilen marschiert, und das Beste daran war, dass ich die Einwohner von Finchley und Neasden zu Tode erschreckt habe, als ich ihnen, bärtig und ganz in meiner Rolle, einen ausgehungerten, halb wahnsinnigen Polarforscher vorgespielt habe, der nahe dran ist, aus Mangel an Nahrung und Wärme einzugehen. Ich habe jetzt alles im Kopf, Wilkie« – er tippte an seinen schmalen Ziegenschädel –, »jede einzelne Zeile von dir. Und weißt du, was mich an der Arktis am meisten reizt?« Er lächelte wieder. »Dass es dort keine Frauen gibt.« Und dann war er plötzlich weg, um einem der Installateure zu erklären, wo er eine Reihe von Anschlüssen für Lampen haben wollte.

Collins hustete.

Zuerst hatte Dickens seinen Namen nicht für ein Projekt hergeben wollen, das nicht vollständig das seine war. Er hatte seinem Freund einfach nur Ideen für die Handlung hingeworfen, auch die eine oder andere gute Zeile. Aber als ihm *Klein Dorrit* über den Kopf wuchs und sich mehr und mehr zu einer Art Gefängnis entwickelte, das er nie im Sinn gehabt hatte, wurde Collins' neues Stück allmählich für ihn zu dem einzigen Lichtstrahl, der in seine Zelle drang.

So richtig Feuer fing er allerdings erst, als Collins anregte, Dickens sollte doch die Rolle einer der Hauptfiguren des Stücks übernehmen, eines Bösewichts mit dem Namen Richard Wardour. Und als er dann immer klarer erkannte, dass ein Mann vom Schlag dieses Wardour in Wahrheit nicht halb so hassenswert war, wie Collins ihn gezeichnet hatte, war er mit ganzem Herzen bei der Sache. Denn Wardours Charakter war von einem sehr tiefen Interesse für Dickens; je mehr er darüber nachdachte, desto stärker wurde das Gefühl, dass ihm diese Figur sonderbar nahe und vertraut war. Er hatte alle Hände voll zu tun, seinem neuen Roman für die Veröffentlichung in *Household Words* den letzten Schliff zu geben, aber er stahl sich Zeit, um Collins immer wieder in aller Eile Briefe und Karten zu schreiben, in denen er skizzierte, wie die jeweils neueste Fassung des Stücks, für das er den Titel *The Frozen Deep* vorschlug, seiner Meinung nach weiter zu verändern und zu verbessern war.

»Was ich an deinem Stück so bewundernswert finde«, sagte er zu seinem Freund, als er mit dem Installateur fertig war, »ist eben die Figur des Wardour, die du geschaffen hast: Er ist scheinbar der Schlimmste von allen, aber er hat eine unerwartete Tiefe. Irgendwo bei Neasden wurde mir plötzlich klar, wie man diese Figur spielen muss: Ich muss diese gefrorene tiefe Schicht in ihm auftauen. Ich habe mir überlegt, dass es vielleicht gut wäre, den Schluss ein bisschen zu ändern, denn Wardour ist nicht durch und durch böse …«

»Natürlich, ohne jeden Zweifel«, sagte Collins, der in Wirklichkeit keineswegs mit seinem Freund übereinstimmte – er hatte Wardour als eine groteske Gestalt konzipiert, einen Typus, den Dickens in früheren Stücken mit großem Vergnügen und Erfolg gespielt hatte. Dass Dickens die Figur nun so ernst nahm, statt sie als bloße Lachnummer aufzufassen, wunderte Collins, aber da er für untergründige Gegenströmungen des Lebens stets offen war, ging er darauf ein.

Dickens führte Collins zu einem langen, dick mit Staub bedeckten Tisch und entrollte große Bogen Papier mit Entwürfen und Plänen für die Kulissen. Collins las halblaut den Namen, mit dem eine der Skizzen signiert war. Es war kein geringerer als der des berühmten Landschaftsmalers William Telbin – offensichtlich fand Dickens, dass das Beste gerade gut genug für dieses Stück war.

»Großartig«, sagte Collins mit ehrlicher Bewunderung. Die Energie seines Freundes, der keinen Aufwand scheute, der Ernst, mit dem er so eine Theateraufführung, eine bloße Liebhaberei, betrieb, überwältigten, amüsierten und rührten ihn immer wieder. »Einfach großartig.«

»Hier im ersten Akt« – Dickens zeigte auf die Skizze eines Hafengeländes mit einer halb verfallenen Remise auf einer Seite – »gelobt unsere Heldin Clara Burnham Frank Aldersley – Applaus auf offener Szene für Mr Collins –, Offizier auf einem der beiden Schiffe, die am nächsten Morgen zu ihrer großen, gefahrvollen Polarexpedition in See stechen sollen, ewige Liebe. Er weiß nicht, dass auf dem anderen Schiff Richard Wardour dient – eine Rolle, die meine Wenigkeit mit elektrisierendem Pathos auszustatten bemüht sein wird –, dessen glühende Verehrung Clara einst verschmäht und der die heiligsten Eide geschworen hat, sich an Aldersley, seinem glücklichen Rivalen, zu rächen.«

»Also«, sagte Collins, dem Dickens' Verfahren, Geschichten immer und immer wieder zu erzählen, um sie so auf Herz und Nieren zu prüfen, wohlvertraut war, »führen wir Wardour als einen Bösewicht ein, aber er soll, wenn ich dich recht verstehe, im Verlauf des Stücks mehr und mehr als eine tragische Figur erkennbar werden?«

»Auf mich wirkt er«, sagte Dickens, »wie ein Mann, der sein Leben lang wahre Zuneigung sucht und niemals findet. Stimmt das nicht?«

Statt die Frage zu beantworten, bemühte sich Collins, der zu ahnen begann, was Dickens meinte, das Stück in seinem Sinn neu zu erfinden. »Ich überlege gerade«, sagte er, »ob es nicht einen bewegenden Effekt haben würde, wenn sich Wardour am Ende doch wandelt – wenn er sein Leben opfert, damit das Mädchen, das er liebt, den geliebten Mann bekommt, obwohl es in seiner, Wardours, Macht steht, diesen Mann sterben zu lassen und vielleicht selbst das Mädchen zu gewinnen.«

Dickens schwieg, aber seine Lippen bewegten sich, als müsste er im Geist eine ungeheuer komplizierte Rechenaufgabe bewältigen, addieren und subtrahieren und dividieren. »Eine Sterbeszene, ja«, murmelte er einmal, »das wäre sehr gut«, und dann verstummte er wieder. »Und weißt du, warum?«, fragte er nach einer Weile unvermittelt. »Weil auch Wardour letztlich kein Wilder ist!« Sein bärtiges Gesicht strahlte. »Stimmt's?«

Collins überlegte einen Moment. So durch und durch erzböse Wardour auch bis jetzt gewesen war, wusste Collins doch jetzt, dass das nicht mehr stimmte. Und das Stück, das nichts als leichte Unterhaltung sein sollte, entwickelte eine ganz neue Dimension.

»Ich hatte immer schon das Gefühl«, sagte er zögernd, »dass Wardour viel mehr ist als bloß ein Schurke.«

Dickens nickte.

»Von der grausamen Natur niederen Trieben unterworfen.«

Dickens nickte lebhafter.

»Vom Schicksal gebeugt, ohne Zweifel«, fuhr Collins fort. »Aber ein Wilder – niemals!«

»Ein Wilder, mein Lieber, sei er Eskimo oder Otahitianer, ist ein Opfer seiner Leidenschaften. Ein Engländer versteht seine Leidenschaften und ist deswegen imstande, sie zu beherrschen und seinen Zwecken dienstbar zu machen. War und ist Franklin nicht durch und durch Engländer? Und hier nun haben wir einen Mann, der von seinen Leidenschaften *vergiftet* ist« – Dickens entrollte ein Blatt, das mit »III. Akt« überschrieben war –, »der jedoch am Ende, als beide Schiffe im arktischen Eis eingefroren sind und nichts als blanker Schrecken allüberall …« Dickens brach ab. Auf dem Bogen war ein Schiffsdeck gezeichnet. Er schüttelte den Kopf. »Nein, das geht nicht. Das passt nicht mehr. Nicht zu einer so dramatischen Entscheidung. Wir brauchen drohend aufragende Eisklippen. Die Furchtbarkeit des Erhabenen. Denn Wardour lässt seinen Nebenbuhler nicht sterben, nein, er opfert sich selbst, damit Frank Aldersley Clara bekommt – ein wirklich generöser Akt der Wiedergutmachung, scheint mir.«

Und er nahm einen Bleistiftstummel und strich die Zeichnung durch.

So machte Dickens in den letzten acht Wochen vor der Premiere weiter, schrieb hier ein paar Zeilen um, fügte dort einen Monolog hinzu, änderte an allen Ecken und Enden. Während die Geschichte sich andauernd verschob wie Packeis und dann zu einer festen Form erstarrte, beteiligte er sich außerdem an der Erschaffung der Welt des Stücks – Bühnenbilder, Kostüme, Besetzung, Proben –, und dies so intensiv, dass Collins, der immer noch im Programmheft als Autor genannt wurde, es für angebracht hielt, die Worte »Unter der Leitung von Charles Dickens« auf die Titelseite drucken zu lassen.

Denn Dickens war Regisseur, sehr oft auch Bühnenarbeiter, Bühnenbildner, Beleuchter, Garderobier, Souffleur und Kapellmeister. Er hatte originalgetreue Polarkostüme machen lassen, extra »Schneemänner« eingestellt und angelernt, die von oben Papierflocken auf die Bühne streuen mussten, und auch daran gedacht, die unrealistischen Betten durch Hängematten zu ersetzen. Auf seinen nächtlichen Wanderungen beschäftigte er sich weit mehr mit der gefrorenen Tiefe als mit der kleinen Dorrit, verwandelte sich in die Figur des Wardour, schrie beim Gehen dessen Text und erfand neue Versionen, wagte sich immer weiter und tiefer in das tückische Gewirr von Eisschollen, in dem seine eigene verlorene Seele gefangen war.

Eine letzte Sache blieb da allerdings, die ihn irritierte. *Warum* opferte sich Wardour? Irgendwie stimmte ihre Geschichte nicht so ganz, da sie nicht zufriedenstellend erklärte, warum ein so schlechter Kerl etwas so Gutes tat. Und dann, eines Nachts, als er so dahinwanderte, kam ihm die Erkenntnis: Richard Wardour war gar nicht schlecht, er war gut, ein guter Mann, der sehr wohl imstande war, sich zu retten – womit? – mit Liebe! Mangel an Liebe hatte Wardours Seele einfrieren lassen, und Liebe rettet seine Seele aus dem Eis, eine Liebe, die so groß ist, dass er sein Leben für einen anderen hingibt!

»Jung und voller Liebe und Erbarmen«, rief er mit Wardours Stimme. »Ich bewahre ihr Gesicht in meinem Geist, der sonst nichts behalten kann. Ich muss wandern, wandern, wandern – rastlos, schlaflos, heimatlos –, bis ich sie finde!«

Dickens blieb stehen, perplex, völlig orientierungslos. Wer war diese Frau? Sie existierte nicht. Es war alles nur eingebildet.

Anfang des Jahres 1857, nach vier Wochen Kostümproben, drängten sich an die hundert Personen, darunter eine Anzahl von Abgeordneten, Richtern und Ministern, auch einige Journalisten, in dem umgebauten Schulzimmer von Tavistock House, um Dickens und die Seinen in *The Frozen Deep* zu sehen.

Das Ensemble war dasselbe wie im Jahr zuvor – nur Douglas Jerrold, der immer noch kränklich war, fehlte –, die Kinder natürlich, Wilkie Collins, Freddie Evans, Augustus Egg, John Forster, Catherines Schwester Georgina Hogarth, die eine schottische Krankenschwester mit übersinnlichen Fähigkeiten spielte, und ein schottischer Diener, der als Eskimo einige Lacher erntete. Aber Dickens stahl allen die Schau.

Er war so weit gegangen, auch Theaterkritiker einzuladen, und diese waren ebenso wie der Rest des Publikums von Dickens' Spiel überwältigt, vor allem von der ungeheuren Intensität, die er in den letzten Szenen ausstrahlte, wo er sich, in Lumpen gekleidet, von einem Mann, der daran gedacht hat, einen Rivalen in der Liebe zu ermorden, in einen verwandelt, der, während die eigens für die Sterbeszene komponierte Musik immer mächtiger anschwillt, um dieser selben Liebe willen sein Leben hingibt.

»Er hat den größten aller Siege errungen«, sagte Collins in der Rolle des Frank Aldersley vor dem hingestreckten Leichnam seines Freundes. »Er hat sich selbst bezwungen.«

Als er diese Worte sprach, die Schlussworte des Stücks, in dem Moment, bevor der Vorhang fiel und tosender Applaus losbrach, stieg in Collins ein Gefühl der Ironie auf, das er jedoch bei sich zu behalten beschloss.

Er sollte schon bald erfahren, dass der Erfolg taub ist für alle Ironie. Die *Times* und die *Illustrated London News* rühmten Dickens, er könne es mit den besten professionellen Schauspielern aufnehmen, und *The Athenaeum* ging sogar noch weiter: Seine Darbietung, befand der Kritiker, »läutete vielleicht eine neue Ära in der Bühnenkunst ein«.

Kopfschüttelnd klappte Mrs Ternan *The Athenaeum* zu und legte die Zeitschrift auf den freien Sitz neben sich. *Eine neue Ära in der Bühnenkunst!* Der junge Mann, der ihr gegenübersaß, runzelte befremdet die Stirn, denn Mrs Ternan trug Trauerkleidung, und doch – es war unglaublich, unmöglich und ganz bestimmt schockierend ungehörig – *lachte* sie. Der Zug fuhr heftig ruckelnd um eine Kurve, und gleichzeitig bremste er, was zur Folge hatte, dass die Passagiere in dem Dritte-Klasse-Abteil unsanft hin und her geworfen wurden. Als das Gerüttel abebbte, fasste sie sich wieder und entschuldigte sich.

»Meine Schwester«, sagte sie, »wir haben sie heute Morgen in Salford beerdigt.« Und dann wäre sie sicher in Tränen ausgebrochen, wenn sie jemand anders gewesen wäre. Aber für Mrs Ternan waren Tränen etwas, das sie auf der Bühne weinte und das sie mit harter Arbeit ihrem Publikum entlockte: Tränen waren Kunst und Lohn der Kunst. Das hier jedoch war das Leben. Ihr unstetes Schicksal hatte Mrs Ternan gelehrt, über das Leben zu lachen, statt sich von ihm brechen zu lassen. »Niemals«, sagte sie zu sich selbst. Obwohl sie eine nachdenkliche Frau war, lebte sie mit einem Mantra, das sie nie hinterfragte. Niemals Schwäche zeigen. Niemals klagen. Niemals eine Niederlage hinnehmen.

Sie legte die Hände in ihrem Schoß aufeinander, damit der junge Mann die Löcher in ihren Handschuhen nicht sah, und verfluchte sich im Stillen dafür, dass sie keine wärmere Kleidung dabeihatte, denn sie fror in dem ungeheizten Abteil. Das Fenster war beschlagen, aber sie schaute hinaus, als ob sie die eisige Winterlandschaft betrachtete, während der Zug südwärts fuhr.

Trotz allem, die Theaterkritik amüsierte sie, und wenn sie nicht entschlossen gewesen wäre, sich angemessen zu verhalten, hätte sie wieder gelacht. Ein gut situierter Herr und seine Kinder, die keinerlei Schauspielerausbildung genossen hatten, auf einer Bühne aus Pappmaschee! Das Ganze konnte vielleicht ein Publikum »in seinen Bann schlagen« – in der Art jener Künstler, die als »Magnetiseure« auftraten –, aber mit *Theater* hatte das ganz gewiss nichts zu tun. Und Mrs Ternan wusste, was Theater war: Mit drei hatte sie zum ersten Mal auf einer Bühne gestanden, und seitdem waren die Bretter, die die Welt bedeuten – feuchte, schimmlige, knarzende, gesprungene Bretter –, ihre Welt gewesen. Aber obwohl sie mit ganzer Seele an das Theater Shakespeares und Molières glaubte, war ihre Leidenschaft nicht belohnt worden. Sie war jetzt fünfzig und lebte ohne Mann zusammen mit drei Töchtern in einem winzigen

Häuschen, das nicht einmal ihr gehörte, weitab vom Zentrum Londons. Ihr Einkommen war spärlich und ihre Aussichten düster.

So hatte sie sich das Leben nicht vorgestellt, als sie noch jung war und entschlossen, eine zweite Mrs Siddons zu werden, als sie mehr verdiente als Fanny Kemble in Boston, als sie mit Charles Kean auf der Bühne stand, in der Alten wie der Neuen Welt mit ihrer Kunst und ihrer Schönheit die Menschen bezauberte, als sie einen jungen Iren heiratete, dessen Fähigkeiten zu den schönsten Hoffnungen berechtigten – aber er war dem Wahnsinn verfallen und in Bedlam gestorben, und sie war in die Jahre gekommen, und die guten Rollen wurden weniger, und der Druck, alles anzunehmen, was sich eben bot, wurde stärker. Sie war durch die Provinz getingelt, hatte von Bier und Brot und halb vergammeltem Fleisch gelebt, war allabendlich von feuchten Unterkünften zu weit entfernten Spielstätten und zurück gewandert, hatte, als ihr Sohn im Säuglingsalter starb, die Leiche in eine Wiege gelegt und war arbeiten gegangen; drei Abende hintereinander war sie aufgetreten und anschließend nach Hause gegangen zu seinem kalten Körper, dann hatte sie das Geld beisammen für die Beerdigung.

Sie wollte unbedingt, dass ihre drei Töchter es einmal besser hatten, aber wie konnte sie es anstellen? Da war »Das Wunderkind Fanny« – so hatte es auf den Plakaten gestanden –, ihre Älteste, die als kleines Mädchen mit ihren Darbietungen das Publikum in Entzücken versetzt hatte, die jedoch jenen Zauber nicht in ihr Erwachsenenleben hatte hinüberretten können. Da war Maria, die durchaus Fähigkeiten besaß, aber weder so rasend schön noch so überwältigend talentiert war, dass sie es je zu Ruhm oder zu Reichtum bringen konnte. Und da war schließlich Ellen, die Jüngste, die ihre Bühnenkarriere auch bereits als Dreijährige begonnen, die Polka getanzt und Pagen in Strumpfhosen gespielt hatte, mit Akrobaten aufgetreten war, solo, im Duett, im Chor gesungen hatte und jetzt, mit achtzehn, zwar eine Schönheit war, aber nicht jene Ausstrahlung besaß, die eine Schauspielerin brauchte, um eine große Karriere zu machen.

Die Zeiten waren nicht gut. Fanny und Maria hatten letzten Sommer den kühnen Versuch unternommen, eine Schule für junge Damen aufzuziehen – auch das Ausdruck einer gewissen Extravaganz. Das Ganze hatte mit viel Hoffnung und einem leeren Haus begonnen und zu nichts geführt. Zwar hatte Mrs Ternan viele Freunde beim Theater, die ihr halfen, Engagements zu finden, aber natürlich bekam sie nicht mehr jene Rollen der Cordelias und Desdemonas, die ihr einst ein gutes Einkommen gesichert hatten. Maria hatte ein paar kleine Nebenrollen am Regency, und auch das nur für die nächsten zwei Wochen, während Fanny bei einer Inszenierung des *Sommernachtstraums* den Oberon geben durfte, ein längerfristiges Engagement immerhin, wenn auch keines, das besonderen Ruhm einbrachte.

Sie zog den Brief hervor, den sie als Lesezeichen zwischen die Seiten der Zeitschrift gesteckt hatte, das Schreiben, in dem man ihr Luisas Tod mitgeteilt hatte. Sie war erst dreiundfünfzig gewesen und hinterließ vier Kinder. Mrs Ternan fragte sich, wie lang es noch dauern würde, bis sie selbst der Tod ereilte – vielleicht auf der Bühne wie den armen alten John Pritt Harley, der vor wenigen Tagen während der Aufführung, in der er den Bottom spielte, einfach umgekippt war, direkt neben der armen Fanny. Und, dachte Mrs Ternan, was würde dann aus ihren Mädchen werden?

Einstweilen war sie noch in der Lage, mit ihren Pfunden zu wuchern, konnte von der Erinnerung an ihre Schönheit und ihre einstigen Triumphe profitieren, von ihren Freundschaften und der Erfahrung, die sie im Laufe eines Lebens angesammelt hatte, eines Lebens mit Kindern und Bettwanzen, betrügerischen Theaterdirektoren, fadenscheiniger Kleidung und vergänglichen Momenten der Heiterkeit. Wenn sie auch oft einer Welt gegenüber, für die eine Schauspielerin kaum etwas Besseres als eine Prostituierte war, ihre Ehrbarkeit und Tugend behaupten musste, hatte eine Existenz wie die ihre doch manches für sich: Wenn eine Schauspielerin Talent hatte und die Gunst des Publikums gewann, konnte sie bis zu einem gewissen Grad unabhängig von Männern leben, und das war in den Augen von Mrs Ternan, die vom männlichen Geschlecht im Allgemeinen keine hohe Meinung hatte, einiges wert. Sie hatte es besser als eine Gouvernante oder eine Schneiderin. Trotzdem war ihre Welt immer noch schlimm und schrecklich genug, und ohne die Freundschaft ihrer Kolleginnen und Kollegen hätte sie dieses Leben nicht durchstehen können.

An dem Abend, an dem die Nachricht vom Tod Louisas sie erreicht hatte, des einzigen Menschen, der noch von ihrer Familie übrig geblieben war, hatte Mrs Ternan ihr Schluchzen mit einem Kissen erstickt, damit ihre Töchter nicht hörten, wie schrecklich sie litt, und nicht einmal undeutlich ahnten, was sie jetzt wusste: dass der Tod jedes geliebten

Menschen für den anderen, der am Leben bleibt, zugleich auch den Verlust gemeinsamer Erinnerungen und Erfahrungen bedeutet, den unwiederbringlichen Verlust eines Stücks eigenen Lebens, dass er einen Schritt hin zum eigenen Tod führt, nicht zu einem Ende in tosendem Beifall eines begeisterten Publikums, sondern zu einem Ende in einem staubigen, leeren Theater, wo nur das Knacken und Ächzen von Holz zu hören ist. Mrs Ternan fühlte, dass eine unendliche Dunkelheit sie rief, und sie nahm sich nur vor, sich tapfer in das Unvermeidliche zu fügen. Was wussten ein gut situierter Herr und seine Theater spielenden Kinder von alledem?

Der junge Mann sah jetzt Ellen an, die mit ihrer Mutter zu der Beerdigung gefahren war und am anderen Ende der Bank saß, wie immer vertieft in einen Roman. Mrs Ternan hatte Fannys altes Ausgehkleid sehr sorgsam ausgebessert, sodass Ellen es bei dem traurigen Anlass tragen konnte. Es sah nicht schäbig aus, und die Farbe – ein zu einem stumpfen Grau verschossenes Rehbraun – wirkte keineswegs schmutzig fahl, sondern, wie sie fand, durchaus seriös. Um dem jungen Mann klarzumachen, dass sein attraktives Gegenüber kein gefallenes Mädchen war, sondern eine wohlbehütete junge Dame, hielt Mrs Ternan ihr die Zeitschrift hin.

»Lies das mal, meine Liebe, und dann sag mir, ob man deiner Meinung nach eine derart enthusiastische Lobhudelei ernst nehmen kann.« Sie reichte ihr die Zeitschrift. »Ich für meinen Teil glaube es nicht.« Sie lächelte. Bis der allerletzte Vorhang fiel, würde sie ihre Rolle tapfer durchhalten, das stand fest. »Nie und nimmer.«

Nachdem das Stück, das ihn die letzten Monate in Atem und bei Laune gehalten hatte, abgetan war, verfiel Dickens in Melancholie. Er kehrte zu der Arbeit an *Klein Dorrit* zurück. In seiner Verfassung, die mehr und mehr Züge von Wahnsinn annahm, wurde ihm gar nicht bewusst, dass er sich selbst schrieb. London schien ihm feuchter, dunkler, trüber denn je, all die Menschen auf den Straßen und auf den Seiten seines Manuskripts fühlten sich lebendig begraben. Während er sein Leben inmitten von Menschen lebte, fragte er sich insgeheim, wie ein Mensch sich nur so allein fühlen konnte. Seine Einsamkeit machte ihm Angst.

Er nahm jetzt öfter Laudanum. Denjenigen, die kritisch anmerkten, *Klein Dorrit* sei sein düsterster Roman, widersprach er nicht. Es war auch sein erfolgreichster Roman: Die Fortsetzungen verkauften sich besser als die aller früheren Werke. Er war so allein. Er beschloss durchzuhalten, koste es, was es wolle. Er brachte es nicht mehr über sich, mit seiner Frau zu sprechen. Er war jetzt fünfundvierzig. Er und Catherine kannten einander nicht mehr, waren nicht mehr imstande, beim anderen Schmerz, Gram, Bedauern wahrzunehmen. Er spürte, dass etwas zerbrach.

Die Welt? Er selbst? Er hatte von etwas in seinem Inneren gezehrt, und das hatte ihm die Kraft gegeben, weiter seine Bücher zu schreiben, weiter die Rolle des Dickens zu spielen, aber jetzt waren seine Reserven aufgebraucht. Seine Seele rostete. Schläge hagelten auf ihn nieder, umso unfassbarer und unbeschreiblicher, als sein äußerer Erfolg so groß war wie nie zuvor. Es war ein schleichender Verlust an Leben oder an Vitalität oder etwas in der Art, eine Kraft, die ihn mit anderen verband, ging verloren, und es fiel ihm immer schwerer, eine Verbindung mit anderen herzustellen. Es war, als wäre umso weniger von ihm im Leben präsent, je mehr in seinen Büchern war. Er hätte vielleicht mit jemandem darüber gesprochen, wenn er jemanden gekannt hätte, der es verstanden hätte, aber da er es selbst nicht verstand, war es unmöglich. Er stürzte ab und konnte nichts dagegen tun.

Der Frühling kam. Dickens kaufte endlich Gad's Hill, jenes Haus in Kent, das zu besitzen er immer geträumt hatte, seit er als Kind einmal mit seinem Vater daran vorbeispaziert war. Er erinnerte sich noch genau, wie er, ein etwas sonderbarer kleiner Junge, damals seinen Vater hatte sagen hören, wenn er sehr ausdauernd und sehr fleißig arbeitete, werde er vielleicht eines Tages dieses Haus besitzen. Er hatte ausdauernd und fleißig gearbeitet. Er hatte Talent – manche sagten, Genie. Gad's Hill war der Beweis. Er hätte sich zutiefst bestätigt fühlen müssen. Aber er spürte nichts dergleichen.

Genie – was war das? Es fühlte sich zunehmend an wie eine tödliche Krankheit. Und doch erlebte Dickens sich selbst nur in seiner Arbeit, nur wenn er sich die Maske dieser oder jener Figur aufsetzte, entdeckte er, wer er wirklich war. Seine Romane enthielten gewissermaßen mehr Lebenswahrheit als sein Leben. Hatte nicht Katy ihm ins Gesicht gesagt, seine Romanfiguren seien realer und wichtiger für ihn als seine Kinder? Er leugnete es, tat es ab als einen bloßen Witz, schob das Ärgernis weg. Seine Familie zog um nach Gad's Hill, er selbst übernachtete meistens in London, in einer kleinen Wohnung über der Redaktion der *Household Words*. Er hatte Angst, dass seine Arbeit seine

Seele auffräße. War das, was man Talent, Genie nannte, nicht in Wahrheit nur sein entschlossener Wille, sich selbst auszubeuten, bis schließlich nur noch eine Leiche übrig blieb, die der Tod holen konnte?

Er schaute in den großen Spiegel, den er an der Wand seinem Schreibtisch gegenüber hatte aufhängen lassen, um sich selbst zu beobachten, wenn er in die Rolle dieser oder jener Figur schlüpfte. Aber er sah nur ein Gesicht, das jedem und niemandem gehören konnte, jemandem, der in seiner Manie, andauernd fremder Leute Gesichter nachzubilden, ein Niemand geworden war. Er hatte die meisten großen Männer seiner Zeit persönlich kennengelernt und war jedes Mal enttäuscht gewesen. Ich habe nicht meinesgleichen, dachte er. Ach, wie ihm Richard Wardour fehlte!

Der Regen platschte unruhig, wie von Schuldbewusstsein gepeinigt, auf die nächtliche Stadt, die Dickens wieder einmal durchwanderte, war stumpf zinngrau in hundert verschiedenen Schattierungen. Aber letztlich war er nur hier wirklich daheim, hier auf seiner Wanderschaft durch stinkende Armenviertel mit notdürftig zusammengeflickten Unterkünften, durch Labyrinthe des Elends, bevölkert von halb nackten Gestalten vor provisorischen Türen aus Wachstuch und hinter zerbrochenen Fensterscheiben, vorbei an einem verlotterten Hof, in dem eine gespenstisch ausgemergelte Frau saß und gierig sabbernd an ihrer Opiumpfeife zog, die sie sich aus einem Tintenfässchen gebastelt hatte. Und über alledem sah er den wilden Mond und Wolken, die sich rastlos wälzten, Schläfer, die ein schlechtes Gewissen in ihren aufgewühlten Betten umtrieb. Endlich sickerte langsam Licht in die Straßen der Stadt, die Dickens den »großen Ofen« nannte. Eine Stunde nach Tagesanbruch kam er zurück in seine Wohnung.

Er eilte sofort zu seinem Schreibtisch. Seine Gedanken setzten sich stotternd in Bewegung, die Wörter zischten und spuckten, ein Wort führte zum nächsten, und dieses zog weitere nach sich. Auf diese Weise entstanden, wie Dickens wusste, Kriege, Revolutionen, Verschwörungen, Liebesverhältnisse und Romane, aber nichts konnte je das aus seinem Kopf heraustreiben, was jenseits aller Wörter war: Sein Kopf war zum Bersten voll mit Unsagbarem.

»Der Wind fegt hinter uns her, und die Wolken fliegen hinter uns her, und der Mond stürzt hinter uns her, und die ganze wilde Nacht ist uns auf den Fersen«, schrieb er zu seinem eigenen Erstaunen in sein Notizbuch; *»aber vorerst werden wir von nichts sonst verfolgt.«*

Was sollte das bedeuten? Warum sollte die Nacht die Verfolgung aufnehmen? Und wer war mit *uns* und *wir* gemeint? Wer sollte Seite an Seite mit ihm gehen wollen?

Die merkwürdige Reise, die Dickens zu diesem *uns* und *wir* führen sollte, begann eine Woche später, als er mit dem Zug von Gad's Hill nach London fuhr. Ein Mann, dessen Kopf an einen überreifen Stilton erinnerte, betrat Dickens' Abteil. Er setzte sich, schlug eine Zeitung auf, klappte sie sofort wieder zu, entfaltete sie dann noch einmal und sagte zu seinem Sitznachbarn in einem Ton, als gäbe er den Text einer Werbeanzeige für Nachttöpfe wieder:

»Douglas Jerrold ist gestorben.«

Dickens war wie vor den Kopf geschlagen. Wie war das möglich? Er hatte seinen Freund doch erst eine Woche zuvor noch gesehen, und dieser hatte zwar erwähnt, dass er krank gewesen sei, hatte das aber lediglich darauf zurückgeführt, dass das Fenster in seinem Arbeitszimmer frisch gestrichen worden war und er die Farbdämpfe eingeatmet hatte.

Der Tag hatte schon schlecht angefangen. Katy hatte sich eine Haube gekauft, und Catherine hatte das ganz in Ordnung gefunden. Ihm gefiel es, wenn seine Töchter schick aussahen, aber die Kosten, die Kosten! Diese Kinder hatten keine Ahnung, was das Geld wert war – sie waren genauso verschwenderisch veranlagt, wie sein Vater es gewesen war, und würden, fürchtete Dickens, vielleicht ein genauso schlimmes Ende nehmen.

Er hatte Katy angeschrien, sie hatte zurückgeschrien, und dann hatte auch Catherine geschrien, und es war plötzlich so gewesen, als wäre es unmöglich, irgendetwas in normaler Lautstärke zu sagen. Er hatte innegehalten und sie ganz leise gebeten, damit aufzuhören, ihr Toben einzustellen, es könne doch nicht sein, dass man sich so zerstreite, sie sollten doch wieder zusammenfinden, wie es sich gehörte in einer Familie. Aber das waren nur Worte, und niemand gab etwas darauf; Catherine fing wieder zu weinen an, und Katy stand neben ihr und warf ihm zornig funkelnde Blicke zu.

Ihm war nichts anderes übrig geblieben, als zu seiner Arbeit zurückzukehren, um wieder zur Ruhe zu kommen, als sich wieder einmal in irgendeinem Projekt lebendig zu begraben. Aber *Klein Dorrit* war fertig, die letzte Fassung beim Drucker, und er hatte im Moment kein Projekt außer allenfalls seine Zeitschrift.

Als Dickens seinen Freund Wilkie Collins in der Redaktion der *Household Words* traf, hatten seine Überlegungen bereits einige Fortschritte gemacht. Da er wusste, dass Jerrold seine Familie mittellos zurückließ, schlug er Collins vor, einige Vorstellungen von *The Frozen Deep* zu veranstalten, deren Erlös der Witwe und ihren Kindern zugutekommen sollte. Das Stück, das erst viermal aufgeführt worden war, hatte viel Aufsehen in London erregt, ihn und Collins hatten zahlreiche Bitten aus allen Teilen der Gesellschaft bis hinauf zur Königin höchstselbst erreicht, es doch in weiteren Vorstellungen einem größeren Publikum zugänglich zu machen.

Und so kam es, dass am 4. Juli *The Frozen Deep* an einer neuen Spielstätte – in der Royal Gallery of Illustration – vor Königin Victoria, Prinz Albert und ihrer Familie gegeben wurde; unter den geladenen Gästen waren König Leopold I. von Belgien, Prinz Friedrich-Wilhelm von Preußen und seine Verlobte Prinzessin Viktoria, und sogar Geistesgrößen wie Hans Christian Andersen. Im Laufe der folgenden drei Wochen gab es noch drei Vorstellungen. Dickens spielte wieder Wardour, und seine Darbietung war die größte Sensation überhaupt.

»Wenn dieser Mann zur Bühne ginge«, rief Thackeray nachher im Foyer aus, »könnte er 20 000 Pfund im Jahr verdienen!«

Aber bei allem Erfolg und obwohl man die Eintrittskarten teuer verkauft hatte, war der Geldbetrag, den man Mrs Jerrold überreichen konnte, doch unbefriedigend niedrig. Dickens, von seinem Triumph ermutigt und wie neu belebt, nachdem er wieder den Wardour hatte spielen dürfen, beschloss, eine weitere Reihe von Aufführungen zu veranstalten, und zwar in einem Saal, der weit mehr zahlende Zuschauer fasste, damit das zum wohltätigen Zweck benötigte Geld dieses Mal gewiss zusammenkäme. Er mietete die Free Trade Hall in Manchester, ein großartiges neues Theatergebäude mit zweitausend Sitzplätzen.

Wenn auch die Größe des Raums *ein* Problem zu lösen versprach, schuf sie doch zugleich ein anderes: Dickens gelangte schnell zu der Überzeugung, dass die Stimmgewalt seiner Laienschauspielerinnen nicht ausreichen würde, einen derart riesigen Saal zu füllen. So anrührend und bezaubernd das Spiel seiner Töchter und Dienstmädchen auch in einem kleinen Raum sein mochte, wo ihre dramatischen Defizite nicht störten, sondern im Gegenteil sogar einen besonderen Charme des Familiären erzeugten, würden sie, fürchtete er, in einem großen Theater einfach nur hausbacken, wenn nicht lächerlich wirken. Er musste professionelle Schauspielerinnen finden.

Der Bühneneingang des Haymarket Theatre lag versteckt in einer Seitengasse, die in der Hitze des Sommermorgens eine an starken Aromen reiche Mischung von Gerüchen ausdünstete. Mit einer Stiefelspitze schob Dickens die mit Vogelmist bekleckerten Austernschalen auf den Stufen beiseite. Ein schmutziger Gassenjunge, bekleidet mit einer zerrissenen Weste, ritt auf einem Schwein vorbei, flankiert von zwei anderen Kindern, auf die er in einem sonderbaren Kauderwelsch – Gälisch, vermutete Dickens – einredete. Ein Star flog aus einem Mauerloch über der Tür, durch das schrilles Zwitschern hungriger Jungvögel schallte. Dickens trat ein in einen dunklen, abweisend kahlen Flur und machte sich, geleitet von gedämpft vernehmbarer Musik und dem Geräusch tanzender Füße, auf den Weg zu dem Ort, den er über alles liebte, wo die Herzen zugleich diszipliniert und zügellos sein konnten, in eine Welt, wo es nur eine Maske brauchte, um Lügen in Wahrheit zu verwandeln.

Nachdem er sich zweimal verlaufen hatte, kam er auf die Hinterbühne, in ein Gewirr von Balken und Streben, Seilen und Flaschenzügen, alles sowohl von einfallendem Tageslicht als auch künstlich von Gaslampen beleuchtet, was eine Mischung von kurzen und langen Schatten ergab, die allen Regeln der Optik Hohn zu sprechen schien. Und mittendrin in dem Tohuwabohu saß, gestreift von Schatten, ein junges blondes Mädchen, das leise vor sich hin schluchzte.

»Um Himmels willen, Mr Dickens, mit Ihnen habe ich nicht gerechnet. Als Sie sagten, Sie würden vorbeikommen, dachte ich nicht, dass Sie gleich heute Vormittag, mitten in der Probe, hereinschneien würden.«

Dickens drehte sich um und sah eine stämmige, aber nicht unattraktive Frau vor sich.

»Nun ja, Mrs Ternan, ich wusste natürlich, dass Sie um diese Zeit zu tun haben, aber ich habe Ihnen einen Vorschlag zu machen und wollte das so bald wie möglich tun.«

Er schaute sich nach der weinenden jungen Frau um, in der er nun eine von Mrs Ternans hübschen Töchtern wiedererkannte; er hatte sie am Abend zuvor auf der Bühne bewundert.

»Ellen hat leider gerade erfahren müssen, dass sie in der Schlussszene dieses zerrissene Kleid tragen soll. Sie fürchtet um ihren guten Ruf, denn das Kostüm lässt zu viel von ihrem Bein unbedeckt. Wissen Sie, Mr Dickens« – bei der Nennung seines Namens fuhr er herum –, »ich habe meinen Töchtern Anstand *und* Schauspielerei beigebracht und sie dazu erzogen, die beiden Dinge nicht als miteinander unvereinbar zu betrachten. Sie sind nicht wie die meisten, die diesen Beruf ausüben.«

»Mr Cornford vom Regent's Playhouse hat mit großer Hochachtung von der Charakterfestigkeit und der Tüchtigkeit gesprochen, die Sie und die Ihren auszeichnen.«

Dickens hatte Ellen Ternan, deren Alter er auf sechzehn schätzte, als Hippomenes in einem Stück namens *Atlanta* gesehen und den Eindruck gewonnen, dass sie eine durchaus brauchbare Schauspielerin war. Und sie hatte ohne Zweifel hübsche Waden. Darüber hinaus hatte er den Worten von Mr Cornford entnommen, dass eine der drei Schwestern außergewöhnlich begabt und ihre Mutter eine allseits geachtete Persönlichkeit war, dass alle vier fähige, verlässliche Kräfte von untadeligem Ruf und, versteht sich, zu den Terminen, für die er die Manchester Free Trade Hall gebucht hatte, verfügbar waren.

»Wenn Sie wünschen, könnte ich mit dem Direktor sprechen – ich meine: wegen dieser Sache mit dem Kostüm …« Dickens' Blick kehrte zu dem Mädchen zurück. Ihre großen Augen waren leuchtend blau. Sehr dünne Strümpfe. Ihre Beine …

»Ach, machen Sie sich darum keine Sorgen, Mr Dickens. Ich kümmere mich schon darum, dass meine Tochter nicht herabgewürdigt wird. Ihr guter Ruf und unser werden nicht so leicht beschädigt werden.«

Durch eines der Fenster hoch oben, in dem ein Streifen Himmel zu sehen war, fiel ein Sonnenstrahl. Dickens spürte die unerwartete Wärme, sie tat ihm gut.

»Niemand wird mit dem Direktor sprechen«, sagte das Mädchen plötzlich. »Ich werde einfach meine Rolle so spielen, wie ich es für richtig halte« – sie reckte stolz den Kopf –, »und damit hat sich die Sache.«

»Verderben mag, wenn denn verderben muss, was seines Wertes wegen untergeht«, sagte Dickens, dem wohl bewusst war, dass er theatralisch wurde und sich nicht mehr ganz im Griff hatte.

Mrs Ternan fand, dass es an der Zeit war, zur Sache zu kommen.

»Und Ihr Vorschlag, Mr Dickens?«

Das Mädchen schien gar nicht zuzuhören, als er sein Anliegen vortrug. Sie beobachtete seine Hände. Sie flatterten wie die Flügel eines wilden Vogels in einem Käfig.

7

Erst später, als er in der resoluten Schwärze eines arktischen Winters auf den Tod wartete, an Bord der *Erebus,* deren Planken unter dem Druck des Eises Terpentin ausschwitzten, verstand Sir John so recht, wie schwierig es war, ein Gemeinwesen zu regieren, das halb Gefängnis, halb Basar war. Seine offene, wenig entschiedene Art, seine Arglosigkeit, sein Verzicht auf Geheimagenten, seine Naivität, die nichts von der Notwendigkeit, Kompromisse zu schließen, wusste, seine vornehme Geringschätzung der dunklen Künste des Einbeziehens und Ausgrenzens, des Belohnens und Strafens, alle diese Defizite hatten in Van Diemens Land dazu geführt, dass er schließlich in Hohn und Verachtung fiel.

In dem Monat zuvor war er mit den ausgehungerten Überlebenden seiner Mannschaft nach Süden marschiert, um die Gegend zu erkunden, aber sie hatten in der schrecklichen weißen, immergleichen Ödnis nichts finden können, was irgend Orientierung bot, und erst als sie zurückgekehrt waren, um in ihren zwei Schiffen zu überwintern, hatten sie eine bemerkenswerte Entdeckung gemacht: Die *Terror* war zwischen den Eisschollen zerquetscht worden und gesunken; nur ein abgebrochener Mast lag noch da zum Beweis, dass da einmal ein Schiff gewesen war.

Als man Franklin dann auf der *Erebus* in Croziers Kajüte die hart gefrorenen Stiefel ausgezogen hatte, waren drei seiner Zehen abgefallen. Zweimal amputierten sie sein Bein, zuerst unter dem Knie, dann darüber, aber der Wundbrand hatte sich nicht aufhalten lassen.

Draußen heulte der Wind und trieb Perlenschnüre aus Eis umher. Drinnen wünschte Franklin den Tod herbei, schon weil er ihn von dem unerträglichen Gestank seines eigenen fauligen Fleischs befreien würde. Er verstand wenig von Menschen und hatte es in Gesellschaft weitgehend seiner Frau überlassen, sich mit ihnen abzugeben. Sie hatte ihm versichert, sie sei eine Menschenkennerin, aber jetzt wurde ihm klar, dass er sich auch in diesem Punkt hatte täuschen lassen. In Wirklichkeit war sie einfach nur weniger demütig als er.

Später sollte Lady Jane das Talent zur Intrige, das erst die Einwohner von Van Diemens Land aus seinem Schlummer geweckt hatten, zu einiger Meisterschaft entwickeln, aber damals kultivierte sie noch lauter Eigenschaften, die ihrem natürlichen Wesen zuwiderliefen: bescheidene Sanftmut, Untertänigkeit, Selbstlosigkeit. Sie war keine große Erzählerin oder auch nur Liebhaberin von Geschichten, ob sie nun in albernen Romanen gedruckt waren oder von der flinken Zunge ihrer Tischnachbarin beim Essen perlten, aber sie versuchte es nach Kräften, denn sie war mit eisernem Willen um innere und allseitige Vervollkommnung und Wertsteigerung bemüht, wobei in ihrem Denken das Wohl von Van Diemens Land und ihre ganz persönlichen Ambitionen in eins zusammenfielen.

Nirgendwo, das hatte Lady Jane sofort erkannt, als sie,

noch keine vierzig Jahre alt, in diese Kolonie kam, konnte die Saat von Reform und Aufklärung auf besseren Boden fallen. In ihrem Geist wimmelte es nur so von Ideen für Projekte und Unternehmungen und Organisationen. Die Insel erlebte eine nie da gewesene Blüte, die Sträflingstransporte brachten Scharen von Sklavenarbeitern ins Land, die sich um die immer größer werdenden Schafherden kümmerten, immer mehr Wolle für die boomende britische Textilindustrie wurde produziert. Die Bevölkerung – zumindest der Teil davon, der keine Ketten trug – stand an der Schwelle zu einem Goldenen Zeitalter, und wenn einmal die Geschichte dieser Epoche geschrieben würde, sollten, dafür wollte Lady Jane sorgen, sie und Sir John einen prominenten Platz darin einnehmen.

Lady Jane fasste die Insel, die ihr Mann praktisch als Alleinherrscher regierte, anfangs als ein entzückendes Spielobjekt auf, das Sir John ganz nach dem Bild, das zahllose Plaudereien in den Salons von London entwarfen, modeln konnte. Tatsächlich hatte er, geleitet von den aufgeklärtesten Ideen, den Strafvollzug gründlich reformiert, gelehrte und wissenschaftliche Gesellschaften gegründet und Soireen veranstaltet, bei denen schöngeistige, philosophische und naturwissenschaftliche Themen ausgiebig erörtert wurden. Seine Anhänger sagten, er schlafe nie, seine Kritiker, er sei nie aufgewacht.

Die jungen Töchter der freien Siedler, hocherfreut darüber, dass sie ins Haus des Gouverneurs geladen wurden, um, wie sie dachten, zur Musik einer Militärkapelle durch die Nacht zu tanzen, waren zuerst verwirrt, dann empört, als sie feststellen mussten, dass im Ballsaal lediglich wieder eine dieser Veranstaltungen stattfand, bei denen man mit feierlichem Ernst über die noch junge Wissenschaft des Mesmerismus oder die segensreiche Anwendung des Magnetismus in der Landwirtschaft diskutierte.

Lady Jane war mit großem Enthusiasmus darangegangen, in der Person ihres Ehemanns Krankenhäuser, Wohltätigkeitseinrichtungen und Schulen zu gründen und die Gesellschaft weg vom bloßen Profitstreben zum Licht der Vernunft zu führen, das die aufgeklärte Alte Welt erhellte.

»Wäre es Dir vielleicht möglich, mir einen hübschen Plan für eine Glyptothek zu besorgen?«, schrieb sie ihrer Schwester in London – das griechische Wort bezeichnete ein Museum für plastische Kunst und war eben in Mode gekommen. »Die Insel braucht unbedingt eine eigene Antikensammlung. Das Beste wäre, denke ich, mit einigen kleinen, aber gut proportionierten Räumen zu beginnen, in denen man eine Anzahl Bilder und ein Dutzend Abgüsse von Stücken der Elgin-Sammlung und aus dem Vatikan ausstellen könnte. Ich hätte gerne Theseus, Ilyssus, den Torso und den Pferdekopf vom Britischen Museum, außerdem den Apollo von Belvedere, die Venus von Medici und den Sterbenden Gladiator. Könntest Du das veranlassen?«

»Die Lady sollte besser zusehen, dass ihre Tanzkarte voll wird, als alle möglichen französischen Spinnereien hier einzuführen«, bemerkte Franklins Sekretär Montague naserümpfend, als er seinen Freunden in Hobart Town von ihren ehrgeizigen Projekten erzählte. Aber in ihrer Gegenwart erlaubte er sich natürlich keine Kritik, sondern gab sich sehr angetan von ihrem Initiativgeist.

»Andere Frauen freuen sich über Blumen«, sagte sie einmal zu Montague, dessen geheimen Groll sie sehr wohl witterte, »aber ich strebe nach Lorbeer.«

Und eine Zeit lang gefiel solcher Lorbeer den oberen Klassen der Inselbevölkerung, denn obwohl und eben weil ihr Wohlstand und ihre Macht in mancherlei Weise unzertrennlich mit dem Elend der großen Masse zusammenhing, empfanden sie es doch als sehr entlastend, sich mit Kultur zu bekränzen.

Die führende Schicht in Van Diemens Land war nicht so sehr deswegen peinlich, weil sie geistlose Dichter, geschmacklose Landschaftsmaler und talentlose Aquarellistinnen hervorbrachte, als vielmehr, weil sie nicht davon schweigen konnte. Man rezitierte holprige Verse, hängte grauenhafte Ölschinken an die Wände, verwies voller Stolz auf gelehrte Gesellschaften und versicherte immer wieder, dass die verschiedenen einheimischen Amateurwissenschaftler tagtäglich bedeutende Entdeckungen machten.

Am allermeisten prahlerischen Lärm aber machte man um die beiden Personen, die alle Größe und Herrlichkeit der herrschenden Klasse zu verkörpern schienen: den vermeintlich so schneidigen neuen Gouverneur und seine Frau. Das waren interessante Leute, Berühmtheiten, auf dem neuesten Stand der intellektuellen Mode, hoch geachtete Leute, die alles kannten, was in England Rang und Namen hatte, bemerkenswerte Leute, die diese Kolonie zu Glanz und Ehre bringen würden, schillernde Persönlichkeiten, deren Pracht die mausgraue Mittelmäßigkeit, die in Wahrheit die Insel beherrschte, zudecken würde.

Und so schmeichelten sie dem vizeköniglichen Paar und taten ihm schön, und nur die Insassen des Frauengefängnisses verliehen den Gefühlen der Unfreien unmissverständlichen Ausdruck: Als Lady Jane sie belehrte, dass Moral das Fundament des Lebens sei, drehten sie sich um, hoben wie auf Kommando ihre Röcke und wackelten mit ihren schmutzigen Ärschen. Die Menschen, die nicht in unmittelbarer Nähe des Machtzentrums, sondern in weiter außen gelegenen Zonen der Gesellschaft lebten, zumeist Sträflinge oder Halbfreie, die ein Ticket of Leave hatten, nahmen von den Franklins keine Notiz. Sie tranken in ihren illegalen Kneipen weiter Schwarzgebrannten mit Zucker und sangen verbotene Lieder, in den Zellen und in den Wäldern, in den Küchen, Ställen, Werkstätten, Gruben änderte sich nichts, ging es nach wie vor immer nur darum, ob man am Leben blieb oder starb, ob man vergewaltigt, ausgepeitscht oder freigelassen wurde, ob man genug zu essen hatte oder verhungerte.

Aber dann wurde Europa von einer großen Depression erfasst, der Textilmarkt brach ein, die Produktion geriet ins Stottern, die Preise für Wolle fielen, und es war plötzlich nicht mehr Geld im Überfluss da. Der Wirtschaftsaufschwung in der Kolonie kam zum Stillstand, und jedermann wusste sofort, woran das lag – an Ihrer Majestät vizeköniglichen Korpulenz Sir John und seiner neunmalklugen Frau.

Lange Zeit bekamen es die Franklins gar nicht mit. Sir John gab den Bau von sechs Kanonenbooten in Auftrag – Van Diemens Land sollte eine eigene Flotte besitzen. Die Aussicht, dass er schon bald nagelneue Kanonen und Munition bestellen konnte, erregte ihn. Sie gab ihm die Illusion, er sei ein Mann der Tat, und das tröstete ihn darüber hinweg, dass er es nie geschafft hatte, ein Mann der hohen Politik und ihrer Intrigen zu werden. Bei seiner Ankunft in der Kolonie war er erstaunt gewesen, so viel Wohlstand vorzufinden. Man hatte zu seinem Empfang Diners, Bälle und allerlei öffentliche Huldigungen veranstaltet. Bei seinem Einzug in Launceston hatten ihm hundert Reiter und siebzig Kutschen das Geleit gegeben, auf den Straßen hatten sich Massen von Begeisterten gedrängt, die ihn willkommen hießen. Der Tyrann Arthur, sein Vorgänger, war abgetreten, er, Sir John, wurde wie ein Befreier aufgenommen. Er hatte Montagues Mahnung nicht verstanden und sollte sie auch später niemals verstehen.

»Kein Regime«, hatte sein Sekretär gesagt, »ist so sehr gefährdet wie ein despotisches, das sich zu reformieren sucht.«

Und so kamen, als der Boom vorbei war, schlechte Zeiten, und auf der Insel brodelte Zorn, und Rachepläne wurden geschmiedet. Die Franklins erkundeten weiter das Land, verfassten Berichte und luden zu Soireen ein. Denn Sir John und Lady Jane waren aufmerksame Beobachter, deren geschärftem Blick nichts entging, ausgenommen die Menschen um sie herum.

Besucher, alte Kolonisten und Auswanderer, die sich in Van Diemens Land niederlassen wollten, wurden alle gleichermaßen von einer Welle der Begeisterung erhoben, wenn sich ihr Schiff Hobart Town, der Hauptstadt der Insel, näherte, eine hoffnungsfrohe Hochstimmung ergriff von ihnen Besitz, während sie eine weite Flussmündung mit romantischen kleinen Buchten hinauffuhren und auf die malerischen, dicht bewaldeten Hügel ringsum blickten, denn wenn auch die eine oder andere dünne Rauchfahne über den Wipfeln aufsteigen mochte, verriet doch nichts dem Betrachter, was für ein elendes Leben die Menschen führten, die da tief in den Wäldern wohnten.

Desto größer war ihre Enttäuschung, desto tiefer sank ihre Stimmung, wenn sie dann die verdreckte Stadt erreichten, die von der Bay zu den Vorbergen der steilen Höhen dahinter nicht eigentlich emporstieg, sondern eher betrunken hinaufwankte. Es war, als hätten sich die Welt der Kaserne und die des Gefängnishofs zu einer Stadt vereinigt, deren beste Teile monoton und deren schlechteste geradezu monströs anmuteten.

Die Sträflinge wurden erst hier aus den stinkenden Laderäumen von Schiffen gezerrt, die einst als Sklaventransporter, passend für viel kürzere Reisen zwischen Afrika und Amerika, gebaut worden waren, und erlebten deswegen weder jenes Hochgefühl noch diese Ernüchterung. Sie hatten eine sechs Monate dauernde Reise hinter sich und waren noch am Leben, das musste reichen. Sie atmeten so gut es ging die unvertraute, geradezu obszön frische Luft, tranken gierig das lebhafte, harte blaue Licht und sagten sich ganz einfach, dass sie durchhalten mussten.

Vom Kai gelangte man in fünf Minuten zu der etwas verlotterten vizeköniglichen Residenz, die auf einem Felsen südlich des Hafens stand. Ursprünglich war es ein bescheidenes Häuschen gewesen, dann war es erweitert, dann aufgestockt, dann vergrößert und wieder aufgestockt worden. So wie die Bevölkerung der Kolonie von ein paar Hundert Seelen, die ums nackte Überleben kämpften, auf vierzigtausend angewachsen war, so war dieser Bau, der mit seinen vielen Häuten einer Zwiebel glich, entstanden. Die besondere Eigenart der Insel, alles und jedes in eine unscharfe Erinnerung zu verwandeln, manchmal sogar Dinge, die erst später oder überhaupt nie wirklich wurden, bewahrte auch an diesem Bauwerk seine Kraft: Obwohl es erst dreißig Jahre alt war, hatte es bereits etwas von der Erhabenheit einer Ruine.

Aber als Mathinna in dem Frühling, der auf den Besuch der Franklins in Wybalenna folgte, nach einer viel zu langen Reise dort ankam, sahen ihre Augen nicht die im Mauerwerk hochkriechende Feuchtigkeit, nicht die welligen Tapeten, den rissigen, bröckelnden Putz, die Schieflage des Baus, der sich an etlichen Stellen gesenkt hatte, sodass die verzogenen Tür- und Fensterrahmen wirkten, als zwinkerten sie. Was sie sah, war eine Art von Palast, die sie aus Beschreibungen des Protektors kannte. Selbst den muffigen Geruch nach toten Riesenkrabbenspinnen und längst vertrockneter Kusupisse deutete sie als etwas, von dem der Protektor immer wieder gesprochen hatte, vom Wohlgeruch Gottes.

Mathinna Flinders – so stand es im Logbuch, denn der Kapitän, der ein funktioneller Analphabet war, glaubte, Schreiben sei vor allem eine dekorative Kunst, weswegen alle seine Passagiere aus Gründen der ästhetischen Balance einen Familiennamen brauchten – war wegen schlechten Wetters und ungünstiger Winde von Südwesten volle zehn Tage von Flinders Island nach Hobart am südlichen Ende von Van Diemens Land unterwegs gewesen. Während die Schaluppe sich in den vergleichsweise schwachen Ausläufern riesiger Wellen, die das Meer abseits sicherer Häfen in eine weiß kochende, strudelnde Hölle verwandelt hatten, hob und senkte, hatte der Kapitän, ein überzeugter Methodist, sie den Katechismus abgefragt.

»Wer ist Jesus Christus?«

»Das Kind Gottes, Sir.«

»Was war Jesus Christus für uns?«, fuhr der Kapitän fort. Das Kind sollte die wesentlichen Glaubenssätze intus haben, wenn sie in Hobart ankamen.

»Unsere Rechtfertigung, Sir.«

Das war ein schwieriges Wort, sie verhaspelte sich, aber der Kapitän ließ die Antwort gelten.

»Wer oder was ist der Teufel?«

»Der Feind unserer Seelen, Sir.«

»Wie stellt er unseren Seelen nach?«

»Er verführt uns dazu, unseren sündhaften Begierden nachzugeben.«

»Warum hat Gott Jesus zu uns auf die Welt gesandt?«

»Damit er unsere Sünden auf sich nahm, Sir. Aber warum …«

»Wer hat Jesus Christus ans Kreuz geschlagen?«

»Die Juden, Sir. Aber warum, Sir, warum muss Jesus Sünden annehmen und wir nicht? Jesus gut.«

»Was sind die Juden?«

»Das Volk Gottes, Sir.«

Ob Mathinna sich fragte, was sündige Begierden eigentlich waren oder wieso das Volk Gottes das Kind Gottes sollte umbringen wollen, oder ob ihr das alles bereits ohne Weiteres klar war, da sie in einer Umgebung groß geworden war, in der Kinder Gottes den Ton angaben, blieb ungewiss, denn nachdem sie die Prüfung zur Zufriedenheit des Kapitäns absolviert hatte, fing sie sofort eifrig zu plappern an.

»Und, Sir, Sir, Napoleon ist guter Kerl, ich lerne von ihm bis sieben zählen, guter Lehrer, er kennt diesen ersten Kerl und so und den Kerl, der Berge gemacht hat und Bäume und Sterne. Ja, Sir, das weiß er. Jesus blutet wie Schwarzer.«

»Woher kennst du Shakespeare?«, fragte der Kapitän argwöhnisch.

»Napoleon«, sagte das Kind, das keine Ahnung hatte, was für ein Ding Shakespeare war.

Mathinna ging in Hobart nicht so an Land, wie sie es sich auf Flinders Island vorgestellt hatte: bekleidet mit dem Fell eines weißen Kängurus, das ihr Vater erlegt hatte. Als der Protektor ihr eröffnet hatte, dass sie fortmusste, war das Kind in Tränen ausgebrochen. Er hatte ihr gesagt, es sei völlig ausgeschlossen, dass sie wie eine Wilde angezogen beim Gouverneur auftauchte; dafür hatte er in einem anderen Punkt nachgegeben: Sie durfte ihren liebsten Spielgefährten mitnehmen, einen Albino-Ringelschwanzbeutler, den sie gezähmt hatte. Er lief gern auf ihren Schultern herum, steckte seine Schnauze unter ihr schmuddeliges Hemd und schoss häufig runde Knöllchen ab, wie eine Salve vom Turm einer Festung.

Der Protektor ließ ihr das Tier nicht aus Sentimentalität, sondern weil er fürchtete, sie könnte widerspenstig werden, wenn er ihr nicht wenigstens diesen einen Trost zugestand. Sie war unter allen Kindern Hams, die noch am Leben waren, das gescheiteste, ein bisschen übermütig allerdings, aber jedenfalls am weitesten fortgeschritten und – zumal wenn man bedachte, wie gefasst sie über den Tod ihres Vaters hinweggekommen war – vielleicht dasjenige, das am ehesten zum Heil gelangen konnte.

Aber es dauerte mehrere Monate, bis er endlich dem Drängen der Franklins nachgab – das Wetter sei zu schlecht, schrieb er ihnen, oder das Kind nicht gesund, und er brachte sogar pädagogische Bedenken vor. In Wirklichkeit verzögerte sich die Sache einfach deswegen, weil das Kind sich jedes Mal versteckte, wenn das Schiff zur Abreise bereit war. Und Robinson, den der Gedanke, sich von dem Kind zu trennen, sonderbar beklommen machte, war im Grunde seiner Seele jedes Mal irgendwie ganz froh darüber, dass es nicht auffindbar war. Denn irgendetwas, das er nicht in Worte fassen konnte, störte Robinson, von jeher ein aufmerksamer Beobachter der Macht, der er zu Füßen lag, an Sir John. Er nahm Zuflucht zum Gebet und zur Heiligen Schrift, fand aber keine Antworten, sondern lief ins Leere der Transzendenz.

Als er an den Punkt gelangte, wo seine Ausflüchte vollends unglaubwürdig wurden, verstärkte Mathinna ihrerseits ihren Widerstand und entwich zusammen mit zwei Eingeborenenfrauen nach Gun Carriage Island in eine Siedlung von Seehundsjägern. Sosehr es dem Protektor auch gegen den Strich ging, der Bitte der Franklins nachzukommen, und so willkommen es ihm jedes Mal gewesen war, wenn er das Kind nicht hatte finden können, musste er jetzt doch einsehen, dass er das Kind auf gar keinen Fall dem Abschaum der Strafkolonie überlassen durfte. Schließlich, sagte er sich, waren diese Leute nicht irgendwer, sondern die edelste Zierde Englands, prinzipien- und charakterfest, tiefreligiös, fortschrittlich denkend – die würdige Lebensgefährtin eines unerschütterlichen Helden, dessen Name in den Geschichtsbüchern prangte, und dieser große Mann selbst. Und waren ihre Absichten nicht wahrhaft selbstlos? Sie wollten dieses Kind von Wilden erziehen, es erheben auf das Niveau einer zivilisierten Engländerin. Wie konnte er sich dem in den Weg stellen?

Schließlich sperrte er Mathinna eine Woche lang in einem Zimmer seines Hauses ein, nahm ihr ihren Ringbeutler weg und gab ihn ihr erst zurück, als sie sich an Bord der *Cormorant* befand, einer kleinen Schaluppe, die Seehundsfelle geladen hatte. Zum Abschied schenkte er ihr ein paar Stückchen Schiffszwieback, blieb aber nicht, um ihr nachzuwinken, sondern verkroch sich in sein Haus, wo er in der Bibel las, bis die Dämmerung kam und das Schiff außer Sichtweite war.

Um etwas von der verlorenen Zeit wiedereinzuholen, fuhr der Kapitän der *Cormorant* nicht bis nach Hobart, sondern lud seine menschliche Fracht in einer kleinen Bucht an der Einfahrt zum Mündungstrichter des Derwent aus. Dort sprach er einen weißhaarigen Waldarbeiter an, der mit einem Karren Brennholz unterwegs war. Zuerst hatte der Alte mit dem schwarzen Kind nichts zu schaffen haben wollen – sein Bruder, ein Sträfling, war während des Kriegs mit den Wilden bei einem Überfall auf eine entlegene Schaffarm von Schwarzen getötet worden. Aber schließlich ließ er sich doch überreden: Der Kapitän, der es eilig hatte, wieder zurück auf die Inseln zu kommen, gab dem Mann einige Seehundsfelle, und dieser erklärte sich bereit, Mathinna nach Hobart zu bringen.

Der Holzarbeiter musterte das Kind und sagte sich, er

könnte ja einfach so tun, als wäre es bloß ein Sack Spreu, den er abliefern sollte. Er hatte selbst einmal eine Tochter gehabt, wenn ihm auch nichts von ihr geblieben war als der Name, der auf seiner Schulter eintätowiert war. Er sah, dass das Kleid der Kleinen vorn ausgebeult war, und in der Mitte, wo es zugeknöpft war, hing in Höhe der Taille ein Schwanz heraus. Er beugte sich vor, zog daran wie am Griff einer Türglocke und war überrascht, als zwei große, verschlafene rosa Augen und eine feuchte Schnauze zum Vorschein kamen.

Mit seinen sehr großen und zugleich sehr sanften Händen, die an ein Seeadlernest aus knorrigen Eukalyptusästen erinnerten, hob er Mathinna hoch. Er fühlte, wie leicht und zutraulich sie war, und ihm wurde mit Schrecken bewusst, dass der Hass ihm verloren ging.

Sie sah ihm ins Gesicht. Eines seiner Augen war tot und milchig, seine Haare erinnerten sie an ein dichtes Gewirr bleicher Kasuarinenzweige. Als der Alte sie behutsam durch die Luft schwenkte, fühlte sie sich sicher. Er setzte sie auf dem Kutschbock seines Karrens ab, dann kramte er, allen seinen Racheschwüren zum Trotz, aus einer Kiste eine schmutzige Decke und breitete sie dem Kind über die Knie.

»Garney«, sagte er.

Er sah, dass ihre nackten Füße unter dem zerschlissenen Saum der Decke hervorschauten, beugte sich nieder und zwickte sanft ihren großen Zeh. Er lächelte.

»Garney Walch.«

Das Kind hatte noch nie so etwas wie diese Stadt gesehen, ein verwirrendes buntes Durcheinander von Weißen und großen Gebäuden und Dreck und Scheiße und Pferden, Unmengen von Pferden. Und das alles wirkte auf sie, als sie so an neuen Lagerhäusern und älteren Kneipen und elenden Bruchbuden vorbeifuhr, vorbei an frei laufenden Schweinen und Kühen, an gelb-schwarz gekleideten Männern, die wie Ochsen zusammengekettet waren, an mit Musketen bewaffneten Männern in roten Anzügen und schließlich hinauf zur Residenz des Gouverneurs, ungeheuer aufregend.

Ein paar Passanten hie und da blieben stehen, deuteten mit dem Finger auf sie und schüttelten fassungslos die Köpfe, als hätten sie ein Gespenst gesehen.

»Warum, Gunna?«, fragte sie den Alten – sie konnte seinen Namen nicht richtig aussprechen.

»Na ja«, sagte Garney Walch, der erst überlegen musste, was er dem Kind antworten sollte. »Das ist, weil … weil du ihre neue Prinzessin bist, darum.«

An ihrem Bestimmungsort wies man sie nach hinten in das Gewirr von Anbauten und Nebengebäuden, die als Küche, Schlachthaus, Wäscherei, Pferde- und Schweineställe und Dienstbotenunterkünfte dienten.

»Nicht weggehen«, bat sie, als er sie vom Kutschbock hob.

»Das sind gute Leute«, sagte er. Aber sie klammerte sich mit Armen und Beinen an ihm fest, und der Ringbeutler schlüpfte aus ihrem Kleid und rannte um seinen Hals herum. »Die allerbesten Leute«, sagte er.

Aber er glaubte es nicht. Und sie auch nicht. Sie klammerte sich noch fester an ihn.

»Nicht gehen.« Ihr magerer Körper an seiner Brust war wie der eines verängstigten Vogels. Und obwohl er das Geschöpf, das ihn ja eigentlich gar nichts anging, gern festgehalten und getröstet hätte, musste er das Kind und den Ringbeutler von sich reißen und die beiden einer zierlichen Frau mit einem Muttermal übergeben, das, sonderbar weich wie eine überreife Aprikose, ihr halbes Gesicht bedeckte.

Garney Walch suchte eilig das Weite. Im Stillen verfluchte er seine leicht verletzliche Seele: Er hatte nicht damit gerechnet, dass seine alte Wunde, die er längst verheilt geglaubt hatte, noch so schmerzen konnte.

Die Frau badete Mathinna in einem hölzernen Trog, der an der Längswand eines der Stallgebäude aus Fachwerk angebracht war und normalerweise als Pferdetränke diente. Das Wasser war kalt – auf dem Berg lag noch Schnee –, und das beharrliche Schweigen der kleinen Schwarzen ärgerte die Magd, eine Strafgefangene, die im Haushalt des Gouverneurs arbeitete.

Anschließend brachte die Frau sie in die Küche und gab ihr einen Teller Kutteln mit Kartoffeln. Das Essen beruhigte das Kind, seine Angst ließ nach. Es begann jetzt immer deutlicher das innere lebendige Wesen des Hauses zu spüren, dessen Ausdruck alles das war, was es um sich herum bemerkte: die Energie der Leute hier, ihr stummer Ärger, die seltsam verstohlenen Gesten und Seitenbemerkungen, ihr Stöhnen und ihr Gelächter, dass sie, ganz anders als die Menschen in Wybalenna, niemals innehielten, sich hinsetzten und sich unterhielten, sondern wie Ameisen immerzu und ohne Pause ihren Beschäftigungen nachgingen.

Man führte Mathinna in ihre Wohnung. Das erste Zimmer war zwar nicht tapeziert, aber immerhin frisch getüncht und schlicht möbliert: ein Schreibtisch mit Hocker, eine Staffelei und ein kleines Regal mit Schulbüchern, mit denen sie sich die müßige Zeit vertreiben sollte. Denn, so betonte Lady Jane immer beim Abendessen, bis sogar Sir John genug davon hatte und sie bat, das Thema zu wechseln, die Kleine sollte ein rigides Bildungs- und Vervollkommnungsprogramm durchlaufen. Kein Moment sollte verschwendet werden, aller Leichtsinn, alle Leidenschaften sollten der disziplinierenden Kraft nimmermüder Tätigkeit unterworfen werden.

Das zweite Zimmer war ein Eckzimmer. Die Fenster auf der einen Seite gingen in Richtung der bewaldeten Berge westlich der Stadt hinaus. Lady Jane, die davon gehört hatte, dass die auf Flinders Island internierten Wilden immer wieder von quälender Sehnsucht nach ihrem alten Leben in den Wäldern gepackt wurden, hatte vorsorglich alle Fenster auf dieser Seite vernageln lassen, sodass Mathinna nur der erhebende und anspornende Blick durchs Nordfenster auf den wohlkultivierten Gemüsegarten blieb.

Das war ihr Schlafzimmer, und darin stand etwas, das sie zuerst für ein drittes Zimmer hielt, eine raffinierte Konstruktion aus bunten Segeln und Holzpfosten, so ehrfurchtgebietend und geheimnisvoll, dass sie annahm, es sei das Zelt eines Weißen, das zu betreten ihr bestimmt verboten war. Erst als die Frau mit dem Aprikosengesicht seufzte, in das Gebilde aus Baumwollstoff und und Chintz und Holz hineinstieg, sich auf den weichen Polstern ausstreckte und deutlich das einfache Wort »Bett« aussprach, verstand Mathinna endlich, wofür das Ding gut war. Sie sprang hinein und spielte mit dem Ringbeutler, und als später am Nachmittag die mit dem Obstgesicht wiederkam, fand sie die beiden, das schwarze Mädchen und den weißen Ringbeutler, zwischen Kissen versteckt in tiefem Schlaf.

»Wo sind ihre Schuhe?«, fragte Lady Jane am nächsten Morgen, als Mathinna von ihrer Gouvernante, der Witwe Munro, zu ihrer neuen Mutter gebracht wurde. Denn das Eingeborenenkind trug zwar ein dunkelgraues Kleid aus Serge und war insofern »anständig angezogen«, wie man so sagt, aber darunter guckten zwei große und sehr braune Spreizfüße hervor.

»Schuhe!«, schnaubte die Gouvernante. »Ich kann das Wort schon nicht mehr hören. Leichter können Sie eine Schlange dazu überreden, wieder in ihre abgestreifte Haut zu schlüpfen.«

Lady Janes Abneigung gegen Schlangen grenzte fast an Phobie. Aber es war das erste Mal, dass sie sich dem Eingeborenenkind als seine neue Mutter präsentierte, und sie hatte Sir John gegenüber immer wieder betont, wie wichtig es war, von Anfang an deutlich zu machen, wie ihr gegenseitiges Verhältnis beschaffen war. Und so widerstand sie dem plötzlich aufwallenden Verlangen, die Kleine auf den Arm zu nehmen, fasste sich und kehrte zu dem Programm zurück, das sie sich vorgenommen hatten.

»Ich denke in Dingen der Kleidung und Moral durchaus modern«, sagte Lady Jane. »Die Seele fängt mit vereinzelten Dingen an und gelangt am Ende zu einer Haltung, die alles umfasst.«

»Mach einen Knicks«, sagte die Gouvernante. Sie wirkte

wie die Chitinhülle einer Heuschrecke, aber der Stoß, den sie Mathinna in den Rücken versetzte, hätte von einem Ochsentreiber stammen können.

»Der Mann hat Urteilsvermögen«, sagte Lady Jane, ohne auf die Gouvernante zu achten, »aber die Frau hat Gefühl.« Das schwarze Kind, das vor ihr stand, war ihr so rätselhaft wie ein sibirischer Luchs oder ein Jaguar aus der Neuen Welt. »Doch Gefühl, das nicht moralisch verfeinert ist und ohne innere Zucht, verkommt zu bloßer Sinnlichkeit und Sinnlichkeit zu Verderbtheit. Verstehst du mich?«

Mathinna verstand kein Wort und schwieg.

»Du hast doch welche bekommen, Mathinna? Schuhe, meine ich, du hast doch irgendeine Art festes Schuhwerk, nicht?«

»Sie hatte ein wildes Tier dabei und ist überhaupt reichlich unverschämt«, sagte die Gouvernante. »Es ist schwierig genug, sie dazu zu bewegen, dass sie sich einigermaßen anständig anzieht und nicht halb nackt herumläuft, aber Schuhe will sie schon gleich gar nicht tragen.«

Es gab nur wenige Frauen in der Sträflingskolonie, und Gouvernanten praktisch gar keine, darum war es Lady Jane zuerst wie ein Zeichen Gottes erschienen, als sie die Witwe Munro, früher mit einem Offizier des Rum Corps verheiratet, entdeckt hatte. Aber die Sache ließ sich gar nicht gut an. Lady Jane sprach weiter:

»Das Programm, das ich für dich entworfen habe, zielt darauf, natürliche weibliche Tugenden zu stärken: Treue, Schlichtheit, Güte, Opferbereitschaft, Zärtlichkeit und Bescheidenheit.« Wie sie sich danach sehnte, das Kind in die Arme zu schließen!

»Die mögen das«, sagte die Witwe Munro. »Man spürt den Staub und den Schlamm und die Wärme und die Kälte der Erde, sagen sie.«

Mathinna schaute auf den Boden. Ein Floh hüpfte aus ihren Haaren auf Lady Janes Handgelenk.

»Du wirst Lesen lernen, Rechtschreibung, Grammatik, Arithmetik …«

Die Witwe Munro unterbrach sie: »Darum ziehen sie keine Schuhe an.«

»Sie wird Schuhe tragen, und sie wird ein zivilisierter Mensch werden«, erwiderte Lady Jane und zwang sich zu einem Lächeln. »Und Sie werden dafür sorgen, dass es geschieht, nur Mut. Also, Mathinna, wo waren wir …«

»Arithmetik«, sagte die Witwe Munro.

»Ja«, fuhr Lady Jane fort, »und Geographie, und dann gehen wir zu anspruchsvolleren Fächern über, zum Beispiel …«

Ach, wie Lady Jane, während sie ihre trübselige Litanei aufsagte, sich danach sehnte, dieses kleine Mädchen hübsch anzuziehen, ihr Bänder ins Haar zu flechten, sie zum Lachen zu bringen, ihr kleine Überraschungsgeschenke zu machen, sie in den Schlaf zu singen. Aber solche Albernheiten würden das Experiment verderben und das Kind um seine Zukunft bringen. Eines Tages würde Mathinna einsehen, wie klug ihre Wohltäterin an ihr gehandelt hatte. Denn wenn Lady Jane sich solche Schwächen gestattete, beschwor sie damit Gefahren herauf, an die sie gar nicht denken mochte, Gefahren für ihr Herz, das in Verwirrung stürzen, für ihre Seele, die verdammt würde. Und in dem klaren Bewusstsein, dass sie stark bleiben würde, stark bleiben musste, zählte sie weiter all die Fächer auf, in denen Mathinna unterrichtet werden würde.

»... Rhetorik und Ethik, aber auch Musik, Zeichnen und Handarbeiten. Und der Katechismus wird ...«

»Gnädige Frau«, fiel ihr die Witwe Munro aufgeregt ins Wort, »das Kind ist praktisch eine Wilde, eine hübsche Wilde, zugegeben ...«

»Ich glaube fest an die Wirkung von Erziehung«, sagte Lady Jane und starrte die Witwe Munro so streng wie nur irgend möglich an.

»Ich verstehe mein Handwerk«, entgegnete die Gouvernante, die zumindest insofern eine echte Pädagogin war, als sie ihre eigene Methode für die einzig richtige hielt und sich von Argumenten unwissender Laien nicht leicht beeindrucken ließ. »Die haben dickere Hirnschalen. Ich besitze ein Handbuch für den Unterricht mit geistig Minderbemittelten und werde ...«

»Sie werden nichts dergleichen tun«, sagte Lady Jane und schlug sich mit der rechten Hand energisch auf den linken Unterarm: Es sah so aus, als wollte sie damit ihren Worten gestisch Nachdruck verleihen, aber in Wirklichkeit versuchte sie nur, das, was sie gebissen hatte, zu zerquetschen. »Sie wird so behandelt werden wie eine frei geborene Engländerin, das ist ein unverzichtbarer Bestandteil meines Experiments.«

Lady Jane entließ die beiden. Sie wirkte vielleicht kalt und unnahbar, aber, so redete sie sich ein, es war doch so viel besser für das Kind, als wenn sie es umarmt hätte. Sie verfluchte sich selbst. Sie konnte ihre eigene Lüge nicht glauben, konnte sich nicht damit abfinden, dass sie ihr sehnlichstes Verlangen so grausam abtötete, aber es musste sein.

»Noch eins, Mrs Munro«, sagte sie, als die Witwe schon an der Tür angelangt war. »Sie wird Schuhe tragen, oder sie werden Ihre Stellung verlieren.«

Im ersten Jahr kamen immer wieder Schuster mit ihren Maßbändern und Leisten und Ledermustern ins Haus, bestellt von Lady Jane, die unerbittlich immer neue Schuhe für Mathinna machen ließ. Und im ersten Jahr gab das Kind den Drohungen und Lockungen nach, auch weil es, vereinsamt wie es war, unbedingt gefallen und nicht Anstoß erregen wollte, und trug all die schönen Gala- und Sonntagsschuhe, die Stiefeletten aus weichem Leder. Aber ihr taten die Füße weh. In Schuhen hatte sie kein Körpergefühl: Es war, als wären ihr die Augen verbunden.

Aber sie wollte gern schreiben, und Lady Jane sagte, sie bekäme nur dann Feder und Tinte und Papier, wenn sie Schuhe trüge. Mathinna war nicht entgangen, welchen Zauber das geschriebene Wort besaß. Sie hatte Sir John und Lady Jane beobachtet, wenn sie über diese Stapel aus gebundenem Papier gebeugt saßen und in sich versunken die schwarzen Krakel studierten, die wie Spuren des Regenpfeifers im Sand aussahen. Mächtige Ströme von Gefühlen bewegten sich dann in ihnen. Und nachher lachten sie oder schnitten Grimassen oder träumten vor sich hin. Mathinna lauschte der Musik der Krakel, wenn Lady Jane Gedichte vorlas, und sie sah die Macht, die von ihnen ausging, wenn Sir John von der Lektüre amtlicher Schriftstücke aufsah und einem Untergebenen dieses oder jenes zu tun befahl.

Sie waren reich an Bedeutungen, und Mathinna war oft überrascht, was sie alles vermochten.

»Schreibt mir Gott der Vater?«, fragte sie einmal ganz aufgeregt Lady Jane, als sie auf dem Weg zur Sandy Bay, wo sie picknicken wollten, Spuren von Möwen sah. Sie dachte, vielleicht wollte Towterer ihr eine Nachricht zukommen lassen. Lady Jane musste lachen, und Mathinna verstand, dass das, was in der Welt geschrieben war, nicht zählte, umso mehr das, was auf Papier stand.

Sie wollte so gerne schreiben, und darum nahm sie die Blindheit, die die Schuhe verursachten, in Kauf. Sie versuchte, ihren Weg durch diese fremde Welt mit ihren anderen Sinnen zu ertasten, stolperte oft, fiel hin, war immer unsicher, das alles, um etwas von der weißen Magie von Papier und Tinte zu lernen.

Manchmal, wenn sie allein in diesem riesigen Schlafzimmer lag, das jetzt das ihre war, so allein in einer Leere, die ihr größer vorkam als die Nacht mit all ihren Sternen, versuchte sie, das Gewirr ihrer vielen Väter aufzudröseln. Es war so ähnlich wie mit dem Katechismus: Das Ganze ergab dann Sinn, wenn man es oft genug schön auswendig hersagte und keine Fragen stellte. Da war Gott der Vater und sein Sohn Jesus, der auch eine Art Vater war, der Protektor, der vom Geist Gottes des Vaters durchdrungen war, und dann auch noch Sir John, ihr neuer Vater – eine Menge Väter!

Aber nicht ihnen schrieb sie, sondern King Romeo, den die Leute von früher Towterer nannten, der dorthin gegangen war, wo alle Leute von früher hingingen, an einen Ort, wo man in Wäldern jagte, in eine Welt, aus der niemand wiederkehrte. Sie war sicher, dass die Magie des weißen Papiers ihn dort erreichen und dass er alles verstehen würde, was sie ihm erzählen wollte: von ihrer Einsamkeit, ihren Träumen, ihrem Staunen, ihrer Freude, der Traurigkeit, die sie nicht loswurde – all die Dinge, die sonst vielleicht für immer verschwinden würden.

»*Lieber Vater*«, schrieb sie,
ich bin gutes kleines Mädchen. Ich liebe meinen Vater. Ich habe eine Puppe und Kleid und Unterrock. Ich lese Bücher nicht Vögel. Mein Vater ich danke dir für Schlaf. Komm her mich besuchen mein Vater. Ich danke dir für Essen. Ich habe wehe Füße und Schuhe und Strümpfe und ich bin sehr froh. Viele große Schiffe. Zwei Zimmer sag das meinem Vater. Ich danke dir für Barmherzigkeit. Bitte Sir bitte komm zurück von der Jagd. Ich bin hier deine Tochter
MATHINNA

Lady Jane fand den Brief sehr ermutigend.

»Es ist gut«, sagte sie zu Mrs Lord, einer sehr gewöhnlichen Person, die, wie es hieß, all ihre weiblichen Reize eingesetzt hatte, um in die Oberschicht der freien Siedler aufzusteigen, »dass wir sie dem verderblichen Einfluss der Letzten ihrer aussterbenden Rasse entzogen und uns entschlossen haben, ihr die modernste Erziehung, die man sich nur denken kann, zuteilwerden zu lassen. Und«, fügte sie stolz hinzu, »die Ergebnisse übertreffen alle Erwartungen.«

Aber als Towterer sie nicht besuchen kam und nicht antwortete, weder auf den ersten noch den zweiten noch auf den dritten Brief, ließ Mathinnas Freude am Schreiben nach, und sie spürte wieder stärker, wie sehr ihre Füße wehtaten. Und als sie ihre Briefe in einem Kästchen aus hellem Holz unter einem Totenschädel entdeckte, fühlte sie nicht den Schmerz einer Betrogenen – da ihr ja eine solche Art von Täuschung vollkommen unbekannt war –, sondern nur desillusionierte Trauer. Schreiben und Lesen, das wusste sie jetzt, gehörte keiner magischen Sphäre an, die über die der Menschen hinausreichte, sondern war und blieb einfach Teil der menschlichen Welt.

Von da an nahm sie den Unterricht in der gleichen Haltung hin wie die Prügel, die sie häufig von der Witwe bekam – wie ein Naturereignis: Es war besser, wenn man nicht in ein Unwetter geriet, aber letztlich hatte man es nicht in der Hand, und es nutzte nichts, sich davor zu fürchten. Die endlosen Strafen schienen sie nur in ihrer Entschlossenheit zu bestärken, zu einem Wissen vorzudringen, das tiefer und dunkler war als Grammatikregeln und theologische Merksätze, die ihr jetzt ebenso gleichgültig waren wie jeglicher Lernerfolg in dieser Schule. Eines Tages legte sie ihr Stickmustertüchlein – totes Holz vom Baum des Wissens – hin, zog ihre feinen Schuhe aus und ging ins Freie.

Lady Jane ertappte Mathinna dabei, wie sie barfuß im Garten mit einem Gelbhaubenkakadu spielte, den sie gefangen und gezähmt hatte. Ihr Verhalten war strafwürdig, aber nicht allzu schlimm. Ihr Vergehen erschien geradezu harmlos im Vergleich mit dem der Witwe Munro, die man in der Küche antraf, wo sie mit der Köchin zusammensaß und gezuckerten Gin in sich hineinschüttete.

Man musste eine neue Lehrkraft suchen und versuchte es mit verschiedenen Kandidaten, die sich allerdings nicht bewährten. Einer davon war der Giftmörder Joseph Pinguid. Er kam in einem klapprigen Wägelchen, auf dem, notdürftig mit einem altersschwachen Strick festgebunden, ein Korbsessel stand, und darauf thronte in höchst labilem Gleichgewicht ein dicker Mann mit rotem Backenbart und löchrigen Schaftstiefeln, die ihm ein paar Nummern zu groß waren. Sein Transportmittel wurde ihm zum Verhängnis: Nach dem ersten Unterrichtstag rutschte Pinguid bei dem Versuch, sein Gefährt zu erklimmen, mit seinem übergroßen Stiefel ab, griff nach dem Korbsessel, um sich festzuhalten, aber der Strick, mit dem der Sessel angebunden war, riss. Als der alte Korbstuhl und der neue Hauslehrer auf dem Boden aufschlugen, platzte Joseph Pinguids vollgestopfte Büchertasche auf, und heraus fiel ein Silberteller mit dem Wappen von Sir John.

Ihm folgten Karl Grolz, ein Wiener Musiklehrer, der Bratsche spielen konnte, aber sonst keinerlei Fähigkeiten hatte, und dann der Maschinenstürmer Peter Hay, der endlos Owen und Fourier und Saint-Simon zitierte und damit zu erkennen gab, dass er in seinem Denken keinerlei Schranken achtete. Beide wurden schon bald wieder entlassen, keiner hinterließ einen bleibenden Eindruck, wenn man davon absieht, dass sie den Glanz eines Projekts noch weiter trübten, das die gute Gesellschaft von Van Diemens Land bereits mit Naserümpfen, wenn nicht mit tiefster Verachtung sah. Hatte nicht Mrs Lord gefragt, ob Mathinna vielleicht Lady Janes kleiner Mohrenpage werden sollte?

»Als ob das Kind ein Affe aus Gibraltar wäre!«, hatte

Lady Jane wütend zu ihrem Mann gesagt. »Nichts weiter als ein exotisches Accessoire, mit dem wir uns schmücken.«

Schließlich gab Lady Jane die Hoffnung auf, in Van Diemens Land etwas Geeignetes zu finden, und beauftragte eine Bekannte in New South Wales, ihr aus Sydney einen neuen Hauslehrer zu schicken. Zwei Monate später, an einem heißen Vormittag im März, traf der Mann mit dem Schiff in Hobart ein. Mr Francis Lazaretto maß sechs Fuß, vier Zoll, ein langer, hagerer Mann mit dichten weißen Haaren, die über seinem eckigen Gesicht wegstanden wie die Borsten eines Anstreicherpinsels. Er trug einen Mantel, der vielleicht einmal schick gewesen war, jetzt aber mit schmuddligem Flanell geflickt war und ebenso mitgenommen aussah wie der Mann. Dieser machte einen so erbärmlichen Eindruck, dass Sir John nach ihrer ersten Begegnung, obwohl es noch nicht einmal Mittag geschlagen hatte, ein Glas Brandy zur Stärkung kommen ließ, was sonst gar nicht seine Art war.

»Lieber Gott, den würde man nicht einmal als Grabstein engagieren«, seufzte er und stürzte den Brandy hinunter.

Aber, meinte Lady Jane, auf einer Insel am Ende der Welt, wo Bäume ihre Rinde abwarfen statt das Laub, wo Vögel herumrannten, die größer waren als Menschen, und wo von ihnen erwartet wurde, dass sie eine Abortgrube in eine Parfümerie verwandelten, müsse man sich wohl oder übel mit dem behelfen, was man bekam.

»Wenn der Töpfer aus seinem Lehm schlechte Gefäße geformt hat«, sagte sie, »bleibt uns nichts anderes übrig, als aus misslungenen Krügen zu trinken, so gut es eben geht.«

Unbelastet von Erfahrungen mit eigenen Kindern, hatte

Lady Jane höchst entschiedene und geradlinige Vorstellungen davon, wie anderer Leute Kinder zu erziehen waren. In Francis Lazaretto fand sie zu ihrem Entzücken einen Spiegel, der ihr ein seitenverkehrtes Bild ihrer eigenen starken Überzeugungen lieferte. Hinter seiner hinfälligen äußeren Erscheinung verbarg sich, wie sie nun sah, ein unerwartet starkes inneres Feuer.

In einem früheren Leben hatte Francis Lazaretto in dem Streben, Pantomime zu werden, Schiffbruch erlitten, aber sein langes Studium der Kunst des Nonsens war nicht ohne praktischen Nutzen geblieben. Er begann kühn ein pädagogisches Streitgespräch mit Lady Jane, in dessen Verlauf er den *Émile* von Rousseau aus ihrem Bücherregal nahm und energisch damit wedelte, um seine These zu unterstreichen, dass eine nach ihren Erziehungsprinzipien geformte junge Frau in gar keiner Weise den Erfordernissen der modernen Welt entsprechen würde. Er hatte, wie man sieht, in seiner Schauspielerausbildung zumindest gelernt, welchen Wert Requisiten haben können, wenn man sie nur richtig einsetzt und überzeugend präsentiert.

»Die Autoritäten stimmen darin überein«, sagte Lazaretto, der nun wie ein Exorzist die Bibel, das prominenteste aller Argumente der Kämpfer für eine moderne Erziehung, zückte, »dass man einen Grundsatz nie aus dem Auge verlieren darf: Eine Frau wird dazu erzogen, sich leiten zu lassen. Die Pädagogik, die *Sie* verfechten, würde eine Absurdität hervorbringen – eine selbstbestimmte, eigenmächtige Frau, eine Frau, die wie ein Mann ist.«

Wenn auch Lady Jane diesem Argument nicht zustimmte, überzeugte es sie doch von dem unschätzbaren

Wert des neuen Hauslehrers. Was ihr bei einem anderen fast wie Raserei erschienen wäre, wirkte bei ihm geradezu hypnotisch faszinierend.

»Neun Zehntel dessen, was einen Menschen ausmacht, sei es gut oder böse, nützlich oder nutzlos, sind das Produkt von Erziehung. Dem würden Sie doch sicher zustimmen, Mr Lazaretto, oder nicht?«

Francis Lazaretto hatte zwar ein gefälschtes Schreiben vorgelegt, in dem der Master vom Magdalen College bestätigte, dass er zwei Jahre in Oxford klassische Sprachen studiert habe, in Wirklichkeit jedoch hatte er nie eine höhere Schule besucht und eine andere Erziehung erfahren als diejenige, die ihm in einem reichlich dubiosen Internat in Yorkshire geboten worden war: vier Jahre stumpfsinniges Auswendiglernen und dazu jede Menge Prügel. Angesichts dessen war es nur folgerichtig, dass er seine Errungenschaften eben nicht seiner Erziehung, sondern sehr wohl sich selbst zuschrieb und Lady Jane keineswegs zustimmen konnte. Aber welcher Mann, der es aus eigener Kraft zu etwas bringen muss und will, würde – soweit es nicht erforderlich ist, um sich als ein Mann mit eigenem Urteil zu präsentieren und sich so Respekt zu verschaffen, versteht sich – einer vorgesetzten Instanz widersprechen?

»Natürlich, Ma'am«, sagte er.

Francis Lazaretto, der spürte, dass er seine Glaubwürdigkeit genügend durch Opposition gefestigt hatte, ließ sowohl den *Émile* als auch seine eigene Meinung fahren und führte, seiner eigenen Argumentation zum Schaden, Lady Jane den heiligen Thomas von Aquin als Verbündeten zu: Der große Kirchenlehrer hatte bekanntlich erklärt, der

Mensch sei am Anfang eine Tabula rasa, ein unbeschriebenes Blatt.

»Genau«, sagte Lady Jane, hocherfreut, weil ihre Überzeugungen auch schon solchen Geistengrößen eingeleuchtet hatten. »Der Mensch schreitet in dem Maß vom Zustand der Wildheit zu dem der Zivilisation voran, in dem er lernt, seine niederen Triebe zu beherrschen. Die Straße aber, die zur Zivilisation führt, ist die aufgeklärte Erziehung – das und nichts anderes wollte ich zum Ausdruck bringen.«

Sir John war weniger angetan von Francis Lazaretto; er fand, der Mann habe etwas von einem Offiziersanwärter, der sich bei seinen Vorgesetzten einschleimt, aber Lady Jane führte seinen Mangel an Begeisterung auf bloße Eifersucht zurück: Ihr Gatte ärgerte sich nur, weil er nicht gebildet genug war, um bei so hochgradig gelehrten Diskussionen mitreden zu können.

»Es ist ein Glücksfall, dass wir auf dieser gottverlassenen Gefängnisinsel jemanden gefunden haben, der die ganze Tragweite unseres Experiments versteht«, sagte sie zu ihm, während ein Hausdiener in Sträflingskleidung trockene Kuhfladen auf dem Rost aufschichtete und Feuer machte, um die Moskitos zu verscheuchen. Was sie am meisten an ihrem Ehemann störte, war sein schon sehr schütteres Haar, diese dünnen weißen Fäden, die sie an Spinnweben erinnerten, vor allem aber daran, dass auch sie alterte und bald in jenem scheußlichen Käfig leben würde, in den man die alten Frauen einsperrte. Sir John klebte seine Haarbüschel mit schwarzer Pomade, die an heißen Tagen dunkle, fettige Spuren auf seine Stirn zeichnete, flach an den Schädel.

»Wir können Gott nicht genug dafür danken«, sagte sie.

Francis Lazaretto, der in dem Projekt der Zivilisierung einer Wilden die einmalige Chance sah, sein trauriges persönliches Schicksal – er war deportiert worden, nachdem ein Ladenbesitzer falsches Zeugnis wider ihn abgelegt hatte – für alle Zeit mit der weit vornehmeren Geschichte des wissenschaftlichen Fortschritts und des Christentums zu verknüpfen, machte sich mit aufrichtiger Hingabe ans Werk und entwarf einen kompletten Lehrplan für Latein, Griechisch und Rhetorik. Jeder Unterrichtstag begann und endete mit dem gründlichen Studium einer Stelle der Heiligen Schrift. Überhaupt nahmen Lesen und Schreiben breitesten Raum im Unterricht ein, aber natürlich wurden Romane und andere frivole Unterhaltungsliteratur, ganz im Einklang mit dem Geist der neuen Zeit, mit dem Bann belegt und zu Mathinnas Erbauung allerlei moralische Lehrbücher in Sydney bestellt.

Insgeheim eingeschüchtert, gab sich Lady Jane nach außen hin entzückt von Francis Lazarettos Bildungsplan, den er in einer Kladde fein säuberlich niedergelegt und ihr vorgestellt hatte. Für jede Unterrichtswoche gab es eine Doppelseite: links Spalten für Lektionen, Gebete, Noten für Leistungen und Betragen, rechts freier Raum, in dem er Mathinnas Fortschritt zu dokumentieren und zu kommentieren gedachte – die Möglichkeit, dass der Bildungsprozess nicht in jedem Detail so wie geplant ablaufen oder gar scheitern würde, war von vornherein ausgeschlossen.

»Ich würde das nicht aushalten«, bemerkte Sir John, aber als er sah, wie die Lippen seiner Frau schmal wurden, fügte er eilig hinzu: »Na ja, aber so ein Kind ist schließlich eine

Tabula rasa, nicht so ein von Motten angefressener alter Wälzer wie ich.«

Das Zimmer, das als Schulzimmer vorgesehen war, lag zum Hafen hin und hatte große Fenster, durch die genug Licht zum Lesen einfiel. Aber sie schienen auch Francis Lazarettos Blick magisch anzuziehen und ihn dazu zu verführen, in die Umgebung und auf das in der Sonne glitzernde Meer hinauszuschauen. Er hatte starke Gefühlsschwankungen, die offenbar vom Wetter abhängig waren: Wenn es heiß war, verfiel er in Euphorie, Kälte machte ihn melancholisch. Bei seiner Ankunft in Hobart war es heiß gewesen, aber dann schlug das Wetter um, und während Lady Janes großartiges Experiment eben so recht in Fahrt kam, zogen sich eisengraue Schneewolken über den Bergen zusammen.

Und als die Sonne nicht mehr auf das Wasser schien und das Wasser sich in gekräuseltes Blei verwandelte, verlor Francis Lazaretto allen Mut. Es hatte keinen Sinn, fand er. Es war zwecklos, sinnlos wie fast alles in seinem Leben.

Die zweite Woche begann, und es dauerte nicht lang, da fing Francis Lazaretto zu weinen an. Er saß da und starrte auf die graue Wolkendecke. Das Kind schien ihn zu verstehen, als er ihm von seiner Qual erzählte. Sie verstand vieles, wie ihm nach und nach klar wurde, und er erzählte ihr von seinem Leben und von den Frauen, die er gekannt hatte, und warum das alles so sinnlos und zwecklos war. Sie brachte ihm einen Tanz bei, den Ameisenbärentanz, wie sie sagte, und etliche Wörter ihrer Eingeborenensprache.

In der dritten Unterrichtswoche zergingen die Wolken,

und seine Stimmung hellte sich deutlich auf. Die Notwendigkeit, lateinische Deklinationen und griechische Konjugationen zu lehren, kam ihm wieder zum Bewusstsein, aber es war zu spät. Mathinna hatte sich mit ihrem Lehrer angefreundet, und seine Vorstellungen davon, was seine Aufgabe war, schienen sich gründlich zu wandeln. Als Lady Jane eines Tages ins Schulzimmer trat, fand sie die beiden und Mathinnas Papagei in ein Spiel vertieft, das sie sich ausgedacht hatten, eine Art Miniatur-Football: Offenbar bestand das Ziel des Spiels darin, eine Walnuss zu erhaschen, die der Vogel mit dem Schnabel rollte.

»Mr Lazaretto gar nicht Mr Lazaretto«, sagte Mathinna nach dem zweiten Monat. »Er Jesus Christus und zu uns gesendet …«

»Er ist was?«

»Er der Erlöser, Ma'am«, erklärte Mathinna, die Mr Lazarettos Katechismus weit origineller und ganz bestimmt unterhaltsamer fand als alles, was man ihr früher beigebracht hatte. »Erlöser für uns alle. Er sagt, andere sehen es nicht, so wie sie nicht sehen Schlangen fliegen über Hobart in Nacht und Fledermäuse unter unseren Füßen in Tag. Er sagt: Wie ich früher nichts weiß von Gott, so wissen weiße Leute nichts von ihm, aber das wird anders nächstes Ostern, Miss.«

Es kam heraus, dass Francis Lazaretto nie Lehrer gewesen war, wenn er auch einmal Tanzunterricht gegeben hatte. Außer für die Schauspielerei war er eigentlich für gar nichts so recht zu gebrauchen, wenn man davon absah, dass er ein paar Liedchen auf einem Knopfakkordeon spielen konnte und eine gewisse Geschicklichkeit in einem Spiel namens »Aunt Sally« bewies, das er Mathinna beibrachte und in dem es darum ging, mit langen Stöcken nach Kegeln zu werfen.

Lady Jane zog nicht den Schluss, dass das Scheitern ihres Bildungsexperiments ihre Theorien widerlegte – es bestätigte sie vielmehr mit aller Macht: Ganz offensichtlich hatte die Siebenjährige bereits zu viel Wildes angenommen. Man durfte solche Kinder gar nicht erst dem Einfluss ihrer Umgebung aussetzen, man musste gleich nach ihrer Geburt alle Verbindungen kappen, nur dann konnte man sie auf einen guten Weg bringen. Man musste, erklärte sie Sir John, eine Umwelt schaffen, in der sie von Anfang an nichts als günstige Eindrücke empfingen, sie mussten von Geburt an die frische Luft der Zivilisation atmen und nicht die fauligen Dünste des Urwalds.

Der Plan für die Glyptothek war eingetroffen. Lady Jane kaufte Land nordwestlich von Hobart im Kangaroo Valley, wo sie ihren Tempel der Kunst zu errichten gedachte. Diese Einrichtung würde der in der Kolonie herrschenden Geistlosigkeit und Seichtheit aufhelfen, sagte sie zu Sir John, die Landschaft würde zum Studium der Natur anregen, und die Sammlung würde zeigen, wie die Kunst, recht verstanden und in ihrer besten klassischen Gestalt, zu studieren an vierundzwanzig Gipsabgüssen, die Seele antrieb, fortzuschreiten von der primitiven Leidenschaft zur zivilisierten Vernunft. So wandte sich denn Lady Jane in gewissem Sinn von ihrem Plan zur Veredlung Mathinnas nie völlig ab, sondern machte ihn fruchtbar in neuen Projekten.

Das Kind selbst, immer unaufdringlich und nett, wuchs

ohne den vorgesehenen Unterricht auf. Francis Lazaretto und sie waren im besten Einvernehmen miteinander zu einer rundum befriedigenden Tageseinteilung gelangt: Am Vormittag vertrieben sie sich die Zeit mit Spielen, nachmittags hatte sie frei und konnte tun und lassen, was sie wollte. An einem Sommernachmittag, als Sir John mit Montague in den Garten gegangen war, um ein bisschen frische Luft zu schnappen, schaute er mitten im Gespräch über irgendein Bauprojekt im Hafen auf und sah das Eingeborenenmädchen in einem roten Kleid.

In Mathinnas Schränken hatte sich im Lauf der Zeit eine umfangreiche Garderobe mit Kleidern in verschiedensten Schnitten und Farben angesammelt, aber wenn sie die Wahl hatte, entschied sie sich unweigerlich für Rot. Und am allerbesten gefiel ihr das rote Kleid, das Lady Jane selbst als Kind getragen und Mathinna zur Feier des ersten Jahrestages ihrer Ankunft in Hobart geschenkt hatte. Es wurde an der Schulter geknöpft, hatte kurze Ärmel und ein schmales schwarzes Samtband als Gürtel und bestand aus federleichter Seide. Der Schnitt war betont schlicht mit hoch angesetzter Taille, wie es in der Zeit nach der Französischen Revolution, als alles Raffinierte als Ausdruck aristokratischer Dekadenz galt, Mode war.

Mathinna befand sich am anderen Ende des gekiesten Mittelwegs und spielte mit ihrem Kakadu; sie spritzte Wasser auf seine sonderbar linkisch abgespreizten Flügel, während er, schwerfällig schwankend wie ein alter Trunkenbold, den Springbrunnen umrundete. Der Vogel watschelte, Mathinna aber tanzte – es war ein sehr sonderbarer Tanz, der bisweilen so wirkte, als geriete ihr Körper in ein schwereloses Fließen. Als sie sich näherten, bemerkte Sir John, dass sie in ihrer sonderbaren Sprache sang, die etwas sonderbar Beschwörendes hatte.

Bis zu diesem Tag hatte er Mathinna gar nicht eigentlich wahrgenommen, sie war für ihn nur eines von zahllosen Objekten der nimmermüden Begeisterung seiner Frau, die kamen und gingen wie Wind und Schnee und die man am besten schweigend in stoischer Ruhe hinnahm. Aber an diesem Tag sah er sie, als wäre es das erste Mal. Erst jetzt, als er und Montague auf sie zugingen, fielen ihm ihre Augen auf, über die er schon so viele Leute hatte reden hören. Sie waren so groß und dunkel, wie man es sich nur immer vorstellen konnte. Und Sir John verstand jetzt, warum sie, obwohl Mathinna sie nur selten und erst nach viel ermunterndem und ermahnendem Zureden besichtigen ließ, so viel Bewunderung erregten. Sie hatte die Kunst, sich kokett zu zieren, so schnell und mühelos gelernt wie einen ihrer Tänze.

Und erst dann, als sie an ihr vorbeispazierten, wurde Sir John endlich klar, dass sie, um es mit den bewundernden Worten Montagues auszudrücken – und Montague war anfangs alles andere als ein Bewunderer Mathinnas gewesen –, die schönste Wilde war, die er je gesehen hatte. Aber es war nichts Physisches – nicht ihre Züge, die keinem bestimmten Typus zuzuordnen waren, weder nubisch noch vorderasiatisch –, was ihn bezauberte, sondern die Art, wie sie ihn anlächelte.

Am Abend, als er mit Lady Jane beim Essen saß, bemerkte er, er habe »den Kontrast zwischen dieser wilden Schönheit und ihrem zivilisierten Kostüm im Stil des Zeitalters der Vernunft« entzückend gefunden, und das stimmte auch, aber was ihn entwaffnet hatte, war das plötzliche, unerwartete Aufblitzen ihrer Zähne gewesen. Blitzende Zähne, wirbelndes Rot, Augen wie schwarze Tümpel, tanzende Füße. Sir John war schon überall gewesen, aber so etwas wie sie hatte er noch nie gesehen. Er fühlte sich, als wäre er erst jetzt aufgewacht.

An dem Tag, an dem die Glyptothek feierlich eröffnet wurde, sah Lady Jane hinauf zu dem wilden Berg, dessen schneebedeckter Gipfel sich im Nebel verlor, und dann wieder auf den aus Sandstein erbauten griechischen Tempel, der sich nun am Ende dieses malerisch bewaldeten Tals erhob. Vielleicht, dachte sie, war einst Zeus auch hier umhergestreift, hatte irgendeine Tiergestalt angenommen, die eines Stiers, eines Ziegenbocks, eines Schwans oder was auch immer, um wie schon so oft eine sterbliche oder göttliche Schönheit zu überraschen. In diesem Moment hüpfte ein Känguru an dem Tempel vorbei. Der Körper des Tieres schien in seiner Wellenbewegung die korinthischen Säulen der Vorhalle mit imaginären Bogen zu verbinden. Lady Jane musste über sich selbst lachen – was für eine absurde Vorstellung!

Mathinna stand zusammen mit Lady Jane in der Gruppe der offiziellen Würdenträger, aber ihr Status war nicht mehr derselbe wie früher. Sie wurde immer weniger als das Adoptivkind der Franklins wahrgenommen, mehr und mehr betrachteten die Leute sie als eine Art exotisches Schoßtier, ähnlich dem weißen Ringbeutler, dem Kakadu, einem Wombat, die im Hause des Gouverneurs lebten.

Sir John hatte angefangen, Mathinnas Gesellschaft zu suchen und sich von ihr Lieder in ihrer Muttersprache vorsingen zu lassen. Dann, als er mit ihr vertrauter wurde, bat er sie, für ihn zu tanzen, den Kängurutanz, den Ringbeutlertanz, den Ameisenbärentanz und den Emutanz, aber ganz besonders gut gefiel ihm der Schwarzeschwanentanz, bei dem sie den Oberkörper zurückwarf und die Arme nach vorn und zur Seite, als wollte sie in die Luft aufsteigen.

Wer Zutritt zum engeren Kreis der Franklins erhalten wollte, musste Mathinna seine Huldigung erweisen, musste zu erkennen geben, dass er das schwarze Mädchen reizend, bezaubernd fand. Ihr gefiel ihr neuer Status, sie verlangte Knickse und Verbeugungen von allen und fing auch an, die Dienstboten, die sie früher aus lauter Schüchternheit kaum anzuschauen gewagt hatte, zu piesacken, wenn sie ihren Launen nicht nachgaben.

Und als an dem Tag, da Ancanthe, wie die neue Glyptothek genannt wurde, erstmals ihre Pforten öffnete, Mathinnas Kakadu auf Montagues Schulter flog und etwas Weißes, Feuchtes fallen ließ, das vorn über seinen schwarzen Anzug lief, konnte auch Sir Johns eilige Versicherung, dass so etwas Glück bedeute, das Gelächter der kleinen Schwarzen nicht übertönen; sie lachte so ungehemmt aus vollem Hals, dass die ganze Festversammlung davon angesteckt wurde.

Der arme gedemütigte Montague flüsterte seiner Frau zu, dass das Kind sich nicht wie eine Dame, sondern wie eine primitive Wilde benehme. Und er zeigte auf den Boden, wo man ihre nackten Zehen sah, die den Schlamm kämmten.

»Wie ekelhafte Maden und Würmer«, zischte er. »Als ob es nichts Schöneres gäbe als Dreck.«

Je weniger Mathinna die Erwartungen der Franklins erfüllte und je mehr sie sie selbst wurde, desto besser gefiel sie dem Gouverneur. Er war fasziniert von dem »Waldkobold«, wie er sie nannte – wegen ihrer Lebhaftigkeit im Allgemeinen und im Besonderen deswegen, weil sie es verstand, unvermutet aus dem Nichts aufzutauchen und so Leute zu erschrecken, nicht zuletzt Lady Jane, die diese Eigenart zuerst amüsant, dann etwas irritierend gefunden und am Ende wirklich zu fürchten gelernt hatte, denn sie fragte sich nun immer, was das Kind wohl alles heimlich mitgehört, was es beobachtet hatte. Was wusste Mathinna, was dachte sie, dieses schwarze lächelnde Rätsel?

Es passierte immer wieder, dass Lady Jane eine Berührung spürte und im nächsten Moment schwarze Arme sah, die ihre Taille umschlangen. Sie riss sich dann los und ging zwei Schritte weg, aber Mathinna, die das für ein Spiel hielt, sprang ihr nach und klammerte sich triumphierend jauchzend an ihre Beine. Lady Jane konnte sie riechen, diesen wilden, gefährlichen Hundegeruch, den Kinder ausströmten. Sie machte sich dann wieder los, aber Mathinna gab nicht auf, versuchte, einen von Lady Janes Schenkeln zu umschlingen.

»Bitte, Mathinna«, sagte Lady Jane sanft und packte sie am Handgelenk. »*Bitte.* Ich mag das nicht.«

»Ich auch nicht«, sagte Sir John. Aber im Stillen begann er, sich nach solchen Berührungen und Mathinnas Wärme zu sehnen. Es gefiel ihm, wie Mathinna sich bewegte, so flink, so lebendig. Er sah ihr wie gebannt zu, als sie eines Nachmittags Jagd auf Möwen machte, die es in der Hafenstadt in großer Zahl gab. Das Verfahren war ganz einfach:

Sie band ein Stück Brot an einen Faden, den sie, versteckt hinter einem Geflecht von Zweigen und Rinde, mit unendlicher Geduld langsam einholte, bis der richtige Moment gekommen war und sie sich mit einer einzigen blitzschnellen Bewegung den Vogel schnappte. Den Rest des Tages brachte er mit diesem Spiel zu, obwohl Montague immer wieder vorbeikam, um ihn daran zu erinnern, dass er zu diesem oder jenem Termin erwartet wurde. Am Ende schaffte er es einmal, die Möwe bis in Reichweite anzulocken, aber er war viel zu langsam, um sie zu erwischen: Er war noch im Sprung, da hatte der Vogel schon abgehoben, und Mathinna lachte.

Sir John konnte dieses Lachen nicht vergessen. Halblaut sagte er den Seemannskatechismus auf, jene Litanei, die in der Leere der Ozeane die Gewissheit, wieder nach Hause zu kommen, beschwor: »Nord – Nord zu Ost – Nordnordost – Nordost zu Nord«, alle zweiunddreißig Punkte auf der Kompassrose. »Nordost – Nordost zu Ost – Ostnordost«, murmelte er, um die verführerische Melodie dieses Lachens zu vergessen.

Aber er hatte jetzt keinen Norden mehr, und jede Richtung, die er nannte, führte seine Gedanken nur immer zwingender zu ihr. Ob Westnordwest oder Südsüdost, sie war überall. Und als er bei den Winden Zuflucht suchte, ihre Namen und Richtungen herbetete, half ihm das auch nichts, denn Lady Jane hatte darauf bestanden, dass Mathinna ein Armband mit einem Glöckchen trug, das sie verriet, sodass sie nicht der Hausherrin oder irgendwelchen Würdenträgern, die zu Besuch waren, nachschleichen und sie überraschen konnte, und das sicherstellte, dass dieses

»leere schwarze Gefäß«, wie Lady Jane ihre Adoptivtochter jetzt manchmal nannte, »sich nicht weiter mit abgelauschten Geheimnissen anfüllt«. Und wenn Sir John auch nur den Namen des Schirokkos von Nordost oder des Mistrals aus Nordwest aussprach, trug der Wind prompt das helle Klingeln an sein Ohr.

Es dauerte nicht lange, bis Sir Johns neues Interesse an seiner Adoptivtochter seine Arbeit zu beeinträchtigen begann. Er fand das tägliche Einerlei seiner Amtsgeschäfte zunehmend ermüdend, die Sitzungen mit seinen leitenden Beamten am Vormittag, die endlosen Termine mit unzähligen Bittstellern nach dem Essen, die Protokolle, die er unterschreiben, die Stellungnahmen und Berichte, die er diktieren musste, die Erlasse, Inspektionen und Untersuchungen, nicht zu reden von der Ödnis der gesellschaftlichen Verpflichtungen, Abend für Abend diese Essen mit Leuten, die ihm jetzt so unsäglich fad vorkamen, keiner darunter, von dem man sich auch nur vorstellen konnte, dass er schlau oder flink genug wäre, eine Möwe zu fangen, alle, wie sie da waren, eisern entschlossen, ja keine Emotion, nicht die kleinste menschliche Regung preiszugeben vor einem Mann, der praktisch ihr König war. Er erledigte seine Aufgaben, aber die strenge Gewissenhaftigkeit und Detailbesessenheit, die ihn früher ausgezeichnet hatte, war dahin. Er begann, ein Doppelleben zu führen, und nur die eine Hälfte davon war ihm wirklich wichtig.

Mit Mathinna spielte Sir John Aunt Sally, er rollte die Walnuss mit dem Kakadu und sang die Lieder, die sie von Francis Lazaretto gelernt hatte. Mit ihr konnte er alles das tun, was ihm als Gouverneur verboten war, einfache, gewöhnliche Dinge, die Spaß machten, er konnte ungestraft Dinge sagen, die töricht oder naiv waren – oder, was häufig vorkam, beides zugleich. Bei dem Eingeborenenkind konnte er er selbst sein.

Aber die Sache hatte noch andere Nebenwirkungen. Sogar ihn selbst beunruhigte es, zu sehen, wie weich er wurde, sensibler für die Leiden und Wünsche anderer, und dass er sich aus Mitleid zu Handlungen hinreißen ließ, die als geradezu närrisch, ja, schlimmer noch, als Ausdruck von Schwäche gedeutet wurden. So begnadigte er die fünf Sträflinge, die in zweijähriger Arbeit die Wege in der Wildnis gebaut hatten, auf denen er und Lady Jane durch den Südwesten der Insel reisten. Und er unternahm Anstrengungen, den Gebrauch der Peitsche einzuschränken.

»Der Mann weiß nichts vom Wesen der Macht«, sagte Montague zu Richter Pedder, als sie bei ihrer wöchentlichen Piquetpartie zusammensaßen.

Der Gedanke, dass er etwas zu seinem bloßen Vergnügen tun sollte, war Sir John ungewohnt, weswegen er sich und anderen zu seiner Rechtfertigung einzureden versuchte, er stelle ein einzigartiges Experiment an, das für die Zukunft der Kolonie von unschätzbarem Wert sei. In Wirklichkeit bestand der Reiz seiner Beschäftigung mit Mathinna nicht zuletzt eben darin, dass ihn, solange er mit ihr zusammen war, weder irgendein Experiment noch die Kolonie noch deren Zukunft auch nur die Bohne interessierte. Insgeheim genoss er sein neues Leben in vollen Zügen, diese wenigen gestohlenen Stunden mit dem Kind; es war eine Gegenwelt, so völlig anders als die unwirkliche, unendlich langweilige Welt des Regierens und Verwaltens, die ihm mehr und mehr zu einer bloßen leeren Hülle wurde. Weil ihm jegliche Meinung dazu, aller Ehrgeiz und alles Interesse verloren gegangen waren und weil seine Frau dies alles reichlich hatte, sagte er sich innerlich von seiner Verantwortung los und ging sogar dazu über, sie ganz offen um ihren Rat zu fragen und diesen dann ungerührt und ohne weitere Diskussion in die Tat umzusetzen, wobei er immer gespannt lauschte, ob nicht Mathinnas Glöckchen zu vernehmen war.

»Warum haben Sie das genehmigt?«, fragte Montague, der mit größter Beunruhigung sah, dass der Gouverneur dabei war, seinen Feinden alle Beweise zu liefern, die sie brauchten.

»Warum sollte ich nicht?«, erwiderte Sir John. Und er lachte, denn durchs Fenster sah er Mathinna mit ihrem Ringbeutler spielen, dessen große Nachttieraugen den gleichen Ausdruck amüsierten Staunens hatten wie die von Montague.

Sir John hatte seinen Sekretär von seinem Vorgänger Arthur geerbt. In der unruhigen Geschichte der Kolonie, wo Banditenkriege und Aufstände der Schwarzen ausgebrochen waren, wo ein barbarisches System der Sträflingssklaverei herrschte, wo immer wieder Gerüchte aufkamen, die von Menschenfresserei berichteten, und wo Sir Johns Vorgänger entschlossen gewesen war, so viele Männer hängen zu lassen, wie es nötig war, um jedermann klarzumachen, dass er alles hoffen konnte außer Hoffnung, hatte Montague eine unauffällige, aber tragende Rolle gespielt. Macht bedeutete für ihn die unbedingte Pflicht, zu tun, was getan werden musste, und nicht das Vorrecht, nach Belieben Ausflüge in die freie Natur zu machen, um dort Schmetterlinge zu malen. Was er an den Franklins am meisten verabscheute, war ihre Naivität.

»Jemand muss es machen«, sagte Sir John, »und meine Frau will es.« Er lachte wieder, weil er sah, dass Montague nicht verstand, wie trivial und witzlos es war, über irgendetwas oder irgendwen zu herrschen. Sir John war bewusst, dass er sich verantwortungslos und leichtsinnig verhielt, aber ihn erfüllte eine so universale Verachtung, dass er gar nicht auf die Idee kam, seine Haltung könnte auch nur irgendwelche Konsequenzen haben.

»Das kann Macht auch sein«, bemerkte Richter Pedder, als Montague ihm davon erzählt hatte. »Das Reich des Vergessens.« Er sagte ein Repique an und gewann das Spiel.

Trotz allem schämte sich Sir John manchmal und betete, fromm wie er war, Gott möge ihn mit Seiner Weisheit erleuchten. Er spürte, dass er wirklich war, was ihn immer mehr Kolonisten hinter vorgehaltener Hand nannten: ein nutzloser, fetter, alter Mann, der in ein Negerbaby verknallt war. Er versuchte, seine Gedanken auf etwas anderes zu konzentrieren als auf das Eingeborenenkind, aber bereits die Erinnerung an ihr Lachen und ihre grazilen Bewegungen bewirkte, dass er sich jung und tüchtig fühlte. Niemanden verblüffte das Rätsel seines Lebens mehr als Sir John selbst. Und wenn er dann am nächsten Morgen Mathinna wiedertraf, erzählte er ihr weiter Geschichten von den riesigen Polargebieten, von endlosem Eis und in Kälte erstarrten Welten, während in seinem Herzen heiß sündhaftes Verlangen kochte.

»Aber man kann die Macht nur behalten«, sagte Montague zu Richter Pedder, legte die Karten weg und reichte Pedder ein Memorandum zu einer Reform des Strafvollzugs, die Sir John am Morgen angekündigt hatte, »wenn man nichts vergibt und nichts vergisst.« Das Dokument war in Lady Janes Handschrift geschrieben. Und die beiden Männer, die all die mörderischen Intrigen eines Zuchthauses, das sich zu einer Gesellschaft entwickelte, überlebt und ihre Macht lange behalten hatten, lasen das Papier aufmerksam, denn sie waren entschlossen, auch weiterhin zu überleben und ihre Macht noch länger zu behalten.

Sir John konnte nichts dagegen tun. Und er konnte sich nicht helfen. Dieses Lächeln, dieses Lachen, diese Art, wie sie an seinem Arm zog, um ihn auf sich aufmerksam zu machen, wie sie an seinem Hosenbein zupfte, sich an ihn lehnte und sich an ihm rieb wie an einem Pfosten, diese Art, wie sie – es überlief ihn heiß und kalt, wenn er nur daran dachte. So viele Empfindungen, so viele Erinnerungen – alle ganz unschuldig natürlich –, aber irgendetwas mahnte ihn, sich diese Gedanken aus dem Kopf zu schlagen. Dieses Gefühl, wenn sie ihn berührte, dachte er, und es durchfuhr ihn ein Schock, so abrupt, als spürte er plötzlich ihre Finger, ihre Hand. Wenn ihr Körper seinen berührte.

Sie mochte getoasteten Käse für ihr Leben gern. Sir John bestellte immer Toast mit Butter und Käse für sie und beobachtete dann ihren gierigen kleinen Mund, dessen hungrige Lippen von dem gelben Fett glänzten. Sobald sie gesättigt war, schaute sie sich nach ihrem Papagei um, und wenn er nicht da war, bat sie Sir John, mit ihr zu spielen, und er ging unweigerlich jedes Mal mit, treu wie ein Hündchen, schüchtern wie ein Ringbeutler und ganz gewiss gefügiger als ein Kakadu, manchmal verdrossen, manchmal frustriert, aber immer gehorsam.

Manchmal schlich er sich in ihr Schlafzimmer, um sie schlummern zu sehen – sie war so ganz anders als Lady Jane, die ihm wie ein alter, schwer schnaufender Jagdhund vorkam im Vergleich mit diesem Engelchen, dessen Atem kaum zu hören war. Er erstarrte vor Spannung, wenn er ihren aufgedeckten schwarzen Arm sah, und wenn er sich dann mit seiner Kerze nach vorn beugte, um sie aus der Nähe zu betrachten, überkam ihn jedes Mal der Wunsch, ihre Lider, ihre Lippen zu küssen. Aber der Abgrund, der sich in seinem Herzen auftat, jagte ihm solchen Schrecken ein, dass er sich abrupt aufrichtete und floh.

Er war bezaubert, und wie alle Bezauberten suchte und brauchte er die Nähe der Zauberin, in deren Bann er war, und so stellte er alle möglichen Manöver und Manipulationen an, die ihn zu diesem Ziel führten. Wenn er dachte, dass an seiner zunehmenden Verstrickung etwas Unrechtes oder gar Perverses war, so gab er dies durch nichts zu erkennen. Vielmehr trieb er die Sache immer weiter voran, erwartete, dass das ganze Haus mit staunender Begeisterung das großartige Experiment begleitete, in das er so viel frohe Schaffenskraft investierte, bezog auch Gäste mit ein, die applaudieren mussten, wenn Mathinna den Raum betrat, ja, die ganze Stadt sollte ihr huldigen, wenn er mit ihr in der vizeköniglichen Karosse durch Hobart fuhr.

Als Schnee fiel, ging er mit ihr Schlitten fahren zu einem Hang, den er von Sträflingen hatte roden lassen. Sie kreischte vor Vergnügen, wenn sie auf dem eigens für sie gebauten Schlitten zu Tal sauste. Bei warmer Witterung nahm er sie mit zum Segeln in der Bucht, was sie allerdings langweilte. Und als zu ihrem großen Kummer ihr Ringbeutler verschwand, brachte Sir John ihr persönlich Käsetoast aufs Zimmer und konnte es gar nicht verstehen, dass sie den Teller an die Wand schmiss. Sie erzählte ihm nie, dass sie das Tierchen, als es von seinem nächtlichen Ausflug nicht wie üblich gegen Morgengrauen in ihr Bett zurückgekommen war, suchen gegangen war und einen von Montagues Jagdhunden angetroffen hatte, der sich gerade mit sabbernden Lefzen über die abgehäutete Karkasse eines Ringbeutlers hermachte.

Sie bekam einen Wombat und ein Pferd zum Trost, und das Leben ging weiter. Sie picknickten, spielten Aunt Sally und Cribbage, obwohl Lady Jane dieses Spiel hoffnungslos kleinbürgerlich fand und ihnen lieber Calabresella beigebracht hätte, ein Spiel für drei, das, wie sie sagte, beim italienischen Klerus sehr beliebt war, aber Sir John entgegnete, wenn sie schon etwas Neues lernen müssten, sollte es etwas Englisches sein.

Mathinna war es völlig egal, ob Cribbage englisch war oder nicht, sie liebte einfach den hüpfenden Tanz der Zählstifte und nannte es Känguruspiel. Während die Stifte das Brett hinauf- und wieder zurückhoppelten, hörte man die Spieler rülpsen, lachen, seufzen, niesen, kichern, ächzen und fröhlich kreischen. Bisweilen gab es auch Diskussionen und Kommentare verschiedenster Art. Später folgten schmollendes oder betretenes Schweigen, Zank, Eifersüchteleien und Machtkämpfe, und anschließend suchte Sir

John die Stimmung wieder mit Obsttörtchen, Ausflügen und Käsetoast zu heben.

Mathinna schien in geradezu absurd beschleunigtem Tempo zu wachsen. Als sie neun war, bemerkte Sir John bereits, dass unter dem jungfräulich weißseidenen Regency-Kleid mit der hoch angesetzten Taille und dem schmalen Kragen etwas zu knospen begann. Mit zehn entwickelte sie eine Andeutung von Brüsten und gleichzeitig ein neues Verhalten – bewusster, *falscher,* dachte er in Momenten der Frustration, und zugleich noch reizvoller, als ob das eine mit dem anderen zusammenhinge, als ob die neue Scheu und die neue Selbstsicherheit zwei Seiten einer Medaille wären, als ob das neue Bedürfnis nach Privatsphäre und die neue Lust auf Erfahrung irgendwie eins wären und er selbst dazu bestimmt, ein unsichtbarer Teil dieses einen Neuen zu sein.

Ihr Körper, der so zierlich war im Verhältnis zu ihrem großen Kopf, bewegte sich, wie Sir John bemerkte, mit der Anmut eines Tasmanischen Tigers, in plötzlichen Sprüngen und Schrittfolgen, die an russisches Ballett denken ließen. Es war, als wäre ihre Gestalt bereits vollkommen ausgebildet, als wäre sie mit zehn bereits erwachsen, als hätte sie nicht mehr lange zu leben.

Lady Jane konnte nichts dagegen tun – der Gedanke, in so einem ungemütlichen kleinen Beiboot, in das Wellen hereinschwappten, zu einer Abendunterhaltung auf einem Schiff zu fahren, behagte ihr gar nicht. Denn wenn sie sich auch gern mit der Aura des Abenteuers umgab, war ihr doch jede Abweichung vom Gewohnten ärgerlich und zutiefst zuwider. Darum bestand sie jedes Mal, wenn sie zu neuen Ufern aufbrach, darauf, ihre alte Welt vollständig mitzunehmen. Darum hatte sie auf ihrer berühmten Expedition ins Landesinnere, als sie, hoch auf einer Sänfte aus Schwarzholz thronend, die von vier barfüßigen Sträflingen getragen wurde, die unerforschten Urwälder im Südwesten von Van Diemens Land durchreiste, alle ihre achtundvierzig Hutschachteln mitführen lassen. Und aus demselben Grund fand sie auch keinen besonderen Gefallen an dem raffinierten Kostüm, in dem ihr Mann nun vor ihr erschien, fertig angezogen für den großartigen Ball, der auf der *Erebus* und der *Terror* stattfinden sollte, bevor die beiden Schiffe Ihrer Majestät der Königin zu ihrer Antarktisexpedition ausliefen. Denn Sir John stand, kaum zu glauben, aber wahr, als schwarzer Schwan verkleidet vor ihr.

Sie hatte ihn ungewöhnlich lebhaft und ganz und gar unerträglich gefunden, seitdem die Schiffe im vergangenen Herbst auf ihrer Reise in südpolare Regionen in Hobart Station gemacht hatten. Sir John hatte ihnen unverzüglich einen Besuch abgestattet und war, nachdem man die unvermeidlichen Zeremonien und Inspektionen hinter sich gebracht hatte, in den Kartenraum der *Erebus* geführt worden, der zugleich als Offiziersmesse diente.

Die Kartenrollen, die auf einem langen, schmalen Tisch lagen, der Sextant, der Kompass, die Bleistiftstummel, die offene Flasche mit seinem Lieblingsgetränk, Madeira, all das weckte in ihm den lange schlafenden Wunsch, wieder auf Entdeckungsfahrt zu gehen. Die beiden Kapitäne Crozier und Ross hatten sich hocherfreut gezeigt, den berühmten Polarforscher zu treffen, Sir John seinerseits hatte sich geschmeichelt gefühlt und war überglücklich, wieder »im Kreis seiner Familie« zu sein, wie er sich ausdrückte, also unter Entdeckern aus den Reihen der Royal Navy, aber Lady Jane für ihren Teil hatte zunehmend den Eindruck gewonnen, dass diese »Familie« in Wirklichkeit nichts anderes war als eine Ansammlung von nicht Gesellschaftsfähigen. Die drei Männer hatten schnell, verbunden durch die gemeinsame Sprache, gemeinsame Neigungen, herzhaftes Schulterklopfen und kumpelhaftes Geschubse, durch ihr ganzes Verhalten, das Lady Jane extrem geistlos und ihr selbst und aller Umwelt gegenüber taktlos fand, eine Seemannskameradschaft begründet.

Sie tranken auf die englische Tüchtigkeit und das englische Genie, sie tranken auf künftige englische Entdeckungen – in der unausgesprochenen Hoffnung, dass sie alle eines Tages in der ruhmreichen Geschichte ihrer Nation ihren Platz finden würden. Als Sir John, kurz nachdem er sein zweites Glas Madeira geleert hatte, zu seiner Überraschung feststellte, dass er bereits beim fünften war, fühlte er sich unbeschwert wie seit Langem nicht mehr. Wie schön wäre es, dachte er, wenn er diese unselige Kolonie, ihre ganze intrigante Politik, den immer gespannten Ehrgeiz seiner Frau hinter sich lassen und wieder in der weißen Leere der Polarregionen leben könnte, wo klar war, worauf es ankam und was man zu tun hatte: forschen, kartografieren, überleben, wieder nach Hause kommen. Die Kälte, der Hunger, das Sterben, die Gefahr flößten ihm nicht Besorgnis oder Furcht ein, sondern waren Gründe, stolz zu sein, es waren Gegebenheiten, denen sich nur er und eine Handvoll Auserwählter stellen konnten, um sie zu überwinden.

Und Crozier!

»Was für ein Mann!«, sagte er später zu Lady Jane. »Er gilt als der schönste Offizier der Royal Navy!« Sir John erwähnte nicht die doppelte Wirkung, die so viel physische Pracht auf ihn selbst hatte: Einerseits fühlte er sich in Croziers Gegenwart plump, fett, unbeholfen, aber andererseits auch in besonderer Weise erhoben, männlicher, größer, kühner als sonst. »Viele Frauen finden«, fügte er fast andächtig hinzu, »dass er es mit Byron aufnehmen kann.«

»Nur wenn sich Talent in langen Knochen ausdrückt«, bemerkte Lady Jane, die Croziers Körpergröße einfach nur grotesk fand. Obwohl er eine gewisse dumpfe Sinnlichkeit ausdünstete, die Lady Jane unwillkürlich an einen nassen Jagdhund denken ließ, konnte sie, wenn sie das leere Gesicht hoch über ihr musterte, keine Anzeichen irgendwelcher Laster darin entdecken. Insgeheim hatte sie Byron immer um seine Gabe der Ausschweifung beneidet, wenn sie das auch niemals eingestanden hätte. Aber das gehörte nicht hierher. Was Crozier betraf, so war der Mann einfach nur überwältigend nichtssagend.

Es hatte sie deswegen mit keinerlei freudiger Erregung erfüllt, als der Aufenthalt der Entdecker, die ursprünglich nur wenige Wochen hatten bleiben wollen, um sich mit frischem Proviant zu versorgen und kleinere Reparaturen ausführen zu lassen, sich in die Länge zog und endlich deutlich wurde, dass der Jagdhund noch mehrere Monate bei ihnen verbringen würde, denn der Winter stand vor der Tür, und man hatte beschlossen, ihn in Hobart abzuwarten, statt in der langen antarktischen Nacht sein Leben aufs Spiel zu setzen.

Sir John allerdings war entzückt. Um seine Gäste bei Laune zu halten, veranstaltete er allerlei Reisen, Einladungen und wissenschaftliche Unternehmungen. Er überwachte persönlich die Verproviantierung, um sicherzustellen, dass die Quantität und Qualität der gelieferten Lebensmittel den Vorgaben entsprachen und keine Betrügereien vorkamen, ging mit den Offizieren auf Emu- und Kängurujagd, baute ein Observatorium, um sie bei ihren astronomischen Forschungen zu unterstützen, und wies seine Kolonialverwaltung an, ihnen in jeder nur erdenklichen Weise entgegenzukommen. Alle Leidenschaft, die er an Mathinna gewendet hatte, floss nun seinen Entdeckerkollegen zu.

Um ihren Dank für die so großzügig gewährte Gastfreundschaft abzustatten, luden Ross und Crozier nun im Frühling, da die Zeit zum Auslaufen endlich gekommen war, zu einem Maskenball auf die *Erebus* ein. Tief beeindruckt von all den erstaunlichen Geschöpfen, die sie gesehen und gejagt hatten, wählten sie als Thema der Veranstaltung die Tierwelt.

Aber Sir John, der nun in seinem kompliziert aus Federn und Draht konstruierten Kostüm vor Lady Jane stand, die Maske in der Hand, musste erkennen, dass seine Frau weit weniger begeistert von diesem Ball war als er. Er versuchte, sie mit heiterem Geplauder in bessere Stimmung zu versetzen.

»Na ja, immerhin hat kein Geringerer als Napoleon das Bett seiner Gemahlin mit so einem schwarzen Schwan aus Van Diemens Land verzieren lassen«, sagte er, aber noch bevor er ausgesprochen hatte, wurde ihm klar, dass die Mühe, die er auf die schwarz befiederten Schwingen seines extravaganten Kostüms verwandt hatte, ein weiterer Grund ihres Ärgers war. Sie selbst war weit schlichter gekleidet, und dies mit Bedacht, denn sie fand, dass sie das ihrer gesellschaftlichen Stellung schuldig war. Sie wollte lediglich eine kleine Fuchsmaske tragen, die sie sich vor vielen Jahren bei einem Aufenthalt in Venedig hatte anfertigen lassen.

»Ich war so eitel zu glauben«, sagte Sir John etwas gekränkt, »es könnte dir gefallen. Es ist sehr kunstvoll gearbeitet.«

Er hatte einen Schneider gefunden, der das Feingefühl eines bei Maison Verreaux ausgebildeten Tierpräparators mit der handwerklichen Meisterschaft eines Pariser Couturiers in sich vereinigte. Der Mann war wegen Sodomie in die Sträflingskolonie deportiert worden, aber der Gouverneur hielt es für besser, dieses Detail nicht zu erwähnen. Der Präparator hatte die Flügel halb ausgebreitet gestaltet, sodass man fast glauben konnte, Sir John würde jeden Moment abheben. Aber die Kreation vermittelte nicht allein etwas von dem Entzücken, sich zum Himmel emporzuschwingen, sondern ließ den Betrachter durchaus auch an Freuden denken, die mehr irdischer Natur waren. Die starken Fittiche des mächtigen schwarzen Schwans schlugen nach vorn, wie in einem ersten Anlauf, die Schwerkraft zu überwinden, und ließen Sir Johns Körper, der sonst einfach nur schlaff wirkte, aussehen, als spannte er alle seine Kräfte an, um sich im nächsten Moment, in einem Moment wunderhaft erlöster Freiheit, zu strecken.

»Du siehst aus wie ein Volltrottel«, sagte Lady Jane.

Die *Terror* und die *Erebus* waren prächtig geschmückt. Man hatte die siebenhundert Spiegel, die man mitgenommen hatte, um mit Eingeborenen, die man vielleicht in den südpolaren Regionen treffen würde, Tauschhandel zu treiben, so in der Takelage aufgehängt, dass sie das Licht der Lampions an Deck durch den ganzen Hafen blitzen ließen.

Alle waren entzückt, alle wiederholten immer wieder, was für ein herrliches Fest das werden würde. Mathinna in ihrem leuchtend roten Lieblingskleid, eine Wallabymaske vor dem Gesicht, ging Hand in Hand mit Sir John, der jetzt seine freudlos seriöse Offiziersuniform trug. Als einzige Konzession an das Thema des Abends war ihm eine kleine schwarze Schwanenmaske geblieben, die ihm zu seinem Ärger Mathinna zu entreißen versucht hatte, um sie ins Wasser des Hafens zu werfen.

Sie schritten über die Laufplanke und stiegen zum Oberdeck der *Erebus* hinauf, das als Ballsaal dienen sollte, vorbei an Blumengestecken und Farnwedeln, an Lakaien in schlecht sitzenden Livreen, an Hofschranzen und Speichelleckern, die sich krampfhaft um etwas bemühten, das Mathinna ohne Weiteres selbstverständlich war, darum, im Mittelpunkt zu stehen. Sie wusste es nicht, aber sie spürte es an der Art, wie all diese Menschen in ihren sonderbaren Kostümen – Schnabeltiere, Greife, Kentauren, Einhörner und Wombats – sich zu ihr herunterbeugten und ihre Aufmerksamkeit auf sich zu ziehen versuchten, wie sie sich nach einem anerkennenden Wort von ihr sehnten, aber sie lächelte nur; Lächeln funktionierte immer, Lächeln stellte Sir John und Ma'am zufrieden, Lächeln hielt die Verbindung mit den Leuten aufrecht. Aus den Augenwinkeln konnte sie sehen, wie Festgäste noch einen letzten prüfenden Blick in den großen Spiegel vor dem Aufgang zum Oberdeck warfen, eine Falte glatt strichen oder auch nur leise seufzten. Um sie herum ein Gewirr von Komplimenten, bissigen Bemerkungen, sinnlosen Satzfetzen.

»Unsere Prinzessin der Wildnis!«, säuselte ein Wolf.

Die ganze Woche hatte sie die Quadrille geübt.

»Die süßeste aller Eingeborenen«, sagte ein Bär.

Mathinna setzte den linken Fuß nach hinten, führte ihn nach außen und dann wieder neben den rechten, bot ihrem Partner die rechte Hand, eins-zwei-drei-vier, memorierte konzentriert, was alles am Anfang des Tanzes beachtet werden musste, fünf-sechs-sieben, während sie lächelnd weiterging.

»Was aus ihren hübschen Dörfern geworden ist, weiß ich nicht«, sagte ein Tiger. »Wahrscheinlich sind sie dem Fortschritt zum Opfer gefallen.«

Sie verstand nichts von all dem, was über sie geredet wurde, außer dass sie als Schwarze zwar etwas Besonderes war, dass es aber, wenn auch nicht direkt etwas Schlechtes, so doch irgendwie falsch war, schwarz zu sein. Und das ergab keinen Sinn, denn sie konnte alle Schritte, die sie gelernt hatte.

»Wir sind nicht hergekommen, weil es hier so schön gesittet und zivilisiert zugeht. Was uns und jeden, der kein Sträfling ist, hergelockt hat, ist ganz einfach das Geld.«

Die Militärkapelle legte los. Die ganze großartige Veranstaltung erinnerte Mathinna jetzt irgendwie an die Abende in Wybalenna, wenn man sich am Feuer versammelt hatte; die Erregung und das Staunen, die sie in ihrer Magengegend spürte, waren ihr sonderbar vertraut und angenehm.

»Ich dachte, ziemlich lange jedenfalls, eine gute Absicht würde unweigerlich zu was Gutem führen und die Wahrheit würde sich am Ende immer durchsetzen. Ich brauche Ihnen ja nicht zu sagen, dass man in Van Diemens Land bald eines anderen belehrt wird.«

So unverständlich Mathinna das alles auch war, so ließ sie es doch in sich einströmen, die Gerüche, die Bilder, die Stimmen, die Musik, während sie sich zu erinnern versuchte, wie man zählen musste und nach wie vielen Takten man die Richtung wechselte. Aber sie lehnte alle Aufforderungen zum Tanz ab und sagte den Leuten, sie warte auf die Quadrille. Die Quadrille war der Tanz, den sie geübt hatte, den sie liebte; die anderen konnte sie ein bisschen, aber nicht gut genug: Sie fürchtete, sie würde sich ungeschickt anstellen und sich lächerlich machen.

Ein Cotillon wurde getanzt, dann ein Walzer, dann ein schottischer Reel. Die Paare hopsten und trippelten, nur wenige tanzten in der modernen, würdig steifen Art, aber immer noch wies Mathinna alle Herren zurück, die sie auf die Tanzfläche führen wollten. Sie stand an den Hauptmast gelehnt da, sah den Tänzern zu, ließ die Eindrücke auf sich wirken, hörte der Musik zu, erhaschte Gesprächsfetzen, während ihr rechter Fuß in einer Taurolle versteckt Tanzschritte andeutete.

»Sie sind jetzt wohl nicht mehr Ihre Exzellenz, sondern Zeus höchstselbst?«, fragte die Tochter von Mrs Lord keck, während sie mit Sir John tanzte. Er schüttelte heiter seine

Schwanenmaske, und sein Doppelkinn unter dem Schnabel wabbelte vergnügt.

Je weiter der Abend fortschritt, desto ausgelassener und beschwingter wurde getanzt. Nur gelegentlich drangen noch Stimmen von jenseits der Tanzfläche durch die Musik der Militärkapelle, die sich immer entschiedener Gehör verschaffte, durch die immer wilderen Geräusche der Menschen auf dem Deck. Die Musik füllte Mathinna aus, sie spürte zuerst das intensive Verlangen nach Vereinigung in all den Körpern auf der Tanzfläche und dann nur noch, wie ihr eigener Körper, sein Gedächtnis, sein Verlangen, sich füllte bis zum Überlaufen.

Endlich kündigte der Kapellmeister die Quadrille an.

Als Mathinna an Sir Johns Hand zusammen mit drei anderen Paaren auf die Tanzfläche trat, gab es höflichen Applaus. Ihr war heiß, sie atmete flach, aber als die Musik einsetzte, fühlte sie sich sofort im Zentrum der Welt. Sie nahm undeutlich wahr, dass einzelne Zuschauer sich überrascht davon zeigten, wie sie den Tanz beherrschte, und ihre Schritte wurden sicherer. Das führende Paar – Mrs Lord und Crozier – ging jetzt zur nächsten Figur über, die anderen drei Paare taten es ihnen nach. Mathinna, die mehr und mehr in dem Tanz aufging, begann, Schrittvariationen zu improvisieren, immer schneller, immer gewagter.

Mrs Lord, eine geübte Tänzerin, steigerte die Schwierigkeit und gab eine komplizierte Figur mit einer sehr schnellen Schrittfolge vor. Captain Crozier, der ganz offensichtlich davon überrascht wurde, hatte einige Mühe, das Tempo mitzuhalten. Das schwarze Mädchen tanzte nicht nur Mrs Lords Schritte ohne Zögern perfekt nach, sondern führte anschließend zum Erstaunen des faszinierten Publikums eigene Variationen vor. Die Zuschauer klatschten, selbst Mrs Lord hielt inne und spendete Beifall.

Mathinna tanzte jetzt wie verzückt, ihr war, als taumelte sie schwerelos durch Wolken. Als ob sie auf diese Weise zu einer Wahrheit ihrer selbst gelangen würde, und die Leute ermutigten sie mit ihrem Applaus. Jemand sagte, es gebe nicht einmal mehr siebzig von ihrer primitiven Rasse in der Siedlung von Mr Robinson, aber das Schiff schwebte durch sie hindurch nach oben weg, sie fühlte, wie der Wind sie hob und fallen ließ. Ihre Bewegungen waren nicht mehr trippelnde und schleifende Schritte und Sprünge, sondern etwas Magisches, das sich ihres Körpers bemächtigt hatte.

Mitten im lebhaften Finale des Tanzes fiel ihr auf, dass sie nicht mehr Sir Johns Hand hielt und nicht mehr im Takt war, wie sie es so geduldig geübt hatte, sondern dass sie sich im Rhythmus von etwas bewegte, das viel ältere und tiefere Wurzeln hatte als ein Tanz, der vor fünfzehn Jahren in Paris erfunden worden war.

Ihr Wangen brannten, ihr Körper war ganz leicht, ihr Geist so frei wie nie zuvor von etwas, das sie erst jetzt als einen sonderbaren Nebelschleier erkannte, der über ihr gehangen hatte, so weit sie zurückdenken konnte. Und doch fühlte sie nicht den Bruch in diesem Fest, den sie verursachte. Sie hatte sich nie so scharfsichtig gefühlt, so, als könnte ihr nichts verborgen bleiben – aber sie bemerkte nicht die aufgerissenen Münder, das Kopfschütteln, die zornigen und finsteren Blicke um sich herum, während sie sich immer weiter drehte und sprang, so wie sie auch das Wachs, mit dem man die Eichenplanken behandelt hatte, nicht spürte, sondern die Erde von Van Diemens Land, als sie mit zwei flinken Schlenkern ihre Schuhe wegschnellte und sich in ein Känguru verwandelte, ganz starr, nur der Kopf bewegte sich leise ruckelnd, dann ein Stampfen, zwei Hopser, und sie flog.

Niemand tanzte mehr, alle starrten sie an. Was zum Teufel machte dieses Kind? Wer war diese Wilde? Warum schritt niemand ein?

Die Kapelle verstummte.

Lady Jane fiel ein, dass sie einmal gesagt hatte, der Körper des Kinds könne denken. Aber, fragte sie sich, während sie schockiert Mathinna da irgendeinen rätselhaften barbarischen Ritus zelebrieren sah, was in aller Welt dachte er jetzt?

Mathinna war, als hätte sie nur diesen einen Moment an Deck dieses Schiffs, um zu erklären, wer sie war – aber wer sie war, sollte nie jemand erfahren, nicht einmal sie selbst, denn die Leute stießen plötzlich vor, die Menge schlug über ihr zusammen. Sie versuchte weiterzutanzen, da schrie jemand auf, und nichts stimmte mehr, es war schrecklich. Ihr wurde schwindlig, das Schiff drehte sich immer schneller, sie hüpfte und flog nicht mehr, sondern fiel und fiel, und sie sah ihre Hände, weiße Hände, Hände in Handschuhen, weiß wie die Tücher, mit denen man Sterbende zudeckte – musste sie jetzt sterben? Nichts mehr war gewiss. Sie wollte fragen, aber es kamen keine Wörter, und doch musste sie es wissen: War es Rowra?

Mathinna tauchte aus einem unruhigen Schlummer mit dem deutlichen Gefühl auf, dass da über ihr etwas war. Sie öffnete die Augen, und Grauen durchfuhr sie. Über ihr schwebte drohend das Gesicht eines riesigen schwarzen Schwans. Sie wusste, sie war verloren.

»Rowra«, flüsterte Mathinna.

Nachdem sie auf dem Deck zusammengebrochen war, hatte Crozier die Kleine in seinen starken Armen in die Kapitänskajüte getragen, einen Raum, der kaum größer war als das Schwingbett, in das er sie gelegt hatte und in dem sie jetzt aufgewacht war.

»Was?«, fragte Sir John.

Das Kind sagte nichts mehr.

Irgendwo weit weg ging der Ball weiter, die Kapelle spielte.

Er war alles, und alles war in ihm. Sir John blickte auf Mathinna, ihren zierlichen Körper, ihre schwarzen Fußgelenke, ihre schmutzigen Füßchen, das Tal, das sich vielsagend zwischen ihren dünnen Beinen unter dem roten Kleid abzeichnete, und erschauerte vor Erregung.

Und danach spürte er keine Erregung mehr.

8

Während der dritten Probe im Theater am Haymarket – es war ein kalter Vormittag – fiel Ellen Ternan aus der Rolle, aus der der Rose Ebsworth: An der Stelle des Stücks, wo die gramgebeugte Clara Burnham, gespielt von Ellens Schwester Maria, Rose in ihre Arme schließt, riss sich Ellen abrupt los und rief:

»Bitte, Maisy, nicht so *fest,* sonst gibt's Ragout!«

Es war das erste Mal, dass Dickens Ellen Ternan spontan auf der Bühne agieren sah, aber die Zeile stand eben nicht im Text. Obwohl er es irgendwie auch ganz amüsant fand, waren seine Nerven doch angespannt, und er reagierte ziemlich heftig.

»Verdammt, Miss Ternan!«, sagte er wütend und hielt das Manuskript hoch, als wäre es die Heilige Schrift. »Wir haben nur noch zehn Tage – was soll das?«

Etwas zögernd fasste sie unter den Aufschlag ihres Mantels und zog einen kleinen, glänzend schwarzen Vogel hervor. Er quiekte.

»Sie können prima Geräusche nachahmen, Sir«, sagte sie unsicher und hielt den Vogel zwischen ihren gewölbten Handflächen hoch, als wäre es irgendeine Art Opfergabe.

»Sie sammelt andauernd halb tote Vögel auf und versucht, sie wieder aufzupäppeln«, erklärte Maria. »Es ist ein junger Star. Sie hat ihn draußen vor dem Bühneneingang gefunden.«

»Sieht so aus, als wäre ein Flügel ein bisschen kaputt, Mr Dickens«, sagte Ellen Ternan. »Ich dachte, ich muss ihn warm halten.«

»Ein *bisschen?*«, sagte Dickens. »Na ja, wir müssen dankbar sein, dass es nicht schlimmer ist.«

Er streckte die Hand nach dem glänzenden Federbüschel aus, das sie ihm hinhielt.

»Ja, einen Star schaff ich«, sagte er leise und zog sich ins Zitat zurück, während er mit dem Finger vorsichtig erst den einen, dann den anderen Flügel des Vogels auffaltete, um ihn zu untersuchen, »der soll nichts lernen zu schrein als Mortimer und …«

Dickens schaute auf von dem Star und sah ihr zum ersten Mal in die Augen. Er war wie elektrisiert.

»Und … und …«, stammelte er. Sein Gedächtnis ließ ihn im Stich, nur die Farbe ihrer Augen wusste er noch.

Ellen Ternan führte den Satz für ihn zu Ende: »Und geb ihm den, um seinen Zorn stets rege zu erhalten.«

»Heinrich IV.«, sagte Dickens überrascht.

»Hotspur.« Ellen Ternan lächelte. Shakespeare kannte sie in- und auswendig.

Dickens starrte sie an. Später stellte er fest, dass ihm die Worte fehlten, diesen Moment zu beschreiben.

»Die Leute vergessen immer, dass Shakespeare vor allem Schauspieler war«, sagte er schließlich und senkte, erschreckt von diesen Augen, den Blick auf den Vogel in ihren Händen. »Und erst an zweiter Stelle Autor. Das ist das

Geheimnis seines Genies. Er spürte sich selbst nicht und existierte nur, indem er andere Personen nachahmte.«

Sonderbar schockiert dachte Dickens: Ich habe mein eigenes Geheimnis verraten. Er streichelte den Vogel, der ebenso starr vor Schrecken war wie er selbst. Er, der große Dickens, der ohne Anstrengung Abertausende von Menschen beeindruckte, war verlegen und gehemmt, wenn er mit einer jungen Frau, die fast noch ein Kind war, Konversation machen sollte, während sie immer kühner wurde.

»Ein Adler für einen Kaiser«, sagte Ellen Ternan, die nun das Zitierspiel fortführte, »ein Turmfalke für einen Diener und« – sie machte eine Pause, und als Dickens den Blick hob, sah sie ihm lächelnd noch einmal direkt ins Gesicht – »ein Star, ein Stimmenimitator, für einen Schriftsteller.«

Er wandte sich etwas verunsichert ab. Sein Blick fiel auf ein Holzkistchen, das als Requisite diente. Er hob es auf – mehr um die Nervosität, die in ihm aufstieg, abzuleiten als aus irgendeinem anderen Grund –, zog ein Taschentuch aus seiner Tasche, bildete daraus ein Nest in dem Kistchen und bettete den verletzten Star auf den weichen Stoff.

Am Abend, als er mit Catherine in einer Kutsche zum Essen fuhr, legte er seine Hand weit oben auf ihren Oberschenkel. Sie drehte den Kopf, warf ihm einen seltsamen Blick zu und zog dann ihr Bein weg.

An den restlichen Probentagen verbrachte Dickens immer mehr Zeit in Ellen Ternans Nähe. Mit ihr allein zu sein war allerdings schwierig: Er musste es so einrichten, dass er, wenn gerade niemand bei ihr war, scheinbar zufällig ihren Weg kreuzte. Bei solchen Gelegenheiten fand sie ihn reizend; er war nett, hilfsbereit, immer heiter, und sie fragte sich nie, wie es zu der Begegnung gekommen war.

Er fand sie unterhaltsam und lebhaft, ihre temperamentvolle Art, die ihre Mutter oft ärgerte, bezauberte ihn. Ihr entschiedenes Urteil, ihre Ansichten, die sie energisch verfocht, ihr Interesse für Bücher, Theater, Politik hatten etwas so Erfrischendes für ihn, zumal im Vergleich mit Catherine, die zu nichts etwas zu sagen wusste, außer höchstens, dass sie leider ungebildet sei, und die meiste Zeit stumpfsinnig und verdrossen schwieg. Er erkannte, dass auch Ellen Ternan kindisch, launisch und stur sein konnte, dass ihre Gefühle und Meinungen manchmal seicht und töricht waren, aber was ihn an seiner Frau in Rage brachte, entzückte ihn bei Ellen Ternan, und die Dinge, die ihm unmöglich gefallen konnten, entschuldigte er doch wenigstens und tat sie als unbedeutende Kleinigkeiten ab. Und er machte sich nie auch nur einen Moment lang Gedanken darüber, was sein Verhalten eigentlich zu bedeuten hatte, denn solange er sich keiner Absicht bewusst war, konnte er ein reines Gewissen haben.

Dickens stand unter Hochspannung. Das Stück nahm ihn ganz in Beschlag, sagte er seinen Freunden und redete er sich selbst ein – es diente einem guten Zweck, er konnte anderen helfen, und dazu kam nun die Lust, das Stück auf einem Niveau aufzuführen, von dem er nie zu träumen gewagt hatte. Seine Freunde staunten angesichts seiner Energie, fanden es bewundernswert, wie viel Zeit und Aufmerksamkeit er allen Details der neuen Inszenierung widmete und mit welchem Eifer er probierte. Als am Ende der ersten Probenwoche der Star verschwand – offenbar war er gesund und munter fortgeflogen –, nahm Dickens es erfreut zur Kenntnis: Irgendwie empfand er es als ein gutes Omen.

Was ihn dagegen empörte, war der Mangel an Großherzigkeit, den seine Frau im Hinblick auf das Theaterprojekt an den Tag legte.

»Ich verstehe gar nicht, wieso du so unmäßig viel Zeit für etwas verschwendest, das doch bereits tadellos funktioniert hat«, sagte Catherine eines Morgens zu ihrem Mann. Sie stand mit einer Vase voller Blumen in seinem Arbeitszimmer. »Da, schau mal: Ich hab dir einen Strauß Sommerblumen für deinen Schreibtisch gebracht. Sind sie nicht schön?« Und als er nicht aufschaute, wurde ihr Ton plötzlich kalt. »Und diese Mrs Ternan und ihre Töchter – warum musst du mit denen so viel proben, wenn die doch so großartige Schauspielerinnen sind?«

Als Catherine einen Schritt nach vorn machte, um die Vase abzustellen, fuhr ein heftiger Schmerz durch ihren Rücken, der seit der Geburt ihrer zweiten Tochter einen Schaden hatte. Sie stolperte und ließ die Vase fallen, Wasser und Blumen ergossen sich auf einen Stapel Manuskriptblätter und Bücher.

Dickens sprang auf und wich dem Schwall aus. Während er hektisch einzelne Blätter zu retten versuchte, schimpfte er leise vor sich hin: Diese Frau war nicht einmal für die einfachsten Tätigkeiten im Haus zu gebrauchen; kein Wunder, dass es ihm peinlich war, sich mit ihr in Gesellschaft zu zeigen.

Aber du hast nicht zehn Kinder geboren, hätte sie ihm gern geantwortet. Du hast ja keine Ahnung, was das bedeutet. Du wirst schwer, kannst dir nichts mehr merken, dein

Körper wird leck, der Rücken tut dir weh. Aber sie sagte nichts von alledem.

»Tut mir leid, Charles«, sagte sie mit zitternder Stimme, »es tut mit so leid.«

Sie murmelte immer weiter Entschuldigungen, während sie die Schreibtischplatte mit ihrer Krinoline abtupfte. Er schüttelte Wasser von einem Buch, das aufgeschlagen dagelegen hatte. War sie denn wirklich so dumm, fragte er. Nein, war sie nicht. Das Buch war Carlyles Geschichte der Französischen Revolution, mit einer persönlichen Widmung des großen Historikers. Catherine wusste, dass Dickens andauernd darüber brütete. Er hatte einmal einem Besucher erzählt, er habe es fünfhundertmal gelesen. Sie stand da und wusste nicht, was sie tun sollte. Sie verstand nicht, was eigentlich passiert war. Bestimmt hatte er das Buch längst satt.

Ihre Gedanken nahmen eine so scheußlich schmerzhafte Wendung, dass sie sich mit der Faust vor die Stirn schlug, als könnte sie dadurch das furchtbare Uhrwerk ihres Lebens zurückstellen. Stumm sah sie zu, wie ihr Mann nach einem Dienstmädchen läutete, dann nach seinem Mantel griff und hinausstürmte.

Sie erkannte, dass sie ihn nie verstanden hatte. Niemand konnte ihn aufhalten, ihm Widerstand leisten, er modelte die Welt nach seinen Vorstellungen und Wünschen wie die Figuren seiner Romane. Und sie wusste, dass ihre Rolle die der fetten, hoffnungslos unfähigen Hausfrau war, der Hysterikerin, der Invaliden, der streitsüchtigen Vettel.

Aber hatte er nicht in jedem Buch, in jeder Rede, jeder öffentlichen Äußerung immer und immer wieder betont, die Familie, die häusliche Eintracht sei sein Ein und Alles? Und hatte sie nicht ihre Gesundheit ruiniert in dem Wunsch, ihm Kinder und Lust zu schenken? Hatte sie ihn nicht geliebt, und ließ er nicht in seinen Büchern solche Liebe immer triumphieren? Sie konnte nicht verstehen, wie es möglich war, dass er dieselbe Liebe in seinem Haus als dumm verachtete.

Und als sie die verstreuten Blumen zusammenklaubte, verstand Catherine endlich, dass sie nichts anderes war als das, was er da auf diesen nassen Blättern niedergeschrieben hatte: seine Erfindung – sie war genauso sein Geschöpf wie all diese faden Wesen, die er in seinen Büchern dem Leser als Frauen verkaufte. Er hatte sie dumm gemacht. Er hatte sie zu dieser langweiligen Frau seiner Romane gemacht, sie war in ihrer Schwäche, Willfährigkeit und Geistlosigkeit zu seiner Heldin geworden.

Erst jetzt, nachdem er so lange mit ihr gelebt hatte, gefiel ihm diese Frau nicht mehr, und er wollte sie loswerden. Und sie wusste, dass er sie neu erschaffen würde, er würde sie umschreiben und es mit seinem Witz, seiner Beredsamkeit und seinen grausamen Spottnamen dahin bringen, dass die Welt sie nur mehr als eine lächerliche und herzlose Figur kannte. Die Welt war Dickens zu Willen. Catherine hatte keine Möglichkeit, sich zu wehren.

Sie versuchte, die Blumen wieder zu einem Strauß zusammenzustecken. Rittersporn, Dahlien, Kornblumen, Wicken, Begonien, Schleierkraut. Sie hatte zu allem Ja gesagt – zu dem mit Efeu bewachsenen, gemütlichen alten Haus, der Horde Kinder, den Dienern, die komische Käuze sein mussten, dass er der Welt in seinen Artikeln und Reden von ihren fröhlichen Weihnachtsfesten erzählte, den unzähligen üppigen Diners mit Unmengen von Gästen. Sie hatte den Hammel mit Austern gestopft, hatte dafür gesorgt, dass die Cock-a-leekie-Suppe genau so schmeckte, wie er es mochte, dass die Hühnerkroketten nicht zu unoriginell gerieten und die Taubenfüße wie Birkenstämmchen im Winter aus der Pastete ragten. Sie hatte die Spiele mitgespielt, die Scharaden und das Froschhüpfen. Und wenn ihr auch manches Gute widerfahren war, so waren doch die Verluste, die sie seit langer Zeit schon hinnehmen musste, weit größer.

Sie musste daran denken, dass er ihr erst gestern vorgeworfen hatte, sie hetze die Kinder gegen ihn auf, und er hatte noch mehr hässliche Dinge gesagt: dass sie sich nie ordentlich um die Kleinen gekümmert habe, dass sie geistesgestört sei. Sie war dumm, das wusste sie, ihr Rücken tat ihr weh, und ihr Herz lief aus. Sie hantierte mit den Blumen, aber sie wollten sich einfach nicht zu einem Strauß zusammenfügen, und die ganze Welt um sie herum verschwamm in einem grausam undeutlichen Durcheinander.

Die Tür ging auf, Katy trat ins Arbeitszimmer und sah ihre Mutter allein da stehen, in den Händen eine Vase und ein wirres Bündel Blumen. Catherine schien ihre Tochter nicht wahrzunehmen, sie wirkte vollkommen aufgelöst, halb wahnsinnig. Sie keuchte, als wäre sie am Ersticken. Dann drang aus einer leeren Tiefe in ihr ein schrecklicher Laut – es klang nicht wie eine menschliche Stimme, sondern als spräche etwas viel Älteres, die Verlassenheit selbst. Als ob etwas unendlich Kostbares ihr geraubt worden wäre, schrie sie plötzlich auf –

»Es tut so weh!«

Und dann sagte sie nichts mehr.

In dieser Nacht kam Dickens spät ins Bett und lag einige Zeit auf dem Rücken da. Sie berührten einander nicht. Als Catherine eben kurz vorm Einschlafen war, fühlte sie, wie er langsam, fast abwesend die Bänder ihres Nachthemds aufzog. Sie streckte die Arme nach ihm aus und drückte sein Gesicht an ihre Brüste. Er roch das Lavendelöl, mit dem sie sich jeden Abend parfümierte. Sie fühlte nicht seine Tränen. Er dachte an den Ausspruch Dantons: *Revolutionen macht man nicht mit Rosenwasser.*

Unter Kreischen und Fauchen und Rattern flohen sie aus der Stadt, versteckt zuerst in bewohntem Gebiet, dessen Straßen von dem Lärm erzitterten, flitzten hinaus in freies Wiesenland, gruben sich durch feuchte Erde, donnerten weiter in Dunkelheit und dichter Luft, schossen wieder hinaus in den hellen, weiten Tag. Auf ihrer Flucht über frisch gemähte Grasflächen, durch Gestein und durch Wälder, vorbei an Dingen, die zum Greifen nah waren und immer von den Reisenden wegflogen, fühlte Dickens eine trügerische innere Distanz größer werden, während Ellen Ternan das Gefühl hatte, endlich auf dem Weg in ein Leben zu sein, das so war, wie es sein sollte: heiter, aufregend und sehr vergnüglich.

Die Reisegesellschaft, die an diesem Tag im August 1857 nach Norden fuhr, umfasste das ganze Ensemble von *The Frozen Deep* mit Anhang und verteilte sich auf mehrere Waggons. Dickens hatte sogar Mrs Ternan zum Lachen gebracht, als er ein Rätselspiel veranstaltet hatte. Die Antworten auf seine Fragen mussten auf Zettel geschrieben und diese mithilfe von Spazierstöcken und Schirmen von Fenster zu Fenster bis zu ihm transportiert werden. Jedes Mal, wenn wieder ein Zettel im Fahrtwind davonflog, raufte sich Dickens die Haare, lief den Gang auf und ab und rief mit der Stimme des lispelnden Schaffners: »Oh, waf für ein Rätfelfpiel! Ach, waf für ein unfeligef Fpiel!«

Und wenn bei aller Harmlosigkeit in Dickens' Bemühungen um Ellen Ternan denn doch die leise Andeutung von etwas Erotischem mitschwang, was war schon dabei? Sie konnte seine Aufmerksamkeiten einfach als den Tribut genießen, den Männer eben einer jungen Schönheit zollten. Das war aber auch schon alles. Und Dickens für seinen Teil mochte es als Spiel nehmen, vielleicht sogar als neckisches Spiel, mochte sich in gewissem Maß romantische Gefühle gestatten, die aber natürlich auf gar keinen Fall in eine Romanze irgendeiner Art münden konnten, da sein diszipliniertes Herz das niemals zulassen würde. Die dunkleren Ränder am Horizont des Schicksals waren wie Dickens selbst, der einen komischen Volkstanz zum Besten gab und, als der Zug heftig ruckelnd um eine Kurve fuhr, unsanft in eine Ecke des Abteils taumelte: einfach nur etwas zum Lachen. Welcher Schlag und welcher Sturz wäre nicht mit gutem Humor aufzufangen und zu überstehen? Sie freuten sich ihres Lebens und kümmerten sich nicht darum, was um sie herum passierte, auch wenn die Welt sich in unmerklich kleinen Schritten radikal zu verändern begann.

Der berühmteste Engländer seiner Zeit kugelte auf dem Boden des Abteils herum, und die Augen seiner Reisegefährten waren nass vor Lachtränen. Der Zug kreischte und schrie immer lauter, als er unaufhaltsam immer weiterpreschte, bis der Weg vor ihm dick mit Asche bestreut und alles geschwärzt war: Um ihn herum erhob sich verkohlter Wald, aus dem die Menschlichkeit verbannt und in dem doch Menschen zu überleben verdammt waren.

Draußen vor den Fenstern des Zugs zog schmutziger Qualm um eingefallene Dächer und zerbrochene Fenster, und man sah in elende Wohnungen hinein, in denen Not und Fieber in verschiedenster Gestalt lauerten und der Tod immer präsent war, und Dickens wandte sich ab und versuchte, nicht an die Bemerkung zu denken, die Wilkie Collins einmal in einem unbedachten Moment entschlüpft war: dass er, Dickens, so lebte, wie er auf der Bühne agierte, in der einen Hosentasche einen toten Vater und in der anderen eine tote Tochter, unfähig, je sein oder ihr Bild aus seinem Geist zu tilgen.

»So spät, das darf einfach nicht sein«, sagte Mrs Ternan immer wieder, während sie Ellen und ihre zwei Schwestern zwei Tage danach durch den Qualm und Lärm des Bahnhofs von Manchester dirigierte. »Wer weiß, ob sie überhaupt noch da sind?«

Ellen war schuld daran, dass sie sich verspätet hatten, denn es hatte sie viel Zeit und Anstrengung gekostet, sich für den Ausflug aufzuputzen, nicht zu reden von all dem Betteln und Flehen und den Tränen, die sie öfter hatte vergießen müssen, aber jetzt, da sie durchs Gedränge schritten, lebte sie auf, genoss es, so zielbewusst durch den süßlichen, leicht feuchten Ruß- und Schwefeldunst zu marschieren, beschwingt und wie beflügelt von dem Lärm ringsum, dem Klirren von Eisen und dem durchdringenden Geräusch von Dampfpfeifen, das die Bahnsteige erzittern ließ.

Obwohl praktisch keines von all den Kleidungsstücken, die Ellen trug, ihr gehörte, war ihr von dem Moment an, da sie am Morgen mit ihren Schwestern die Empfangshalle des Great Western Hotel betreten und die ersten bewundernden Blicke auf sich gezogen hatte, als wäre das Krinolinenkleid aus marmorierter Seide mit den wunderschön schmal geschnittenen Schultern und dem eleganten Rüschenbesatz, das sie sich von ihrer Schwester Fanny geborgt hatte, für sie und keine andere maßgefertigt worden, als wäre die burgunderfarbene Mantille, die ihre Mutter getragen hatte, als sie noch jünger war, und die nun über Ellens Schulter drapiert war, immer schon ihr Eigentum gewesen.

Sie hatte das Gefühl, dieses prächtige Kostüm und ihr Leben, ihre Seele und die Welt stimmten in schönster Harmonie überein. Sie bemerkte, dass Leute sich nach ihr umdrehten, aber sie war praktisch auf der Bühne aufgewachsen und freute sich über die Aufmerksamkeit, die ihr zuteilwurde. Sie lächelte im Bewusstsein ihrer Schönheit und dann auch in freudiger Erleichterung, denn am Bahnsteig gegenüber sah sie aus der Menge ein bärtiges Gesicht auftauchen, das zu strahlen begann, als sich ihre Blicke trafen – Mr Dickens! Und in diesem Moment wurde das Getöse unerträglich, und der Boden unter ihren Füßen bebte: Eine Lokomotive fuhr ein, die Kuppelstange wurde langsamer, ein Heizer mit geschwärztem Gesicht lehnte sich aus dem Führerstand; seine weißen Augen leuchteten wie Scheinwerfer, als die ungeheure Maschine sich vorbeischob.

In dem Moment, da der einfahrende Zug die Sicht auf die junge Frau gegenüber verstellte, wandte sich ein großer, korpulenter Herr an Dickens, beugte sich zu seinem Ohr hinab und schrie durch das Getöse:

»Ihre Liebe zu schönen Kleidern reißt unzählige junge Frauen ins Verderben.«

»Mag sein, dass nur eine Philosophie der Askese und Repression von Dauer ist«, erwiderte Dickens. »Aber, mein lieber Mammut, ich möchte sie lieber nicht anderen Menschen vorschreiben.« Er stand inmitten der kleinen Gesellschaft, die gemeinsam »die größte Kunstausstellung in der Geschichte« – so jedenfalls wurde das Ereignis auf Plakaten beschrieben – besuchen wollte, eine Ausstellung, für die man eigens ein Gebäude in Old Trafford errichtet hatte und dazu einen neuen Bahnhof für die Besuchermassen, die erwartet wurden.

»Ich sehne mich nach Farben«, sagte Dickens und verbeugte sich lächelnd vor den Ternans, die sich jetzt der Gruppe näherten. »Ich bin ganz ausgehungert nach Farben in diesen gusseisernen Zeiten.« Er streckte einen Arm aus, trat auf die Damen zu und griff nach Ellen Ternans Hand. »Einen Moment lang dachte ich, es wäre Kaiserin Eugenie höchstselbst.« Er wusste natürlich – sie hatte es ihm erzählt –, dass sie sich in Modefragen an der jungen französischen Monarchin orientierte.

Vielleicht war es diesen erstaunlichen Stahlreifen in ihrem Kleid zu verdanken, die so viel praktischer waren als die tausend Unterröcke, die seine Frau trug, um ihrem

Rock Form zu geben, vielleicht war es ihre Jugend, vielleicht – aber dieser Gedanke war denn doch ein bisschen fantastisch – machte es ihr wunderbar spritziger Geist, dass sie sich so ungezwungen graziös bewegte, so leicht und flink – und diese schmale Taille! Ihm fiel ein, dass er einmal von einer Frau gehört hatte, die ums Leben gekommen war, nachdem sie mit einer solchen Krinoline eine Kerze gestreift hatte; das Kleid hatte sofort Feuer gefangen wie ein Haufen Stroh – aber jetzt war *er* es, der lichterloh brannte. Ihm wurde plötzlich bewusst, dass er nicht mehr galant wirkte, sondern die junge Frau anstarrte. Er ließ ihre Hand los, zuckte zusammen wie ein erschreckter Vogel und beeilte sich, von seinem Fauxpas abzulenken.

»Mrs Ternan! Welche Freuden erwarten uns!« Und dann plauderte er mit Maria, machte Fanny Komplimente, bis schließlich die frustrierte Ellen herausplatzte:

»Mr Dickens! Gefällt Ihnen nun meine granatapfelfarbene Mantille oder nicht?«

»Sie ist rot«, bemerkte Forster vorlaut. »Und Dunkelrot ist nicht granatapfelfarben.«

»Ich habe mir sagen lassen, in Indien ist das die traditionelle Farbe der Bräute«, sagte Ellen Ternan, ohne Forster auch nur eines Blickes zu würdigen. Sie lächelte Dickens an und wickelte spielerisch eine Locke ihres blonden Haars um einen Zeigefinger. »Könnte eine Farbe je einen besseren Ruf haben?«

In dem Ausstellungsgebäude kam Dickens sich vor, als befände er sich in einer fabelhaften Mischung aus einem modernen Bahnhof und Ali Babas Schatzhöhle. Das spektakuläre Ambiente, die Menschenmassen, die erregte Stimmung all dieser Leute begeisterten Dickens weit mehr als die unzähligen alten Meister, die berühmten Modernen, die sechzehntausend genialen Werke, die in vielen Sälen, immer in etlichen Reihen übereinander, aufgehängt waren.

Forster wurde ganz schwindlig vom Schauen, und er wollte eben ins Museumsrestaurant fliehen, um bei Rindfleisch und Bier neue Kräfte zu schöpfen, als sie an einer Leda mit dem Schwan vorbeikamen, die wie alle unzüchtigen alten Meister in der obersten Reihe hing.

»Man nimmt an, es ist eine Kopie eines verloren gegangenen Gemäldes von Michelangelo«, sagte Collins und reichte Ellen Ternan das Opernglas, das er in weiser Voraussicht mitgenommen hatte.

»Ich habe diesen Mythos noch nie verstanden«, bemerkte Mrs Ternan. »Eine üble Sache, die irgendwie so dargestellt wird, als wäre es etwas Gutes.«

Ein in Lumpen gekleideter junger Mann ohne Beine fuhr in einem abgesägten Holzfass auf Rädern vorbei, das er mit paddelnden Bewegungen seiner bandagierten Hände antrieb. Er erinnerte Dickens an einen russischen Samowar und interessierte ihn mehr als all die Bilder.

»Der Mythos handelt von Harmonie und Zwietracht«, erklärte Forster, der sich berufen fühlte, zu allem und jedem seinen Kommentar abzugeben. Collins verdrehte die Augen und ging weiter zum nächsten Saal. »Aber hauptsächlich von Zwietracht«, fuhr Forster fort. »In der Folge von Zeus' Untat wurde Leda schwanger und gebar zwei Eier, und aus jedem dieser Eier schlüpften zwei Babys – eines davon war Helena von Troja, die anderen habe ich vergessen. Na ja, dann kam der Trojanische Krieg, der Untergang eines ganzen Volkes. Und so weiter. Das bedeutet der Mythos.« Und damit verschwand er in Richtung des Restaurants.

Der Samowar nieste heftig und besprühte Maria Ternan mit seinem scheußlichen Auswurf. Ohne eine Wort der Entschuldigung warf er sein rollendes Fass herum und fuhr davon. Mrs Ternan, Maria und Fanny zogen sich in eine Ecke des Saals zurück.

Durch das unruhig zitternde Glas sah Ellen Ternan zuerst vier Babys, die eben erst aus den Eiern geschlüpft waren, dann wanderte ihr Blick nach oben zu einem eher untergeordnet wirkenden Schwan in den Armen einer heiteren, nackten jungen Frau. Es war gar nicht so, wie Forster behauptet hatte, dachte sie. Alles und alle in dem Bild – die Säuglinge, der Schwan, die Welt – schienen nur geschaffen worden zu sein, um die nackte Frau ehrfürchtig zu bewundern. Ellen Ternan errötete, und die kindliche Farbe in ihrem Gesicht fiel Dickens auf, als sie ihm das Opernglas reichte.

»Diese Babys sind zum Anbeißen«, sagte Ellen Ternan.

Sie waren jetzt für sich. In jenen Zustand von Einsamkeit entrückt, den der Tumult einer wimmelnden Menschenmenge ermöglicht, und in undeutlichen Gedanken verloren, war Dickens, das Opernglas vor den Augen, nicht auf der Hut. Sie hörte, wie er an seiner Zunge saugte.

»Sie wäre jetzt sieben«, sagte er.

»Wer?«, fragte Ellen Ternan.

Dickens setzte das Glas ab und sah sie verlegen an.

»Entschuldigung«, sagte er. »Unsere Tochter Dora. Als sie geboren wurde, sah sie so frisch und neu aus, dass man fast das Gefühl hatte, man könnte noch ein Restchen Eierschale auf ihrem Köpfchen finden.«

»Ich habe sie nie kennengelernt«, sagte Ellen Ternan.

Dickens redete nie über Dora, nicht einmal mit Catherine. Das Thema ließ sich nicht auf eine spaßige Anekdote reduzieren oder in irgendeinem lächerlichen Dialog zur Sprache bringen. Er war offenbar vollkommen wehrlos gegen ihren Tod, es gab keine Erklärung. Aber jetzt erzählte er auf einmal mit steinernem Gesicht in wenigen Worten die kurze Geschichte ihres Lebens bis zu dem verhängnisvollen Tag, da er sie krank zu Hause zurückließ, um vor der Gesellschaft zur Unterstützung Not leidender Bühnenkünstler zu sprechen.

»Wir haben im Leben nur ein paar Momente«, begann Dickens, doch dann hielt er inne. Wörter waren für ihn Lieder, etwas, das vorgetragen wurde. Aber jetzt sang er nicht, er stand auf keiner Bühne. »Ein Moment der Freude oder des Staunens, den man mit jemandem teilt. Man könnte auch sagen: der Schönheit oder der Transzendenz.« Er schluckte. Er hatte Dora im Sinn gehabt, aber nun erkannte er, dass er in Wirklichkeit von etwas anderem redete. »Oder so etwas in der Art. Und dann kommt man in ein Alter, Miss Ternan, da wird einem klar, dass dieser Moment oder, wenn man sehr viel Glück hat, eine Handvoll solcher Moment das Leben sind. Dass diese Momente alles sind, was man hat, und dass sie zugleich alles sind, worauf es ankommt. Und dennoch kommen wir nicht von dem Glauben los, solche Momente wären nur dann von Wert, wenn wir ihnen Dauer verleihen könnten. Wir sollten in Momenten leben, aber wir sind so schwer beladen mit Projekten und der Sorge um unsere Zukunft, mit Rettungsankern, die uns hinunterziehen, so beschäftigt, dass wir manchmal die wichtigen Momente gar nicht einmal wahrnehmen. Wir lassen das kranke Kind allein, um eine Rede zu halten.«

Er verstummte, hob das Opernglas vor die Augen, ließ es wieder sinken. Er sah nicht Ellen Ternan an, sondern starrte zur Wand.

»Die Sache ist die«, sagte er, aber er redete nicht weiter.

Und dann sprach Ellen Ternan etwas aus, das noch nie jemand zu ihm gesagt hatte. Es war, als hätte sie in seinen Gedanken gelesen. Es fühlte sich an wie eine Absolution.

»Sie können nichts dafür«, sagte Ellen Ternan.

9

Als er die Tür knarren und knarzen hörte – da die Residenz des Vizekönigs eine so an allen Ecken und Enden windschief verzogene und halb zerfallene Bruchbude war, gab es im ganzen Gebäude kein Scharnier, das nicht entweder lose oder schwergängig war oder aber, wider alle Logik, irgendwie beides zugleich –, wandte sich Sir John von dem Fenster ab, durch das er eine Gewitterfront beobachtet hatte, die über dem Derwent heranzog. Lady Jane sah ihn mit ihren unheimlichen blassblauen Augen an, die ihn einst, wenn auch nur eine kurze Zeit lang, so sehr bezaubert hatten, bis ihm klar geworden war, dass ihr merkwürdiger Ausdruck ihm immer unverständlich bleiben würde.

»Das werden Sie büßen müssen«, sagte Sir John.

»Was soll das …«

»Was?«, sagte Sir John, dem gerade eingefallen war, wonach er mehrere Minuten lang angestrengt gesucht hatte. »Ich rede von dem, was Montague zu mir gesagt hat. Dass ich es büßen werde.« Früher war Sir John stolz darauf gewesen, dass er nie etwas vergaß, jetzt hatte er oft schon Mühe, sich an irgendetwas zu erinnern, das jemand vor ein paar Minuten gesagt hatte. Noch merkwürdiger war, dass wichtige Dinge, die ihm einst ganz einfach und selbstverständlich vorgekommen waren, immer diffuser und fantastischer wurden. Und ganz ähnlich wie mit Berichten und Denkschriften, die vor seinen Augen verschwammen, je angestrengter er sie anstarrte, erging es ihm jetzt mit seiner Frau: Er hatte das beunruhigende Gefühl, dass sie unscharf wurde und sich zu etwas auflöste, das er nicht mehr wiedererkannte.

»Wann hat Montague das gesagt?«, hörte er sie fragen.

»Als ich seinem Neffen das Land verweigerte, das er haben wollte«, sagte Sir John. »Und als Pedders Schwager den Zuschlag für den Bau des neuen Docks nicht bekam, hat er etwas Ähnliches gesagt.«

»Das ist doch Jahre her«, sagte Lady Jane, aber Sir John wedelte nur hilflos mit der Hand.

»Und jetzt triumphieren er und unsere Feinde«, sagte er. »Es ist nicht zu fassen.«

Draußen brach ein schreckliches Unwetter los. Mehrere Schiffe gingen unter, Häuser wurden abgedeckt, Bäume umgeknickt, Wagen und Karren wie Spielzeug weggefegt. Ein schönes Reitpferd, das Mr Lord gehörte, wurde getötet, als ein Rundholz vom benachbarten Sägewerk wie ein Zahnstocher durch die Luft geschleudert wurde und sich dem armen Tier in den Bauch bohrte. Und in Sir Johns Kopf entlud sich die dunkle Wolke der Melancholie zu einem nicht minder heftigen Sturm, der seine Hoffnungen, Sehnsüchte und Erinnerungen wild umherwirbeln ließ und das Bild, das er von von sich selbst hatte, das Bild eines guten Menschen und einer edlen Führerpersönlichkeit, zerschmetterte. Zur Erklärung, aber auch, um den sonderbaren Schwindel, der ihn plötzlich erfasst hatte, zu bekämpfen, griff Sir John nach dem offiziellen Schriftstück auf seinem Schreibtisch und hielt es Lady Jane hin.

»Es ist nicht so gekommen, wie es richtig gewesen wäre«, sagte er, und seine Stimme klang einen Moment lang, nur einen kurzen Moment lang, bitterböse. »Da«, sagte er und raschelte mit den Blättern, doch dann ließ er sie fallen, als hätten sie ihm die Finger verbrannt. »Ein Schreiben vom Kolonialministerium. Es ist heute Morgen angekommen. Unterschrieben vom Minister persönlich.« Sein Körper zitterte, wabbelte vor Zorn. »Ich werde von meinem Posten abberufen.«

Und als er das gesagt hatte, fühlte sich Sir John plötzlich völlig erschöpft. Lady Jane warf ihm einen Blick zu, aus dem zugleich schockiertes Entsetzen und blanke Verachtung sprach. Aber wie, fragte er sich, könnte ich eine solche öffentliche Demütigung verdient haben? Er dachte an den triumphalen Empfang, den man ihnen bei ihrer Ankunft in Hobart bereitet hatte, die Ehrungen, den Jubel, mit dem man ihn bedachte, als hätte er das Volk von einem Tyrannen befreit. Und doch fühlte er tief in seiner Seele, dass das Verbrechen, für das er nun bestraft wurde, irgendwie darin bestand, dass er den Leuten das Gefühl der Sicherheit vorenthalten hatte, das nur eine neue Tyrannei ihnen hätte vermitteln können.

»Warum?«, fragte Lady Jane. Ihre Stimme war unversöhnlich eisern.

Es war wirklich verwirrend, dachte Sir John. Ihm fiel ein, was Crozier einmal gesagt hatte, als er schon einiges gebechert hatte. *Man fährt los, um neue Länder zu entdecken, weil man spürt, dass man immer schon verloren war.*

»Weil … na ja, ich nehme an, sie haben dem Minister eingeredet, dass ich inkompetent und korrupt bin und …«

»Aber was ist der wahre Grund?«

»Der wahre Grund? Vielleicht, dass ich nicht korrupt war. Aber ich war eben naiv.«

»Bis du dieses blöde Amt auf dieser gottverlassenen Insel übernommen hast«, sagte Lady Jane ungewöhnlich zornig, »hatten wir keine Feinde. Die Mächtigen haben sich um uns bemüht, um sich mit uns zu schmücken; nie sind wir Opfer der Macht geworden.«

Gewiss, er selbst hatte sich nie nach diesem Amt gedrängt, das war alles das Werk seiner Frau gewesen, aber schließlich war ja sein ganzes Leben, seit er ihr begegnet war, ihr Werk gewesen. Sie hatte ihn von seinem geheimsten Laster befreit, von seinem absoluten Mangel an Ehrgeiz. Durfte man ihm das zum Vorwurf machen? Dass er sich ihr so ganz unterworfen hatte? Er hatte einmal Montague sagen hören, er sei ein »schwacher Charakter«. Und war es nicht genau das, was der Kolonialminister meinte, wenn er in seinem Begleitbrief davon sprach, er wolle »die allzu schwere Bürde auf andere Schultern« legen?

Das verwirrte Sir John am allermeisten. War es denn Schwäche, gelassen anzunehmen, was das Leben brachte – sei es, indem man im ewigen Eis Hunger und Entbehrungen litt, sei es, indem man sich, um einen anderen Menschen zu erfreuen, seinen Wünschen fügte –, oder war es nicht vielmehr Weisheit?

»Es wird Ihr Vertrauen nicht enttäuschen«, hatte Montague bei ihrer Ankunft gesagt und mit einer ausholenden Bewegung seines schmächtigen Arms in Richtung der halb verfallenen Hauptstadt gedeutet und der endlosen Vegetation, die sie umschloss, der zahllosen namenlosen Berge, der Flüsse, die auf keiner Karte verzeichnet waren.

Aber von was für einem Vertrauen hatte er gesprochen? Vom Vertrauen in ein unheimlich urtümliches Land mit vulgären Regenbogenfarben, tückischen riesigen Wäldern und bizarren Tieren, die seit Adams Vertreibung aus dem Paradies abgeschnitten vom Rest der Welt hier gelebt hatten?

Oder hatte Montague vielleicht Vertrauen in das *Volk* im Sinn gehabt, in all die Unmenschen, die für ihn arbeiteten und ihn bedienten, die als Schreiber und Prügelknechte und Köche und Friseure und was man sich sonst noch denken kann, fungierten? Sie waren allesamt Sträflinge, das Ganze war eine groteske Parodie, ein hässliches Schmierentheater, eine empörende, ja beleidigende Zumutung für jeden, der auch nur einen Funken Erinnerung an das Original hatte: Es war einfach lächerlich, fand Sir John, wie man hier mit solchem Personal nichts Geringeres als *England* zu kopieren versuchte. Er konnte sehr wohl sehen, dass eine Veränderung mit all diesen Leuten vorging, freilich – in welche Richtung entwickelten sie sich? Nicht weniger wild als die Wilden, nahmen sie draußen im Busch mehr und mehr deren primitive Lebensweise an, kleideten sich in Kängurufelle, taten sich zu Horden zusammen, wohnten in Hütten aus Rinde, kannten keine andere Arbeit mehr als die Jagd auf die Tiere der Wildnis, von denen sie sich ernährten. O ja, er hatte Vertrauen in sie gesetzt, nur allzu viel Vertrauen und allzu lange, und jetzt musste er es büßen.

Auf dem Weg zur Tür blieb Lady Jane plötzlich stehen. Sie schien zu überlegen, dann drehte sie sich um.

»Das schwarze Mädchen«, sagte sie.

Sir John wusste, dass dieser Ausdruck nichts Gutes verhieß. Lady Jane nannte ihre Adoptivtochter nur dann bei ihrem Namen, wenn sie mit ihr zufrieden war, wenn nicht, und das war in letzter Zeit häufig der Fall, war Mathinna für sie »das schwarze Mädchen«.

»Wie ich sehe, hast sogar du sie aufgegeben.«

Sir John tat so, als überlegte er.

»Dieser sonderbare Anfall, den sie letztes Jahr auf der *Erebus* hatte«, fuhr Lady Jane fort, »scheint sie sehr mitgenommen zu haben.«

Sir John schwieg.

»Sie hat eine Art Hysterie entwickelt, glaubst du nicht auch?«

Sir John war sich nicht sicher.

»Statt sich schnell wieder zu erholen, wie man es bei einem weißen Kind erwarten würde«, sagte Lady Jane, »hat sich ihr Zustand verschlechtert.«

Sir John wusste, was sie meinte: Im Lauf der Zeit war Mathinna ihnen immer mehr aus dem Weg gegangen, und wenn sie ihre Gesellschaft nicht vermeiden konnte, gab sie sich in einer Weise harmlos possierlich, die mehr zu einem netten Schoßtier passte als zu einem Kind des Hauses.

»Sie ist so lustlos«, sagte Lady Jane.

Er wusste, dass Mathinna sich nicht mehr anstrengte, sich nicht mehr an Beine und Röcke klammerte. Dass das, was von dem ihr verordneten Erziehungsprogramm noch übrig war, sich an ihrer stumm verdrossenen Weigerung verschliss, sich auf irgendetwas von dem einzulassen, was man ihr zeigte oder beibrachte. Dass sie grauenhafte Angst vor ihm hatte.

»Und wild«, sagte Lady Jane. »Ein wildes Tier, das die Dienstboten anfällt. Das um sich schlägt und kreischt und kratzt. Neulich hat sie sogar eine von den Dienstmägden gebissen, Mrs Wick, und als man sie dann gezwungen hat, ihre täglichen Pflichten wiederaufzunehmen, hat sie alles schlampig und unkonzentriert erledigt. Es ist, als ob die Krankheit ihre Seele befallen hätte.«

Erst jetzt verstanden die Franklins, dass Mathinnas Verhalten in einer Weise, die in Van Diemens Land ohne Beispiel war, der gesamten Öffentlichkeit ihre Niederlage deutlich machte. Das schwarze Kind würde nicht weiß werden.

»Es ist zum Rasendwerden«, sagte Lady Jane.

»Es ist unerklärlich«, erwiderte Sir John.

»Weiß Gott, wie sie sich in London aufführen wird«, sagte Lady Jane. Und mit diesen Worten drehte sie sich um und ging hinaus.

Sir John wandte sich wieder dem Fenster und dem stumpfgrauen Regen zu. Drunten auf der Straße hatte ein Bettler seine zerlumpte Jacke ausgezogen und hielt sie über den Kopf einer alten Frau, die neben ihm dahinhastete. Wie Sir John diesen Bettler um seine Selbstlosigkeit, um sein ganzes Leben beneidete! Er erkannte, dass er in dieser grenzenlosen Welt, in der es so viel Leben, so viel Liebe, so viele Dinge gab, allein war.

Ein Diener brachte Kaffee.

»Später.«

Diese Insel, seine Position, seine eigenen verblassten

Ambitionen, sein ganz und gar ungerechtfertigter Ruhm, den er als eine immer schwerere Last empfand, hatten etwas Unerträgliches und völlig Absurdes an sich. Wie die meisten menschlichen Dinge, die ihm zunehmend rätselhaft wurden, war es nicht recht zu durchschauen. Die ganze militärische Macht, über die Sir John verfügte, bestand aus einem Regiment mit gut sechshundert Mann, die Hälfte davon Trunkenbolde und alle ohne Ausnahme unzufrieden und schlecht motiviert. Und diese wenigen unzuverlässigen Soldaten hielten zigtausend Sträflinge in Schach – besser gesagt: Diese zigtausend Sträflinge hielten sich selbst in Schach. Es war einfach unglaublich, es war zum Lachen. Aber in der Art, wie sich diese Leute demütig in ihr Schicksal fügten, sah er seinen Charakter im Großen gespiegelt – schließlich hatte er selbst den größten Teil seines Lebens als Gefangener fremder Wünsche und Träume zugebracht.

Ein Adjutant tauchte auf, um ihn daran zu erinnern, dass …

»Später.«

In sich zusammengesackt saß Sir John in seinem dämmrigen Arbeitszimmer auf einem altersschwachen Sessel und haderte mit der Bevölkerung der Kolonie im Allgemeinen und mit jedem einzelnen Einwohner, den er kannte, im Besonderen: mit seiner Frau, mit Montague, mit Mathinna – am allermeisten mit Mathinna. Er verabscheute und verfluchte sie allesamt und wünschte sie zum Teufel. Voller Sehnsucht flüchtete er sich in den tröstlichen alten Traum, er könnte wieder mit einer kleinen Schar von Männern hinausfahren ins ewige Eis, wo er von solchen Ärgernissen verschont blieb. Lange saß er so schweigend alleine da. Und während das Tageslicht schwand und die Dunkelheit voranschritt, wurde ihm nach und nach klar, wer an allem schuld war.

»Die Wilde«, zischte er.

Natürlich, dachte er. Feinde hatte man immer, klar; er hätte ihnen Land und Aufträge und noch etliches sonst geben sollen, das war auch klar. Aber in diesem besonderen Fall waren die Feinde gut bewaffnet gewesen.

Und wer hatte ihnen diese Waffen in die Hände gespielt? Die Wilde, sie hatte seinen Sturz betrieben. Wieso hatte er das nicht bemerkt? Dieses Ungeheuer hatte eine Gelegenheit erkannt, ihn zu vernichten, und hatte sie beim Schopf gepackt, ihr Verhalten zeigte es deutlich: Zuerst hatte sie ihn, für jedermann sichtbar, mit Zauberei vergiftet und dann in Verruf gebracht, ja, sie war es gewesen, die den Gerüchten Nahrung gegeben, seine Feinde stark gemacht, den Skandal geschaffen hatte, der schließlich zu seiner Entlassung geführt hatte. Gewiss, Montague hatte den tödlichen Schuss abgefeuert, aber Sir John sah jetzt, dass Mathinna mit ihrer Hexerei ihm die nötige Munition geliefert hatte.

Doch dieser schreckliche Gedanke ließ Sir John seltsam kalt. Er blieb vollkommen ruhig. Das Unwetter draußen war abgeklungen, nur hin und wieder gingen noch feine Schauer nieder. Vom Wasser her hörte man die Blasgeräusche von Walen, später dann die fernen Rufe der Männer, die mit ihren Booten hinausfuhren, um die Tiere zu erlegen.

Fünf Jahre später sollte Sir John dieser Moment in der Erinnerung als einer des vollkommenen Friedens erscheinen. Er lag in Croziers Kajüte auf der im Eis gefangenen *Erebus* und hörte dem Knacken und schrecklichen Bersten von Holz unter dem ungeheuren Druck des Eises zu. Das Schiff lag in einem abenteuerlichen Winkel gekippt, sein Schwingbett war eingeklemmt zwischen Boden und Wand; Holz und Eis und Wind ächzten und schrien ohne Unterlass, als klagten sie über das grausame Schicksal. In unerträglich scheußlichen Schwaden verbreitete sich der feuchte, schwarze Gestank brandigen Fleisches und zog durch das ganze Schiff. In der Kabine, in demselben Schwingbett, in dem Mathinna damals vor ihm gelegen hatte in ihrem hübschen roten Kleid, schob der große Polarforscher jetzt die Hüllen und Binden zurück, um im trüben Licht der Tranlampe mit einer Mischung aus Grauen und Faszination den fauligen Torso zu untersuchen, der einst er gewesen war.

In seinem Todeskampf dachte Sir John nur noch an das kleine dunkelhäutige Mädchen, mit dem zusammen er Möwen nachgestellt hatte und das immer noch über ihn lachte, und einen Augenblick lang roch er nur noch den unglaublichen Duft einer Welt, die in seiner Erinnerung das Paradies nach einem Regenguss war. In seinem Geist tummelten sich wild durcheinander lauter gute Dinge, Kakadus und Wale und Kinder, als er plötzlich den Raum sah, in dem er Folterqualen litt, das Schwingbett, in dem er starb, ein zerknittertes rotes Kleid, ein wimmerndes Wallabygesicht. Da fühlte er wieder sein Grauen. Kälte lief ihm über die Haut, drang in ihn ein, feine scharfe Eisschuppen überzogen bereits seine Lunge.

Und er begann hastig, seine Litanei aufzusagen, als

könnte sie ihn erlösen, als wäre sie ein Magnet, der ihm jetzt noch die rettende Richtung weisen könnte: »Süd zu West, Südsüdwest, Südwest zu …« Aber dann brach aus ihm ein unsäglich schreckliches Geräusch hervor, es stieg an und fiel in das unheimliche jenseitige Dunkel und verlor sich für immer. Als Crozier hereinstürzte, ein mit Kampfer getränktes Taschentuch vor seinem zerstörten Gesicht, war der größte Entdecker seiner Epoche bereits tot.

Sir John war froh, dass sie an diesem Abend Gäste zum Essen eingeladen hatten, unter ihnen einen gewissen Edward Kerr. Der Mann führte die Geschäfte einer Londoner Investorengruppe, die unter dem Namen Van Diemens Land Company firmierte und das nordwestliche Viertel der Insel besaß. Kerr war auf einem abgehetzten Rotschimmel angekommen. Alles an dem Mann deutete auf einen athletisch gebauten Charakter und stiernackige Willensstärke hin, wofür Sir John, von der Natur weniger begünstigt und vom Schicksal geschlagen, ihn sehr bewunderte. Der Gouverneur erwähnte nichts von dem Unglück, das ihn heimgesucht hatte; die Nachricht würde noch früh genug unter die Leute kommen, sagte er sich, wenn sie ganz offiziell in der *Gazette* veröffentlicht würde. Mathinna nahm nicht an dem Essen teil – ihr Benehmen und ihre nachlässige Kleidung ließen mittlerweile so viel zu wünschen übrig, dass man sie nicht mehr zu repräsentativen Anlässen lud –, aber einer der Gäste hatte sie zufällig bei seiner Ankunft gesehen: Sie hatte mit dem Kopf nach unten in einem Baum unweit der Einfahrt gehangen.

»Ich glaube«, sagte Lady Jane steif, als die Rede darauf

kam, »dass man etwas tun muss, um die Wilden vor dem Aussterben zu bewahren, und darum wollten wir mit gutem Beispiel vorangehen.«

»Ja, Lady Jane, aber Sie wissen sicher auch«, sagte jemand, »dass die brutalsten Anführer der Schwarzen Leute waren, die als Kinder eine christliche Erziehung genossen hatten. Sehen Sie sich nur Black Tom an: Er hat sich auf die Seite der Schwarzen geschlagen und wurde zu einer wahren Bestie.« Es war der Generalstaatsanwalt der Kolonie, ein Mann, dessen Namen Sir John andauernd mit dem eines Jugendfreundes durcheinanderbrachte – ein Defekt, den seine zahlreichen Feinde als ein weiteres Zeichen seiner Unfähigkeit werteten. »Wissen Sie, ich hätte mich gerne aus dieser Diskussion herausgehalten, aber ich musste dann doch dem Vorgänger Ihres Gatten, Gouverneur Arthur, zu bedenken geben, dass die Regierung die gesetzliche Pflicht hat, die ihrer Obhut anvertrauten Strafgefangenen zu schützen. Diese Männer arbeiten fernab der Zivilisation im Hinterland und sind besonders gefährdet.«

»Und was haben Sie empfohlen, Mr Tulle?«, fragte Lady Jane.

»Ich sagte, wenn es nun einmal keinen anderen Weg gibt, muss man sie ausrotten. Sicherheit für die Weißen war nur zu haben, wenn man ihre schwarzen Feinde vernichtete. Wir haben mehrere Jahre lang eine Kopfprämie bezahlt. Gutes Geld, fünf Pfund pro Kopf.«

»Ich habe mich damals in dieser Pionierzeit ausschließlich darauf konzentriert, Schwarze zur Strecke zur bringen«, sagte Kerr beim Wombatconsommé. Sir John fand seinen Freimut herzerfrischend und nicht im Mindesten unangenehm. Lady Jane stand auf, bemerkte, sie hätte einen langen Tag hinter sich, und bat die Gesellschaft gezwungen lächelnd, sie zu entschuldigen. Kerr bewies daraufhin, dass er genau der Mann war, den man bei so einem unversehens erstarrten gesellschaftlichen Ereignis unbedingt brauchte: ein älterer Herr, der, ohne die Gefühle anderer zur Kenntnis zu nehmen, einfach drauflosplauderte. Er erhob sich, verabschiedete Lady Jane mit einem ziemlich feurigen Handkuss, setzte sich dann wieder und fuhr mit seinen Betrachtungen fort.

»Und zwar deswegen«, sagte er und zielte mit dem Suppenlöffel in die Runde, als hätte er wieder wie einst einen Revolver in der Hand, »weil ich der unerschütterlichen Überzeugung war und bin, dass alle Gesetze der Natur, der Religion und dieses Landes es mir zur Pflicht machten.«

Seine angenehme Stimme, seine ruhige, fast zurückhaltende Art, sein jungenhaft welliges blondes Haar, seine absolut in sich und seiner Lebenserfahrung ruhende Selbstgewissheit, alles das verlieh irgendwie seinen Worten bei aller schockierenden Brutalität, die daraus sprach, einen fast hypnotischen Zauber.

»Was die drei Köpfe betrifft, die ich am First meiner Hütte angenagelt hatte, so glaube ich sagen zu dürfen, dass sie doch einige abschreckende Wirkung hatten: Der Tod der Burschen auf meinem Dach blieb in der Erinnerung ihrer Artgenossen höchst lebendig, und so erfüllte das Exempel, das ich an den dreien statuiert hatte, erst so recht seinen guten Zweck.«

Franklin wurde plötzlich klar, was für ein wahrhaft außergewöhnlicher Mann dieser Kerr war. Er hätte es nicht verstehen können, wenn er nicht so lange Zeit auf dieser Insel gelebt hätte, aber jetzt fiel es ihm wie Schuppen von den Augen. Diese absolute Ehrlichkeit, die den Mann auszeichnete, war erfrischend, ja elektrisierend. Er wusste, wovon er sprach, er dünstete und atmete einen Glauben an sich selbst aus, der einem das Blut in den Adern erstarren ließ – natürlich, immerhin hatte er drei Köpfe auf seinem Hausdach aufgepflanzt.

Und in seiner glasklaren Aufrichtigkeit, dachte Franklin, lag die Einsicht in eine schreckliche, zwingende Wahrheit, eine sonderbare Mischung aus Verlangen und Freiheit, ein Bekenntnis nicht zum Frieden, sondern zu der Gewalttätigkeit, die, wie Sir John zunehmend fürchtete, untrennbarer Teil seiner selbst war, der Gewalttätigkeit, die, wie er zu glauben begann, der eigentliche Motor der Welt war, der Gewalttätigkeit, die, wie er fühlte, wenn er es sich auch nicht eingestehen konnte, letztlich die Ursache dessen war, was zwischen ihm und Mathinna passiert war. Nicht eigentlich die Gewalttätigkeit war schlimm, dachte Sir John, schlimm war, dass es ihm an Mut fehlte, die Sache konsequent bis zum Ende durchzuhalten, wie es Kerr so unbeirrbar tat. Sir John beneidete Kerr um die gelassene Heiterkeit, mit der er seine erbärmliche Bestimmung annahm; diese Heiterkeit, diese Sicherheit hätte er auch gerne gehabt. Er wandte sich ab von diesem sonderbaren Helden des Krieges gegen die Schwarzen und sann über seine eigene Zukunft nach: Das, was Crozier eine »Kristallwüste des Vergessens« genannt hatte, zog ihn mächtig an.

»Wir sind die Sendboten Gottes, der wissenschaftlichen Vernunft, der Gerechtigkeit«, fuhr Kerr fort. »Es ist nicht so, dass wir kein Erbarmen oder weiß der Teufel was sonst noch alles kennen würden, aber es geht nun mal nichts über drei Köpfe auf dem Dach. Wissen Sie, was der junge Naturforscher – Darwin hieß er –, der vor ein paar Jahren hier war, hier an diesem Tisch saß er, gesagt hat? ›Van Diemens Land hat das unschätzbare Glück, dass es keine eingeborene Bevölkerung gibt.‹ Glauben Sie, so ein Glück fällt einem in den Schoß? Vielleicht glauben Sie ja, so etwas kann man auch erreichen, ohne dass man Köpfe aufpflanzt.« Kerr lächelte. Seine gelb glitzernden Augen verrieten nichts und sagten doch alles: Er strahlte die erregende Selbstsicherheit eines Mannes aus, dem das Grauenhafte, das er in sich entdeckt hat, keine Angst einflößte.

Sir John spürte in Kerrs tiefen Einsichten etwas, das jenseits von Gut und Böse war. Aber das christliche Erbarmen und die wissenschaftliche Neugier, die ihn und seine Frau dazu bewogen hatten, Mathinna zu adoptieren, waren doch Tugenden, und diejenigen, die sie übten, würden doch bestimmt den verdienten Lohn erhalten, oder?

»Ich glaube es nicht«, sagte Kerr, und Sir John war, als hätte dieser große Mann seine Gedanken gelesen.

Sir John lächelte. Er hatte das Gefühl, dass diese Insel in ihren Bewohnern etwas vollkommen Rücksichts- und Schonungsloses zum Vorschein brachte, dass das wilde Land, das Meer, alles die Seele eines Mannes lockte, ja vielleicht zwang, die Grenzen zu überschreiten, die ihr normalerweise gesetzt waren. Und heute Abend gefiel ihm dieser Gedanke. Er spürte, welchen Reiz, welch ungeheure Befriedigung eine Seele empfand, die keinem Glauben verpflichtet war, keine Regeln kannte, er schmeckte die Macht, ein kleiner Gott zu sein, eine Macht, die er zum ersten Mal bei Robinson erlebt hatte, dann bei den großen freien Siedlern mit ihren riesigen Farmen und bei den Robbenjägern, die sich ganze Harems mit schwarzen Frauen hielten.

»Die Leute, die hierherkommen, möchten es zu etwas bringen, wissen Sie«, sagte Kerr.

Sir John wusste es, und ihm war plötzlich, als würden ihm erst jetzt die Augen geöffnet, aber es war zu spät. Die Götter waren alle von Räubern und Vergewaltigern nach ihrem eigenen Bild geschaffen worden und dienten ihnen und ihren Bedürfnissen.

»Sie wollen nicht den Anblick der erhabenen Wildnis genießen und geben sich nicht der Illusion hin, sie könnten die, die allzu lange im Dunkel der Urwälder gelebt haben, mit dem Licht der Vernunft erleuchten«, fuhr Kerr fort und trommelte mit seinem Löffel in kriegerischem Marschrhythmus auf der Tischplatte. »Aber das ist Ihnen natürlich klar.«

Sir John hatte verstanden. Und er, der in seinem Leben kaum je etwas mit wirklicher Entschiedenheit gewollt hatte, war jetzt entschlossen, dafür zu sorgen, dass auch Lady Jane es verstand.

Sir John zog sich mit so viel Würde von seinem Amt zurück, dass seine Abdankung ihm ein Maß an Respekt eintrug, das er als Gouverneur nie genossen hatte. Weder Ärger noch Scham war ihm anzumerken, kein Wort des Zorns entfuhr ihm, obwohl er doch, wie jetzt alle sagten, ganz offensichtlich gemeinen Intrigen des Arthur-Klüngels zum Opfer gefallen war. Man hätte fast meinen können, er wäre froh darüber, dass es so gekommen war, und wollte bei seinem Abschied all die Fähigkeiten und Tugenden demonstrieren, die man in seiner Amtsführung vermisst hatte.

Mit Befriedigung nahm man zur Kenntnis, dass Sir John endlich auch einmal seiner Frau gegenüber entschlossen auftrat, und zwar in der Sache des schwarzen Mädchens. Es sollte, entschied er, nicht mit nach England reisen. Er behauptete, die Ärzte rieten davon ab; die Erfahrung habe gezeigt, dass Wilde aufgrund ihrer ganzen Konstitution ein raueres Klima nicht vertrügen – das sei ebenso gewiss und unleugbar wie all die Wohltaten, die sie genossen habe und weiterhin in einem Maße genießen werde, das ihr eine glänzende Zukunft sicherte. Er zog seine Frau nicht zurate, als er verfügte, dass das Kind ins Waisenhaus St John gebracht werden sollte. Er hörte sich nicht ihre Proteste an, sondern bemerkte lediglich, die Anstalt werde so gut geführt wie nur je ein Waisenhaus und das Kind werde dort eine Erziehung bekommen, an der nichts auszusetzen sei. Lady Janes Einwand, dass ihr Experiment noch nicht abgeschlossen sei, schmetterte er in einer Weise ab, die deutlich machte, dass er nicht gewillt war, sich auf eine Diskussion über diese Frage einzulassen.

»Dieses Projekt verdankte sich von Anfang an ganz unwissenschaftlichen Wunschvorstellungen«, sagte Sir John, und obwohl er in Wahrheit eher der Meinung war, das Ganze sei schlicht *verrückt*, was sie sehr wohl verstand, hatte seine Feststellung den Ton der durch nichts zu erschütternden Überzeugung. Lady Jane sagte, sie werde das Kind darauf vorbereiten, und suchte Mathinna, um ihr zu versichern, dass sie trotz allem guter Hoffnung sein könne, aber es war schon zu spät. Sir John hatte sie in aller Frühe fortschaffen lassen, ohne ihr vorher etwas davon zu sagen und ohne Erklärung, aber zur Vorsicht erst, nachdem man ihr Käsetoast zum Frühstück gemacht hatte. Er wusste selbst nicht, ob er damit ihre Furcht oder eher seine Schuldgefühle beschwichtigen wollte – für ihn war es einfach eine Handlung, die von der Notwendigkeit und nicht von sentimentalen Gefühlen geboten war.

Sir John trat an das große offene Feuer, um sich zu wärmen, als sein Adjutant ihn daran erinnerte, dass er die verschiedenen Bittsteller empfangen musste, die sich an diesem Morgen eingefunden hatten. Während er dann immer wieder zustimmend nickte oder den Kopf schüttelte, träumte er die ganze Zeit selig vom Eis, denn er wusste jetzt, dass er dahin zurückkehren würde. Die Polarregionen existierten jenseits von Politik und Fortschritt. Der Zweifel schaute dort täglich vorbei, suchte aber jedes Mal nach kurzem Aufenthalt das Weite. Er war nicht willkommen – die Leere der Landschaft bot einfachen Entscheidungen Raum und verlangte lediglich, dass sie sich durch ein außergewöhnliches Maß an Mut auszeichneten, denn es waren folgenschwere, aber keine komplexen Entscheidungen, und wenn auch viel von Entdeckungen und vom Überleben geredet und geschrieben wurde, so war es doch in Wahrheit einfach eine Welt von Gescheiterten und Verlorenen, von verirrten Kindern, deren Misserfolge als Triumphe von Männern gefeiert wurden.

Und bei dem angenehmen Gedanken, dem Erwachsensein zu entrinnen, in eine unerbittliche Einsamkeit zurückzukehren wie in den Mutterleib, in ein auswegloses Vergessen einzutauchen, das die sonderbare Alchimie eines nationalen Traums unweigerlich in Ruhm und Geschichte verwandeln würde, lächelte er wieder und winkte dem Diener, ihm noch einmal nachzuschenken, wobei er sich bemühte, das Zittern seiner Hand zu unterdrücken.

Der Winter hatte die Insel fest im Griff, bis ins Tal hinab lag Schnee, und während ein Mann davon träumte, wieder ein Kind zu werden, saß hinten auf einem holpernden Karren, zitternd vor Kälte, ein Mädchen, das die letzten verstreuten Fetzen seiner Kindheit für immer hinter sich ließ. Sie zog ein Ringbeutlerfell eng um ihren Körper zusammen, um sich vor dem eisigen Wind zu schützen, um die andrängende Einsamkeit abzuwehren, die sich mehr und mehr wie der Tod anfühlte. Sie wusste nur, was man ihr gesagt hatte: Damit sie mehr Kontakt mit Gleichaltrigen hätte, sollte sie in eine nahe gelegene Internatsschule gehen, nur ein paar Tage, und sie sollte nichts mitnehmen, nichts von ihren Sachen, keines ihrer Tiere. Es war schon recht sonderbar, fand sie, aber das war sie gewohnt.

Mathinna legte sich hin, eng zusammengerollt unter dem Fell, machte die Augen zu und überließ ihren mageren Körper dem Holpern und Ruckeln des Karrens. Sie redete sich ein, ihr sei warm, sie habe nichts zu befürchten, und diese beruhigenden Lügen im Verein mit dem Wohlgefühl, das die Käsetoasts in ihrem Bauch ihr vermittelten, trösteten sie, sodass sie irgendwie doch einschlief und träumte, sie liefe durch Wallabygras.

Als sie aufwachte, ging der Atem des Pferdes schwerer:

Es zog jetzt den Karren eine steile, schlammige Straße hinauf auf ein Gebäude zu, das aus der dunklen Erde herausschoss wie die Spitze eines Pfeils. Die Aura bedrückender Einsamkeit, die das Waisenhaus St John umgab, wurde noch unterstrichen durch die dunklen Wälder und die schneebedeckten Berge ringsum. In der Mitte ragte eine Sandsteinkirche mit einem spitzen Turm auf, an den Seiten hingen wie geknickte Flügel Anbauten mit den Schlafsälen der Kinder, Jungs rechts, Mädchen links.

Die meisten Kinder waren eigentlich keine Waisen, sondern unehelich geboren oder unglückliche Sprösslinge von Eltern, die sich nicht um sie kümmerten, aber das machte keinen Unterschied. St John's war als eine Einrichtung zur Betreuung verwahrloster Kinder gegründet worden, aber in der Praxis war es einfach eine Anstalt für wehrlose Kinder, für Kinder, die unangenehm auffielen, weil sie sich unbeaufsichtigt auf den Straßen von Hobart herumtrieben, weil sie sich die Erwachsenen zum Vorbild nahmen und Auspeitschen, Aufhängen, Mord und Totschlag spielten. Man fing sie ein und sperrte sie in St John's weg.

Jeder Tag begann mit einem Gottesdienst in der Kirche, die durch Trennwände so unterteilt war, dass keinerlei moralische Ansteckungsgefahr bestand. Jungs und Mädchen konnten einander nicht sehen, die Sträflinge und die ganze Schar der unerwünschten Kinder, die hier interniert waren, befanden sich außerhalb des Blickfelds der frommen freien Siedler aus einer nahe gelegenen Enklave der Neureichen mit dem passenden und trostlosen Namen New Town. Die Bänke der Siedler standen in der Nähe der Feuerstellen, die sogenannten Waisen hatten nicht einmal die Möglichkeit, sich Bewegung zu verschaffen, um sich warm zu halten. Sie beteten für die gefallenen und in Sünden verstockten Seelen, für die Verirrten und die Geschlagenen, die Kranken und Gebrechlichen, die armen vaterlosen und mutterlosen Kinder, und dann begannen sie hustend und frierend einen neuen Tag voller Arbeit und Prügel.

An dem Tag, an dem Mathinna ankam, fand der Gottesdienst mehr als eine Stunde später als gewöhnlich statt, weil in der Nacht wieder ein Kind an Typhus gestorben war, das fünfte im Lauf eines Monats. Die ganze Anstalt schien eingehüllt in den Dunst stumpfer Teilnahmslosigkeit, der selbst den sonst allgegenwärtigen scharfen Geruch lauernder Gewalt überdeckte. Man hatte Mathinna nicht gesagt, was sie hier erwartete und was für eine Anstalt das war, und so schritt sie völlig unbesorgt durch das Eingangstor, in einer Haltung, die nur ein Mensch einnehmen konnte, der keine Ahnung hatte, welch schicksalhafte Bedeutung dieser Ort für ihn hatte. Sie wurde durch einen dunklen Korridor geführt, der wie ein Tunnel durch das Gebäude lief, und gelangte schließlich zu einer Veranda auf der Rückseite. Man wies sie an zu warten.

Sie schaute hinaus auf einen schmutzigen Hof. Obwohl der Boden an diesem Wintertag schlammig war, zog der Ort doch Kinder an, denn wenn es dort auch nicht warm war, so konnte man von dort doch wenigstens die ferne Hitze der noch ferneren Sonne *sehen.* Wärme war für diese Kinder eine Idee – solche Ideen waren die einzige Sorte Philosophie, mit der die Insassen von St John's in Berührung kamen –, und an einer Ecke außerhalb des Schattens drückten sich zwei Jungs herum, die ebendieser Wärmeidee näher zu kommen suchten. Sie drehten sich um und starrten den Neuankömmling an.

Als Mathinna da wartete, eingewickelt in das Fell, schläfrig und ein bisschen benommen nach der holprigen Fahrt, stach ihr etwas Grellfarbiges in die Augen: Ein Gelbhaubenkakadu saß auf dem Rand eines rostigen Trankessels, wie ihn Walfänger benutzen, der unter dem Fallrohr einer Dachrinne stand. Mathinna schaute genauer hin. Der Vogel war offenbar ein entflogenes Haustier, denn er konnte sprechen. Während er auf dem Rand des Kessels hin und her trippelte, rief er abwechselnd »Liebe dich!« und »Scheißkerl!«. Es war ein schöner großer Papagei mit prächtigem Gefieder und stolzer Haltung.

Mathinna lächelte, als sähe sie einen guten Freund wieder. Sie trat zu ihm hin und streckte ihre Hand aus. Der Vogel warf den Kopf hoch, drehte ein glitzerndes schwarzes Auge in ihre Richtung, dann sträubte er freudig seinen gelben Kamm. Er hüpfte auf sie zu, als ihn plötzlich ein Kieselstein niederstreckte. Mathinna schaute auf und sah einen Jungen, der stolz eine Schleuder schwenkte, dann fiel ihr Blick auf den Kakadu, der zuckend im Dreck lag. Sie beugte sich zu ihm hinunter und drehte ihm mit einer blitzschnellen Bewegung den Hals um, dann wandte sie sich ab, klappte plötzlich zusammen und erbrach Käse und Toast in den Trankessel.

Etwas später holte ein alter Mann mit einem lahmen Bein sie ab und führte sie humpelnd und fluchend etliche Treppen aus rohem Kiefernholz hinauf zur Kleiderkammer. Dort zeigte sie sich zum ersten Mal widerspenstig: Als Mrs Trench, eine sehr korpulente und kurzatmige Person,

Mathinna ihre grüne Muschelkette und das rote Kleid wegnehmen wollte, ihre besten Sachen, die sie zu dieser besonderen Gelegenheit angezogen hatte, biss das Mädchen die Frau so brutal in die Hand, dass sie blutete. Der Vorsteher des Waisenhauses wurde gerufen, kam aber erst nach mehr als einer Stunde, weil er die Leute beaufsichtigen musste, die den Wald hinter St John's niederbrannten. Er hatte diese Maßnahme angeordnet, weil er der Überzeugung war, dass von dort die tückischen Dünste aufstiegen, die Typhus verursachten.

Wütend, weil er in seiner wichtigen Arbeit gestört worden war, verabreichte der Vorsteher, ein pockennarbiger älterer Mann mit einer Figur wie ein Amboss, dem Mädchen für seine Unverschämtheit eine Tracht Prügel mit einem Stock aus Teebaumholz, und als das Kind dann weder eine Erklärung gab noch sich für sein bestialisches Verhalten entschuldigte, verdrosch er es noch einmal zur Strafe für sein verstocktes Schweigen. Anschließend wurde sie in eine Kammer gebracht, die extra für solche Missetäter vorgesehen war, und dort bis zum nächsten Morgen eingesperrt. Es gab weder ein Bett noch eine Hängematte noch einen Strohsack, der einzige Einrichtungsgegenstand in dem Raum war ein Nachttopf aus luftgetrocknetem Lehm. Er war gesprungen, sodass der Inhalt über den bereits scheußlich verdreckten Boden rann, auf dem sie schlief.

Am folgenden Tag schleppten Mrs Trench und zwei Aufseher Mathinna in den Waschraum. Die beiden Männer hielten das Mädchen, das sich verzweifelt wand und um sich schlug, fest, während Mrs Trench es auszog, ein bisschen herumschubste, um nach Läusen zu suchen, und es schließlich mit einem Kübel kaltem Wasser übergoss. Obwohl Mathinna den Kampf verloren hatte, wurde ihr hartnäckiger Widerstand doch belohnt, denn Mrs Trench schob ihr die Muschelkette und das rote Kleid hin und sagte ihr, sie dürfe die Sachen behalten, solange sie etwas anderes darübertrage. Man schor ihre dichten schwarzen Locken ab und zog ihr einen unsauberen blauen Kittel und eine Kattunschürze an. Die Sachen waren so groß, dass sie außer dem roten Kleid noch etliche Schichten anderer Sachen darunter hätte tragen können.

Da Mathinna in gewisser Weise doch etwas Besonderes war, bekam sie etwas, das nur wenige der Kinder erhielten: Der Vorsteher überreichte ihr feierlich ein Paar Holzschuhe, die einem Jungen, der in der Nacht am Fieber gestorben war, gehört hatten. Der Dank, den der Mann dafür erntete, war, dass sie ihm die Schuhe gleich wieder hinschmiss. Sie wurde wieder verdroschen und anschließend barfuß in die Kammer mit dem kaputten Nachttopf geschafft, wo sie den Rest des Tages und die Nacht verbringen musste.

Obwohl der Vorsteher an diesem Tag die Brandrodung hinter dem Waisenhaus fortsetzen ließ, bis keine Spur von torfigem Waldaroma mehr zu erschnuppern war und man vor lauter Qualm kaum Luft bekam, starben am Abend noch zwei Kinder an Typhus. Die ganze Anstalt – die Beschäftigten hatten es von Mrs Trench gehört und gaben es als eine gegebene Tatsache an die Kinder weiter – wusste, dass die Schwarzen »besondere Kräfte« hatten. Noch stärker als der stechende Brandgeruch war überall die Drohung wahrzunehmen, die jetzt über dem Waisenhaus lag. Jeder wusste, dass das finster schweigende schwarze Mädchen sein Werk der Rache übte.

Der Vorsteher entschloss sich am nächsten Tag zu einem weisen Kompromiss: Er prügelte Mathinna ein viertes Mal, verfügte jedoch, dass die kleine Hexe künftig im Schlafsaal bei den anderen Mädchen schlafen durfte. Es zeigte sich schnell in aller Deutlichkeit, dass die Schwarze tatsächlich mit dem Teufel im Bund war und der Vorsteher, zumindest fürs Erste, sämtliche Bewohner der Anstalt vor dem Tod gerettet hatte, denn es traten keine neuen Fälle von Typhus mehr auf. Jedermann war klar, dass er durch sein besonnenes Handeln die Seuche, gegen die selbst das Feuer machtlos gewesen war, zum Stillstand gebracht hatte.

Der Schlafsaal war in dieser mondhellen Nacht nicht allein von dem beißenden Ammoniakgeruch erfüllt, der von den feuchten Hängematten der Bettnässerinnen aufstieg – noch so viele Schläge vermochten sie nicht dazu zu bewegen, von ihrer unerklärlichen Sünde abzulassen –, sondern auch von Schwärmen exotischer Insekten, die die Insel in biblischer Unmenge hervorbrachte – geflügelte Ameisen, Nachtfalter, so groß wie Singvögel, Moskitos. Wer etwa noch am satanischen Charakter des schwarzen Mädchens gezweifelt hatte, wurde nun endgültig eines Besseren belehrt: Sie, die tagsüber die Nahrung verweigerte, fing jetzt bei Nacht mit unglaublich flinken Händen Motten und verschlang sie.

Obwohl Sir John seiner Frau versichert hatte, dass jeder Besuch das Kind nur aufregen und es ihm noch schwerer machen würde, sich an sein neues Leben zu gewöhnen, fuhr

Lady Jane drei Tage später ins Waisenhaus, um Mathinna zurückzuholen. Was sie trieb, war gekränkter Stolz, ein gewisses, wenn auch nicht allzu großes Maß an wirklicher Sorge um Mathinna und nicht zuletzt das Verlangen, ihrem Mann klarzumachen, dass sie seine eigenmächtige Handlungsweise nicht so einfach hinnahm.

Aber da war noch etwas anderes, etwas, das so tief in Lady Jane verborgen lag, dass sie es wie einen physischen Schmerz empfand, den sie nicht zu benennen wagte. Sie war nicht hysterisch. Sie lehnte es ab, solche morbiden Empfindungen zuzulassen wie gewisse charakterschwache Frauen ihrer Bekanntschaft, die sich nur allzu bereitwillig ihren Seelenleiden hingaben. Aber es überkam sie, während der Vorsteher sie auf einer langen Besichtigungstour durch das Waisenhaus führte, immer wieder mit solcher Macht, dass sie nach Luft rang und für einen Moment fast die Besinnung verlor. Ihr Mann hatte dem Vorsteher in weiser Voraussicht Anweisungen erteilt, wie er sich zu verhalten hatte, denn Sir John kannte seine Frau gut genug, um zu wissen, dass sie ihm nicht gehorchen würde, und so hatte er, ein erfahrener Marineoffizier, mit aller Tücke eine zweite Verteidigungslinie eingerichtet.

Die Kinder wichen scheu vor Lady Jane zurück, sie wirkten furchtsam und halb verhungert. Das einzige wohlgenährte und zufriedene Geschöpf inmitten von lauter Elend war ein großer roter Kater, dessen Tisch hier offenbar reich gedeckt war: Selbst jetzt, mitten am Tag, sah man immer wieder Ratten an den Wänden entlanghuschen. Lady Jane sprach einen Jungen an, aber er reagierte überhaupt nicht, er wirkte vollkommen teilnahmslos, als nähme er seine

Umwelt gar nicht wahr. Sie fragte andere Kinder, ob sie genug zu essen bekämen, ob es ihnen gut gehe.

Aber sie schienen sie nicht zu hören, geschweige denn zu verstehen. Ihre Gesichter waren leblos und leer, die Haut rissig und oft krätzig, ihre Mienen ausdruckslos. Sie flüsterten oder kicherten nicht miteinander, keines zog ein anderes am Haar – es war gespenstisch. Es hatte den Anschein, als hätten sie, gepeinigt und geschwächt von allen möglichen Krankheiten, von Schwindsucht über Ruhr bis zu den aufgesprungenen Frostbeulen, die blutig und eitrig ihre Arme bedeckten, einfach nicht die Kraft, viel mehr zu tun, als zu hüsteln und zu husten und sich zu kratzen.

Obwohl das Waisenhaus erst wenige Jahre alt war, hing ein scheußlicher Gestank in der Luft. Ein Bestandteil davon war einfach Moder, aber damit vermischt war ein Geruch, den Lady Jane nicht identifizieren und nur sehr vage beschreiben konnte; in ihrem Tagebuch drückte sie es später so aus: *»Man riecht, dass etwas nicht in Ordnung ist.«* Sie roch es, als sie in dem stinkenden Schlafsaal an den verdreckten Hängematten vorbeiging, deren brauner Stoff von Urin und Blut gefleckt war, der Geruch steckte in den ungehobelten Dielen, und er wehte ihr von einer roh gezimmerten Wiege in einer Ecke des Raums entgegen: Da lag ein Häufchen aus grässlich grellrotem und gelbem Fleisch, mit Mullbinden umwickelt und fettglänzend wie eine kalte Bratkartoffel.

»Das Haus ist abgebrannt«, sagte der Vorsteher leise. »Die Mutter ist ums Leben gekommen. Nur das Mädchen wurde gerettet.«

Außer einem ganz schwachen, lang gezogenen Wimmern hin und wieder gab das Mädchen kein Lebenszeichen von sich, sondern starrte nur mit ungewöhnlich lebhaft blauen Augen, die wirkten, als hätte jemand sie versehentlich einem Stück Schweinebraten eingepflanzt, zur Decke. Sie schienen zu fragen, warum es so entsetzlich lange dauerte, bis sie endlich in einem jener Kindersärge Ruhe fände, die weiß gestrichen und ordentlich gestapelt in dem Kellerraum zur Abholung bereitstanden, in den Lady Jane schließlich geführt wurde.

»Ist das nicht großartig?«, sagte der Vorsteher und leuchtete mit der Laterne in den makabren Lagerraum. »Unsere Jungs fertigen sie in unseren eigenen Werkstätten. Wir legen großen Wert darauf, selbst für uns zu sorgen.«

Als sie das Sarglager verließen, entschuldigte sich Lady Jane und äußerte den Wunsch, die Besichtigungstour abzubrechen. Der Vorsteher führte daher seinen Gast in das Speisezimmer im ersten Stock, wo er und seine Mitarbeiter ihre Mahlzeiten einzunehmen pflegten. Man konnte von dort auf einen Hof hinter dem Haus sehen, in dem die Kinder ihre Freizeit verbrachten. Sie blickte durch eine schlierige Fensterscheibe auf das schlammige Gelände.

Lady Jane schluckte.

Wenn nicht ihre dunkle Hautfarbe gewesen wäre, hätte sie Mathinna in dem bereits krätzigen, kahl geschorenen Kind, das dort, bekleidet mit einem schäbigen Kittel, allein und regungslos im Schmutz saß, nicht wiedererkannt. Als ein anderes Kind einen Dreckklumpen nach ihr warf, bleckte Mathinna die Zähne und schien böse zu zischen, und das genügte sonderbarerweise, um ihren Gegner in die Flucht zu schlagen.

Lady Jane war hergekommen, um Mathinna mit nach

Hause zu nehmen. Es war ihr gleichgültig, was ihr Mann, dieser Dummkopf, sagte oder dachte und was all die erbärmlichen Figuren, die die gute Gesellschaft dieser Kolonie bildeten, dazu sagen würden. Sie hatte sich vorgestellt, sie würde einfach nur ihren Wunsch äußern und dann ohne Weiteres zusammen mit Mathinna die Heimreise antreten. Aber irgendetwas hielt sie davon ab, auszusprechen, was sie wollte, ihren Vorsatz in die Tat umzusetzen. Was sie sagte, war lediglich, sie hoffe, Mathinna esse, wie es sich gehörte.

»Ob sie isst?«, fragte der Vorsteher, der neben Lady Jane ans Fenster getreten war. »Sie isst überhaupt nichts. Außer Insekten.«

Es folgte ein langes Schweigen. Selbst Wörter schienen in St John's als unnötiger Luxus zu gelten.

»Mein lieber Herr«, begann Lady Jane, sprach aber nicht weiter, sondern schüttelte nur stumm den Kopf. Sie wollte nur einfach weg von hier.

Der Vorsteher neigte den Kopf. »Ja, Lady Jane?«

»Nun ja, wie soll ich sagen – das Kind hat in all den Jahren bei uns niemals Insekten gegessen.«

Mrs Trench trat zu den beiden. »Sie ist wieder zu ihrer Natur zurückgekehrt«, sagte sie.

»Könnte es sein«, fragte der Vorsteher, »dass sie ihr wahres Wesen all die Jahre lang vor Ihnen verborgen hat? Ist das, was wir da unten sehen, die wahre Natur ihrer Rasse?«

Sie blickten eine Weile schweigend auf das mit Schlamm bespritzte schmuddelige Mädchen hinab. Das Bild verschwamm vor Lady Janes Augen, und sie wandte sich dem Vorsteher zu.

»Ich hatte den Eindruck …«, sagte Lady Jane, aber irgendwie fehlte den Worten, die aus ihrem Mund kamen, der Ton der Sicherheit, der Überzeugung. Sie wischte sich mit einem Finger über die Augen. »Am Anfang zumindest, ich meine – sie wirkte intelligent, scheinbar …«

»Intelligent?« Es klang, als hielte der Vorsteher es wirklich für überlegenswert. Sein Verständnis schien sehr tief zu gehen, und das macht ihr irgendwie Angst und konnte nicht sein. Er roch nach Qualm und klang wie Eisen. »Nein«, sagte der Vorsteher nach einer Weile, »ausgeschlossen.«

»Schlau wie eine Ratte, das ist eher denkbar«, meinte Mrs Trench.

»Animalischer Instinkt, hochgradig geschärft«, sagte der Vorsteher. »Wie Mrs Trench, die viel Erfahrung mit Wilden hat, andeutet. Wollen wir Rousseau in seinem Trugschluss folgen? Glauben wir, Rattenschlauheit mache aus einem Geschöpf einen gebildeten, zivilisierten *Menschen?* Nein. Warum? Weil das Kind, solange es dafür belohnt wurde, sich *verstellt* hat. Aber das beweist nur, dass die Wilden zu krassem Betrug fähig sind! Eben weil ein echter Fortschritt unmöglich ist, fallen sie so schnell in ihre Primitivität zurück.« Er sah Lady Jane in die Augen, und seine dünnen Lippen deuteten ein gequältes Lächeln verständnisvollen Mitleids an. »Tut es Ihnen weh, das zu hören, Ma'am? Ja, ich weiß es, natürlich, wie könnte ich es verkennen? Aber für uns im Waisenhaus St John sind alle Gotteskinder. Ganz gleich welcher Herkunft, ob von Hams oder Abrahams Stamm, das spielt für uns keine Rolle.«

Der Vorsteher glaubte an Gottes Liebe und Sein Erbarmen. Eine schreckliche Liebe. Ein noch schrecklicheres

Erbarmen. Und angesichts von so viel Glauben und so viel Liebe und so viel Erbarmen, und angesichts von so vielen bereits beantworteten Fragen geriet selbst ein so unbezähmbarer Geist wie der von Lady Jane ins Schwanken.

Sie wandte sich abrupt wieder dem Fenster zu und dem durch Glasschlieren verzerrten Bild Mathinnas. Die Wellen von Erinnerungen und Gefühlen, die über sie hinwegspülten, waren so stark, dass sie dachte, sie müsste darin untergehen. Wie sie sich danach sehnte, wieder das Glöckchen zu hören, wenn das Kind ums Haus streifte. Nach Armen, die sich um ihre Beine, um ihre Taille schlangen und sich festklammerten. Warum hatte sie das Kind weggeschubst, da sie sich doch insgeheim nichts mehr wünschte, als so umschlungen und gehalten zu werden?

Und dann konnte sie das Gefühl, das tief in ihr begraben lag, nicht länger unterdrücken. Sie konnte die Erinnerung an ihre drei Fehlgeburten nicht länger verleugnen, nicht ihren Schmerz und dann das grausame Erwachen zu der Erkenntnis, dass sie unfruchtbar war, ihre Einsamkeit, die unabweisbare Scham, ihr verzweifeltes Verlangen nach einem Kind, ihren Stolz, der sie gerettet und dann zermalmt hatte, der sie erbarmungslos ständig angetrieben hatte in ihrem verbissenen Eifer, sich und ihren Mann voranzubringen, als ob sie, wenn sie nur hoch genug aufstiegen, der Schwerkraft ihrer Trauer, die sie hinabzog, entkommen könnte.

Bis zu dem Tag, da sie auf Flinders Island Mathinna in dem weißen Kängurufell hatte tanzen sehen, hatte Lady Jane sich eingeredet, dass sie der Sache der Wissenschaft, der Vernunft, des Christentums diente, dass ein Experiment, das sie in edler Selbstlosigkeit unternahm, für sie zugleich ein Schleichpfad zu jenem Mysterium sein konnte, das sich anderen Frauen ohne Weiteres durch die Gnade der Natur eröffnete, aber sie hatte sich niemals eingestanden, wonach sie sich wirklich sehnte: danach, die Liebe einer Mutter zu einem Kind zu erfahren.

Sie wünschte sich so sehr, hinunter in diesen schmutzigen Hof zu laufen, Mathinna bei der Hand zu nehmen und das verängstigte Kind zu entführen, es all der Liebe und Barmherzigkeit zu entreißen, dieser weisen Einsicht in die Notwendigkeit ihres Leidens. Sie wünschte sich so sehr, sie zu waschen und zu streicheln, ihr ins Ohr zu flüstern, dass nun alles gut werde, immer und immer wieder, dass sie in Sicherheit sei, ihre weichen Ohrmuscheln zu küssen, die Hände an ihre Wangen zu legen, sie mit warmer Suppe und Brot zu füttern. Sie wünschte sich so sehr, so mütterlich zu sein, wie sie es sich niemals gestattet hatte, mit der Nase in Mathinnas wildes Haar zu tauchen, sie zu trösten und zu beschützen, sich an ihrer Andersartigkeit zu freuen, statt sie auszurotten, denn in diesem Moment wusste sie, wohin solche Gleichmacherei am Ende führen musste: zu all dem Schrecklichen, was sie hier vor sich sah und gesehen hatte, bis hin zu den weißen Särgen im Keller.

Dann wurde dieser Gedanke von einer leisen Stimme verdrängt, die ihr sagte, diese Dinge seien bedauerlich, aber unvermeidlich, irgendwie dienten die stinkenden Hängematten, die Ratten, der kalte Dreck und die verbrannten Kinder einer höheren Notwendigkeit. Es ergab keinen Sinn, aber schließlich gelang es ihrem Kopf, ihr unbesonnenes Herz zu zügeln. Und Lady Jane erkannte an, dass es richtig war, was man ihr zu verstehen gegeben hatte: dass ihr großartiges Experiment ein schmählicher Fehlschlag gewesen war und dass sie sich nur weiteren Demütigungen aussetzen würde, wenn sie Mathinna mit nach England nähme. In diesem Moment roch der ganze Raum nach nassem Stein.

Sie wandte sich vom Fenster und von dem Anblick der verdreckten, armseligen Gestalt in dem Hof ab. Sie atmete tief durch. Niemand sollte je ihren Mut unterschätzen.

»Was Sie sagen, ist vernünftig.« Sie sprach langsam und stockend, als wäre es ein Geständnis, das man ihr mit schrecklichen Mitteln abgezwungen hatte. »Ich sehe jetzt, dass sie einfach nur in ihre animalische Natur zurückfällt.«

»Solche Fälle hatten wir schon öfter«, sagte der Vorsteher sanft. »Wir können sie alle als Küchen- und Spülhilfen unterbringen, aber man kann nun einmal Ratten nicht zu Gazellen erziehen.«

Lady Jane sah, dass der Zauber, den Mathinna als kleines Mädchen auf Flinders Island gehabt hatte, verschwunden war. Sie war nicht mehr hübsch, sondern schmutzig und reizlos, nicht mehr fröhlich und heiter, sondern verstockt und elend. Eigentlich, dachte Lady Jane, ist es schon mit ihr abwärtsgegangen, als sie noch bei uns lebte, und sie kann nur weiter abrutschen. Der Tanz war der Tänzerin abhandengekommen.

Sir John sah Lady Janes Kutsche zurückkehren und hoffte, noch andere als nur seine Frau würden ihn für gefühllos und hart halten. Das würde sein Ansehen in der Kolonie wenigstens ein bisschen heben und seinem verletzten Stolz wiederaufhelfen. Er verachtete sich dafür und verachtete die ganze Menschheit. Er sah darin ein letztes schlüssiges Argument dafür, etwas zu tun, wofür er eigentlich zu fett, zu alt, zu träge, kurzum: von seiner ganzen Konstitution her ungeeignet war – noch einmal aufzubrechen in die weiße Welt der Polarforscher. Es war, wie er wusste, die einzige Leere, die größer war als die seine.

An dem Tag nach ihrer Abfahrt von Van Diemens Land, als genügend Wasser zwischen ihnen und dem Kind lag, machte Sir John in einem Akt, der ebenso einer der Zerknirschung wie einer der schlauen Berechnung war, seiner Frau ein Geschenk. Er überreichte ihr ein Porträt von Mathinna, das ein Sträfling namens Bock kurz vor dem verhängnisvollen Ball auf der *Erebus* gemalt hatte.

Sie war darauf in ihrem roten Lieblingskleid zu sehen, und das Bild hatte nur einen Schönheitsfehler: Mathinnas Füße waren nackt, denn sie hatte, bevor sie sich zum Modellsitzen eingefunden hatte, ihre Sonntagsschuhe mit dieser typisch schlenkernden Bewegung weggeschleudert, und so hatte Bock sie barfuß gemalt. Er hatte Wasserfarben benutzt, weswegen er nicht einfach nachträglich die Füße mit Schuhen übermalen konnte, und als Lady Jane ihn anwies, eine Kopie mit Schuhen anzufertigen, ging irgendwie die entzückende Spontaneität des Originals verloren. Und so hatte man die Bilder zusammengerollt und weggeräumt und vergessen, bis Sir John das Original wieder ausgegraben hatte, um es rahmen zu lassen.

»Das Kind ist wirklich gut getroffen und zeigt es zu der Zeit, da es am hübschesten war«, bemerkte er, als das Packpapier zu Boden fiel. »Bevor dieser traurige Verfall einsetzte.«

Lady Jane hätte laut aufschreien mögen.

Der Bilderrahmer hatte in einem Moment mit Leichtigkeit mehr vollbracht als Lady Janes bis dahin unbesiegter Wille in fünf Jahren: Sein ovaler Rahmen schnitt Mathinna an den Knöcheln ab und bedeckte endlich ihre nackten Füße.

Lady Jane trat aus ihrer dämmrigen Kabine ins gleißende Tageslicht auf dem Achterdeck. Die Sonne, das Schiff, der Wind, die See hatten etwas wunderbar Frisches an sich, als wäre die Welt neu geboren. Die frisch geschrubbten Decks dampften, das Meer funkelte wie Millionen Diamanten.

Sie drehte sich um und schritt zum Heck. Mit einer untypisch heftigen Bewegung schleuderte sie das Bild ins Kielwasser des Schiffs. Es legte sich waagrecht und segelte auf der Luft – einen Moment lang sah es so aus, als könnte es immer weiter so fliegen. Dann traf es auf dem Wasser auf und zerbrach. Es trieb schnell fort, die Vorderseite nach unten. Als Lady Jane sich umdrehte, stand Sir John hinter ihr. Der Wind blies ihm schwarz pomadisierte lange Haarsträhnen ins Gesicht. Sie wanden sich auf seiner Stirn wie Fragezeichen.

Es war das Jahr 1844. Das letzte Paar Riesenalke auf der Welt war eben getötet worden, Friedrich Nietzsche wurde geboren, und Samuel Morse sendete die erste elektrisch übermittelte Nachricht in der Geschichte. Der Text des Telegramms lautete: *Was hat Gott bewirkt.*

»Ich habe sie geliebt«, sagte Lady Jane.

10

Dickens stand auf der Bühne, die ihn schon bald in die Arktis befördern sollte, und sah sich in diesem wunderbaren Theater um. Die Manchester Free Trade Hall war ebenso bemerkenswert wie alles in dieser großartigen, schockierenden Stadt, die mit ihren riesigen Fabriken, Gießereien und Spinnereien, ihren Armenvierteln, mit ihrem ganzen Elend und ihren Reichtümern ein modernes Weltwunder war. Das Theater war mit den modernsten Einrichtungen und Geräten ausgestattet. Hoch über ihm saß auf einem Trapez ein Beleuchter vor seinem Pult und regelte die besten Gaslampen, die Dickens je gesehen hatte, während links auf einem Gerüst die jüngste Innovation auf dem Gebiet der Bühnentechnik montiert war, ein Kalklicht.

Zwei Männer standen neben einem großen Kasten, in dem ein Feuer ein Stück Kalk erhitzte und zum Strahlen brachte. Sie mussten mit ungeheuren Blasebälgen die Flamme anfachen, zugleich aber darauf achten, dass die tückische Maschine nicht explodierte, während sie den gleißend hellen Lichtkegel über die Bühne dirigierten. Dickens hatte diese erstaunliche Erfindung bis dahin nur vom Hörensagen gekannt, und nun sollte er in diesem unglaublich gleißenden Schein auftreten.

Er kommandierte einen von den Leuten, die gerade müßig herumstanden, auf die Bühne und wies die Beleuchter an, das Kalklicht auf dessen Gesicht zu richten. Die Wirkung war wirklich überwältigend: Das blendende Licht ließ die Farben verblassen und die Konturen des Gesichts, jedes Fältchen scharf hervortreten. Dickens sah sofort, dass die Maske in dieser Beleuchtung eine sehr viel größere Bedeutung bekam: Man musste stärkere Akzente setzen, um die richtige Wirkung zu erzielen. Er ging ganz nach hinten zu den Stehplätzen, ließ den Mann auf der Bühne den Kopf senken und heben, das Gesicht ins Licht bewegen und wieder hinaus und beobachtete genau die Wirkungen von Licht und Schatten. Er bemerkte, dass sich hier eine ganz neue Möglichkeit der Darstellung eröffnete: Man konnte sich wie der Teufel selbst zwischen Tag und Nacht hin- und herbewegen, ein Effekt, der sich besonders in Wardours Sterbeszene wunderbar nutzen ließ.

Dickens trat wieder auf die Bühne in das gleißend weiße Licht. Der Zuschauerraum sollte, wie es jetzt Mode geworden war, während der Vorstellung unbeleuchtet bleiben. Er blickte nach vorn und stellte mit Entzücken fest, dass er nichts sehen konnte.

Er fühlte, dass er in diesem taghellen Schein eine nie gekannte Macht und authentische Wirkung entfalten konnte, und erkannte, dass das, was als bloßes Liebhabertheater begonnen hatte, ganz unerwartete und ungewöhnliche Dimensionen annahm. Manchen seiner Schriftstellerkollegen missfiel das – Thackeray hatte gesagt, Eitelkeit sei nur so lange ehrenhaft, wie sie einem wohltätigen Zweck diene.

Zum Teufel mit Thackeray, dachte Dickens. Er kann

auf die Nachwelt zählen, ich habe immer nur diesen einen Abend. Zum Teufel mit ihm! Sie sollen alle zum Teufel gehen! Er, der begraben war, würde auferstehen! Er, der im Sterben lag, eingeschlossen in grauem Zinn, in Eis, würde jetzt leben, wenn auch nur einen Moment lang – in dem blendenden Weiß des Kalklichts. Und geborgen in der gleißenden Lichtsäule vor der Welt, die endlich unsichtbar geworden war, schwor er sich, Wardour mit allem Leben zu erfüllen, das er hatte, seine Seele endlich nackt zu zeigen.

Zur Erleichterung aller war die erste Vorstellung ausverkauft. Dickens spielte seine Rolle mit einer atemberaubenden Intensität und ungeheuer wirkungsvollen Perfektion. Wilkie Collins, der ihn von den Kulissen aus beobachtete, war überwältigt. Er sah, wie altgediente Bühnenarbeiter zitterten und zu weinen anfingen, das ganze Theater, zweitausend Zuschauer schwammen in Tränen, auch ihm selbst stieg das Wasser in die Augen.

»Es ist wunderbar«, flüsterte er John Forster zu, der neben ihm stand, »aber irgendetwas ist seltsam, irgendetwas stimmt nicht.«

Forster sah ihn verständnislos an. Dickens war großartig, er hatte eine ganz neue Dimension seiner Kunst erreicht – was konnte daran falsch sein?

»Es ist erschreckend«, zischte Collins. »Sehen Sie das nicht? Das ist keine Schauspielerei, das ist eine Metamorphose!«

»Komm, Wilkie«, sagte eine fremde Stimme, »du bist jetzt dran.«

Die bärtige Gestalt, die Collins packte und hochhob,

war wie besessen, außer sich: Das war nicht mehr Dickens, sondern wirklich und wahrhaftig Richard Wardour. Er trug Collins auf die Bühne, wo ihn Maria Ternan als den innig geliebten Frank Aldersley, den sie für tot gehalten hatte, freudig begrüßte.

Nach der Vorstellung kam Dickens in die Garderobe der Ternans, um ihnen zu gratulieren. Ellen Ternan war tief beeindruckt von der Aufmerksamkeit und Verehrung, die diesem Mann zuteilgeworden war; sie selbst hatte ihn anfangs eher gering geschätzt und es keineswegs besonders peinlich gefunden, dass er sie bei ihrer ersten Begegnung in Tränen aufgelöst gesehen hatte. Natürlich hatte sie schon von ihm gehört und einige seiner Bücher gelesen, die *Pickwickier* und noch ein paar andere – wer hätte das nicht? –, aber es hatte sie doch überrascht zu sehen, wie alle Welt ihm ehrfurchtsvoll Platz machte, wo er auftauchte, und ihm ihre Reverenz erwies. Sie fühlte sich in Manchester, als gehörte sie der königlichen Familie an. Die Truppe logierte im noblen Great Western Hotel, hatte einen eigenen Speisesaal und einen Salon für sich allein. Ellen Ternan und ihre Schwester Maria hatten dort am ersten Abend vielleicht ein kleines bisschen zu viel Brandy getrunken, was Dickens Anlass zu leisem, durchaus freundlichem Spott gegeben hatte.

Als er die Garderobe verlassen hatte, bemerkte Ellen Ternan auf ihrem Schminktischchen ein Büchlein, das Dickens offenbar versehentlich hatte liegen lassen. Sie sah es sich näher an – es war ein Notizbuch. Enthielt es vielleicht Aufzeichnungen von Mr Dickens persönlich? Natürlich würde sie keinen Blick darauf werfen – man schnüffelte nicht in anderer Leute Privatsachen. Aber möglicherweise, sagte sie sich, war es ja gar nicht Mr Dickens' Notizbuch. Sie *musste* hineinschauen, wie sollte sie sonst feststellen, wem es gehörte? Und so nahm sie es an diesem Abend mit ins Bett. Es hatte einen festen, etwas starren Rücken, das Papier war leicht grau. Es öffnete sich wie ein verletzter Vogel, der auf Heilung hofft.

Es stand kein Name auf dem Vorsatzblatt, aber Ellen Ternan erkannte die Handschrift wieder: Es war dieselbe wie die der Korrekturen und Anmerkungen, die Dickens in ihr Rollenbuch gekritzelt hatte. Sie blätterte weiter, blätterte weiter und weiter bis zum Ende. Das Büchlein enthielt Listen aller Art, Titel und sonderbare Phrasen. *»Undisziplinierte Herz.«* Sie überflog eine Seite. Es war alles ziemlich undurchsichtig. *»Neue Ideen für eine Geschichte flogen mir zu, während ich als Wardour auf dem Boden lag. Erstaunlich klar und stark.«* Nirgendwo ein roter Faden oder ein Rahmen, der die einzelnen Stücke zusammenhielt.

Sie las ein paar Schnipsel, die Mr Dickens vielleicht, so vermutete sie, in einem neuen Roman verwenden wollte. Das meiste klang eher düster, aber es gab auch ein, zwei spaßige Dialoge und eine Menge sonderbare Sätze. *»Der Wind fegt hinter uns her, und die Wolken fliegen hinter uns her, und der Mond stürzt hinter uns her, und die ganze wilde Nacht ist uns auf den Fersen; aber vorerst werden wir von nichts sonst verfolgt.«* Es gab merkwürdige Personennamen: »Miriam Denial«, »Verity Happily«, »Mary McQuestion«. Sonderbare Aphorismen: *»Der Mensch kann alles haben, was er will, indes zeigt sich auch, dass alles seinen Preis hat. Die Frage ist: Kannst du den zahlen?«* Insgesamt war es recht verschrobenes Zeug, fast ein bisschen langweilig. Ellen Ternan fragte sich, ob Mr Dickens selbst etwas damit anfangen konnte und ob er es überhaupt vermisste.

Sie traf ihn am nächsten Abend eine Stunde vor Beginn der Vorstellung im Büro des Inspizienten, wo er noch einmal das Regiebuch durchging.

»Mr Dickens!«

Er schaute auf. Er war bereits fertig geschminkt. Die neue Maske, die er sich ausgedacht hatte, um das Kalklicht besser zu nutzen, ließ das Ziegenbockartige in seinem Gesicht noch stärker hervortreten.

»Sie sehen aus wie Luzifer selber, Mr Dickens.«

Er richtete sich auf, deutete mit den Zeigefingern über der Stirn ein Paar Hörner an, schnitt eine grässliche Grimasse und brüllte. Ellen Ternan fuhr mit einem Aufschrei zurück und wäre auf den Tisch hinter sich gefallen, wenn Dickens sie nicht noch gerade rechtzeitig am Handgelenk festgehalten hätte.

»Entschuldigen Sie, Miss Ternan«, sagte er. Sie sah auf ihr Handgelenk, das der große Schriftsteller gepackt hielt. »Das war nur ein kleiner Scherz, ein schlechter Scherz.«

»Gleichwohl, selbst Luzifer würde sich an mir die Zähne ausbeißen«, sagte Ellen Ternan und entwand ihm ihr Handgelenk. »Ich bin eine Engländerin.«

»Tatsächlich?«, erwiderte Dickens. »Ich hatte sie für eine italienische Vase gehalten.«

Sie wusste nicht, was sie dem großen Mann sagen sollte, darum schaute sie ihm nur in die Augen. Sie waren dunkel, und die fremdartige Maske ließ sie vollends schwarz erscheinen. Er jagte ihr Angst ein, und zugleich fühlte sie sich zu ihm hingezogen. Sie hatte das Bedürfnis, etwas Ernstes zu sagen, damit er sie ernst nahm.

»Das war hübsch, was Sie heute zu Mr Hueffer gesagt haben«, bemerkte sie. Sie bezog sich auf eine Äußerung von Dickens im Gespräch mit dem Direktor der Free Trade Hall, der betont hatte, wie wichtig es sei, den Krimkrieg zu gewinnen. Sie musste zugeben, dass sie ihn ziemlich gut aussehend fand. »Sie wissen schon: dass die Missgeschicke eines hochdekorierten englischen Generals, mag er auch ein Holzkopf sein, immer Erfolge sind, vor allem, wenn es sich um Katastrophen handelt, die man als Heldentaten preisen kann. Das fand ich sehr witzig.«

Dickens lächelte. Auch Ellen lächelte. Sie zog sein Notizbuch hinter ihrem Rücken hervor, wedelte damit und schüttelte tadelnd den Kopf.

»Verderben mag, wenn denn verderben muss, was seines Wertes wegen untergeht«, sagte sie schelmisch – sie hatte nicht gemerkt, dass ihm nicht nach Theaterspielen zumute war. Sie legte das Notizbuch auf den Tisch und schob es ihm hin. Er griff in dem Moment danach, als sie die Hand wegziehen wollte. Ihre Fingerspitzen berührten sich. Dickens nahm das Buch nicht und zog seine Hand nicht weg.

»Es sieht nicht gut aus«, sagte sie. Sie spürte nichts als diese Berührung, aber sie ließ ihre Hand, wo sie war. Sie sah auf.

»Der Krieg, meine ich.«

»Das haben Kriege nun einmal so an sich«, erwiderte er.

Ihr war, als liefe ein Blitz durch ihren Körper, und zugleich fand sie sich selbst entsetzlich töricht.

»Lady Franklin ist Ihnen bestimmt sehr dankbar. Und Mrs Jerrold auch.«

Sie wehrte sich dagegen, konnte aber nicht verhindern, dass in ihr die Hoffnung aufstieg, sie selbst könnte ebenso wie diese beide Frauen einmal Grund haben, dem großen Mann dankbar zu sein. Sie bemühte sich, ruhig zu atmen. Dickens zog seine Hand mit dem Notizbuch langsam weg, und dabei – oder bildete sie sich das nur ein? Und wenn nicht, hatte es etwas zu bedeuten?

Denn als er das Notizbuch aufhob, strich er ganz leicht mit seinem Zeigefinger an ihrem entlang. Und wo er entlanggestrichen hatte, brannte ihr Finger, und dieses Brennen fühlte sich sündhaft und verderbt an und doch auch wieder ganz wunderbar.

Dickens redete über das Stück, als wäre nichts geschehen, aber ihr Finger brannte immer weiter, und sie wusste nicht, ob etwas geschehen war oder nicht. Obwohl das Brennen ihr bestätigte, dass da etwas gewesen sein musste, stand für sie doch nur das eine zweifelsfrei fest, dass sie bei ihm bleiben, sich von ihm leiten lassen, einfach in seiner Gesellschaft sein wollte, den ganzen Tag und länger.

Er fragte sie, wie sie seinen Auftritt gefunden habe.

Sie sagte, er sei ungeheuer mitreißend gewesen, aber wenn er seinen Text ein bisschen langsamer spräche, sodass die Wörter in den Pausen atmen könnten, würde er etwas noch Erstaunlicheres daraus machen. Sie wusste nicht recht, warum ein Mann wie er etwas auf ihre Meinung geben sollte, aber dann sah sie, wie gespannt er sie anblickte, fasste Mut und fuhr fort.

»Lassen Sie Ihr Gesicht und Ihre Hände zum Publikum

sprechen. Ziehen Sie die Leute an sich mit jeder Bewegung, als wollten Sie sie an sich drücken, und dann erst feuern Sie Ihren Text auf sie ab wie aus einer Kanone, die direkt auf ihre Herzen zielt. Wissen Sie, ich habe die Erfahrung gemacht, dass man den Moment der Pause so lange dehnen muss, wie man es für optimal hält, und wenn man *anschließend* bis drei zählt, ehe man weiterspricht, hat es genau den idealen Hautgout.«

Sie wusste nicht so ganz genau, was »Hautgout« eigentlich bedeutete, hatte aber das Gefühl, dass das ausgefallene Wort ihrer Rede erst so recht Überzeugungskraft verlieh. Beim Sprechen wedelte sie eindringlich mit Armen und Händen.

»Miss Ternan«, begann Dickens.

»Nell«, sagte sie. »Alle nennen mich Nell.«

»Nun denn, Nell.« In seiner Vorstellung schlangen sich ebendiese Arme nackt um seinen Hals, und ebendiese Hände hoben sich empor zu seinem Hinterkopf, um sich dort zu treffen wie zum Gebet. »Und Sie nennen mich besser Charles.«

Sie lächelte. »Little Nell – Ihrem *Alten Raritätenladen* zu Ehren.«

Am zweiten Abend mussten Hunderte von Leuten, die keinen Platz im Saal fanden, abgewiesen werden. Dickens und Ellen Ternan trafen sich an diesem Nachmittag zum Tee im Speisesaal des Hotels. Mrs Ternan hatte ursprünglich auch kommen wollen, sagte aber in letzter Minute ab, weil eine alte Freundin und Kollegin, die jetzt mit einem reichen Textilfabrikanten in Manchester verheiratet war, wieder mit ihr Kontakt aufgenommen hatte.

»Die Gattin eines Kattunbarons«, sagte Ellen Ternan. »So eine Einladung kann man nicht ausschlagen.«

Und so waren Ellen Ternan und Charles Dickens wieder einmal allein zusammen. Ellen Ternan bestellte Kirschen statt Kuchen, die, wie der Kellner versicherte, ganz ausgezeichnet waren und aus dem fernen Kent kamen. Aber sie aßen beide nicht viel, während sie sich angeregt unterhielten: über die Welt des Theaters, von der Ellen amüsant und kurzweilig zu erzählen wusste; über die Politik, deren Möglichkeiten Dickens weit skeptischer beurteilte als Ellen und der er kaum irgendwelche positive Wirkungen zutraute, wenn er auch der Meinung war, dass man den Kampf für wohlverstandenen Fortschritt niemals aufgeben dürfe; über Literatur im Allgemeinen und im Besonderen über die großen Meister Fielding und Smollett, für die sie eine gemeinsame Vorliebe hatten. Thackeray fand sie recht hübsch, obwohl ihr der große Autor immer ein bisschen wie ein Brauereipferd vorkam, das beim Derby startet – eine Bemerkung, die Dickens mit stiller, aber tiefer Befriedigung erfüllte, denn er war anfällig für die echteste aller literarischen Leidenschaften, die Eifersucht.

Dann lachten sie gemeinsam über allerlei komische Ereignisse der letzten Tage, er machte Späße, bis irgendwann, ohne einen bestimmten Grund, die Unterhaltung zum Erliegen kam: Eben noch hatten sie ganz unbeschwert geplaudert, und nun plötzlich brachten sie keinen Ton mehr heraus. Es dauerte eine ganze Weile, bis er endlich befangen und stockend das Schweigen brach.

»Lange Zeit hatte ich das Gefühl, dass es stetig abwärtsgeht mit mir – ich hatte mich mit dem abgefunden, was das

Leben mir gebracht hatte. Jetzt, im Lauf der letzten paar Tage … jetzt sehe ich, Nell … ich sehe, dass das falsch war.«

Ellen Ternan hatte keine Ahnung, wovon er eigentlich redete. Aus schierer Nervosität steckte sie die Kirsche, die sie zwischen den Fingern gehalten hatte, in den Mund, lutschte sie kurz wie ein Bonbon, schob mit der Zunge den Kern, an dem immer noch ziemlich viel Fruchtfleisch hing, nach vorn an die Lippen, nahm ihn mit spitzen Fingern und legte ihn in ein Schälchen.

Dickens starrte den halb abgelutschten Stein an. Er beneidete ihn um sein Geschick. Mit einer schnellen Handbewegung, die ihn selbst ebenso überraschte wie sie, schnappte er sich den Kern und verschlang ihn. Er schaute wieder auf, und ihre Blicke trafen sich.

Sie musste lachen, und er kicherte mit – es war einfach absurd. Und er fühlte dabei keinerlei Scham, obwohl er sich aus ganzer Seele wünschte, er könnte Scham empfinden oder Furcht oder wenigstens leise Besorgnis. Aber er fühlte sich im Gegenteil aufgeputscht, wie beschwipst.

Ellen Ternan war noch nicht lange wieder in ihrem Zimmer, als es an der Tür klopfte und ein Page ihr einen Briefumschlag überreichte. Er enthielt eine Karte mit dem Briefkopf des Hotels. *»Liebe Miss N.«*, stand darauf in der ihr mittlerweile vertrauten Handschrift von Dickens,

> *Sie sollen wissen, dass Sie der letzte Traum meiner Seele sind. Ihr Anblick hat die verborgenen Schatten von etwas in mir angerührt, das ich in meiner Verelendung längst abgestorben glaubte. Seit ich Ihnen begegnet bin, beunruhigen mich Gewissensbisse,*

vor denen ich für immer sicher zu sein geglaubt hatte, höre ich wieder, wie leise, vermeintlich für immer verstummte Stimmen mich aufrütteln. Ungeformte Vorstellungen von einem Neubeginn mit frischer Kraft und frischem Mut gehen mir im Kopf herum, davon, dass ich Trägheit und Sinnenfreude abschüttle und den Kampf wiederaufnehme und durchfechte. Es ist ein Traum, nur ein Traum, der keine Folgen hat, aus dem der Schläfer dort erwacht, wo er sich zur Ruhe gelegt hatte, aber Sie sollen doch wissen, dass Sie ihn mir eingegeben haben.

Verbrennen Sie diese Karte,

C.

Ellen Ternan las das Schreiben und las es noch einmal. Sie verbrannte die Karte nicht. Sie verstand überhaupt nicht, was das alles zu bedeuten hatte, es war ihr genauso rätselhaft wie Dickens' gestammelte Erklärung beim Tee. Das Schreiben verwirrte sie und regte sie auf und bedrängte sie. Sie wusste, dass es etwas zu bedeuten hatte, etwas Großes und Wichtiges, aber sie bekam dieses Große und Wichtige einfach nicht zu fassen.

War das etwa nicht eine sehr persönliche Nachricht von dem berühmtesten Schriftsteller Englands an sie, Ellen Ternan? Und war das etwa nicht ganz wunderbar und erstaunlich und höchst bemerkenswert, und ging daraus etwa nicht hervor, dass dieser berühmteste Schriftsteller Englands sie für eine interessante und kluge und geistig anregende Frau hielt?

Sie drückte die Karte an ihre Brust und wäre am liebsten sofort zu ihrer Schwester Maria im Zimmer nebenan geeilt, um ihr alles zu erzählen, aber irgendetwas hielt sie davon ab. Gewiss, es *war* ganz wunderbar und erstaunlich und höchst bemerkenswert, und doch zeigte sie die Karte nicht ihrer Schwester, sondern versteckte sie in ihrer Handtasche. War es der Satz: »Verbrennen Sie diese Karte«? Sie wusste es nicht. Es war nicht der Altersunterschied – schließlich hatten etliche Freundinnen von ihr mit fünfzehn oder sechzehn Männer geheiratet, die dreimal so alt waren sie –, dergleichen war nicht im Mindesten ungewöhnlich oder anstößig. Nein, es war etwas anderes: Mr Dickens war verheiratet. Sie versteckte die Karte – warum? Sie wusste es nicht, sie wusste nur, dass es klug war, sie zu verstecken.

An diesem Abend war Dickens dann wieder Wardour, und Wardour war mehr denn je besessen, dämonisch, in Reue zerknirscht, erlöst. Wieder opferte er sich aus Liebe. Auf der Bühne war deutlich Schluchzen von den vorderen Plätzen zu vernehmen.

Während er spielte, war Dickens mehr denn je entschlossen, ebenso edel und selbstlos zu handeln wie Wardour. So konnte es nicht weitergehen! Er musste sich von Ellen Ternan losreißen, koste es, was es wolle. Tapfer wollte er sein Schicksal auf sich nehmen, alle Qual und alles Elend, den Tod bei lebendigem Leib.

»Du hast heute alles übertroffen, was ich mir jemals hätte vorstellen können«, sagte Collins nachher zu ihm. »Das Publikum war wie elektrisiert.«

Er konnte nicht wissen, was in diesen Momenten, während die Zuschauer in tosendem Applaus ihrer Begeisterung Luft machten, in seinem Freund vorging: Ein unheimliches Gefühl in Dickens wurde immer stärker und bedrohlicher und steigerte sich schließlich zu grauenhafter Angst. Er schritt in einem engen Tunnel durch die Schwärze des ungeheuren Lärms um ihn herum vorwärts zu einem Ort, von dem er nie mehr zurückkehren sollte.

II

Mehrere Monate nachdem die Franklins Van Diemens Land verlassen hatten, sahen sich die Behörden zu Maßnahmen genötigt, einer neuerlichen schwarzen Rebellion vorzubeugen. Die Gefahr ging von der einzigen Eingeborenen aus, die noch in der Kolonie übrig war, einem zwölfjährigen Kind, das fast ganz verstummt war und jene Kunst, die es in Croziers Kabine gelernt und unter den anderen Kindern im Waisenhaus weiter verfeinert hatte, zur Perfektion entwickelt hatte: die Kunst, am Leben zu bleiben, ohne daran teilzunehmen.

»Manche glauben sogar, sie hat den früheren Gouverneur mit einem teuflischen Zauber behext«, bemerkte Montague, während Sir Johns Amtsnachfolger das Memorandum überflog, das empfahl, Mathinna zu den letzten Überlebenden ihres Volkes nach Flinders Island zu schaffen.

»Ich bin Anglikaner«, sagte der neue Gouverneur und streute Sand auf seine eilig hingekritzelte Unterschrift, »und folglich von der lästigen Pflicht dispensiert, an was auch immer zu glauben.«

Nachdem so viele der Ihren für immer von ihnen gegangen waren, freuten sich die Schwarzen von Wybalenna desto mehr, dass ein Kind zu seinem Volk zurückkehrte.

Mathinnas Ankunft war ein großes Ereignis. Man besetzte einen Ausguck auf dem Flaggenhügel, alle rannten aufgeregt mit den Armen fuchtelnd zum Strand, als die Schaluppe einlief, und erhoben ein großes Freudengeschrei, als das Beiboot mit einem mageren schwarzen Kind darin zu Wasser gelassen wurde. An Land angekommen, schloss man sie in die Arme. Es war, als wäre sie wieder die schwarze Prinzessin von Hobart. Das Ganze kam ihr vor wie eines der Theaterstücke, die manchmal in Hobart aufgeführt wurden und zu denen Lady Jane sie mitgenommen hatte. Nur war sie jetzt Darstellerin und Zuschauerin in einer Person.

Mathinna gab kein Zeichen von Freude oder Glück von sich, bis ihr klar wurde, dass ihr hier keine Prügel drohten, wenn sie ihre Holzschuhe nicht trug. Sie streifte die klobigen Dinger ab. Die Haut an ihren Füßen war weich und weiß und schuppig. Die Zehenspitzen sahen aus, als wären sie in weichen Teig eingewickelt gewesen. Sie bewegte sie vor und zurück im nassen Sand am Strand von Wybalenna. Hinter ihr toste die Brandung. Die Luft roch nach Teebaum, Salz und Leben. Vor ihr huschten Staffelschwänze durch angeschwemmtes Treibgut, prächtig schillerndes Blau zwischen feucht glitzerndem Tang.

Sie warf die Holzschuhe in ein Teebaumwäldchen.

Die Menge lachte und spendete lautstark Beifall. Aber Mathinna berührten ihre Aufregung, ihr Jauchzen, ihre Fragen nicht. Sie war ohne den Albino-Ringelschwanzbeutler, der Musketenkugeln schiss, zurückgekommen. Sie war nicht lachend zurückgekommen. Sie wühlte weiter ihre Zehen in den Sand. Sie nahm die kratzenden rauen Körnchen des Lebens wahr. Aber es war wie das angestrengte Starren einer Blinden. Je tiefer sie grub, desto klarer wurde ihr: Sie konnte nichts fühlen.

Nach einiger Zeit legte sich die freudige Aufregung der Eingeborenen. Mathinna war ihnen fremd. Sie fühlte sich den Weißen verwandt, nicht ihnen.

»Mathinna hat uns verlassen«, sagte Gooseberry, »und sie ist immer noch fort.«

Das Mädchen fand die wenigen Eingeborenen, die sie bei ihrer Rückkehr antraf, schmutzig, unwissend und unverschämt. Sie wirkte nicht schockiert, als sie erfuhr, dass die anderen alle auf Robinsons Friedhof lagen und Robinson selbst mit seinen zahmen Schwarzen nach Australien gefahren war, um die Eingeborenen von Port Phillip unter seinen Schutz zu nehmen.

»Sie sind Fremde für mich«, sagte sie zu Dr. Bryant, der jetzt die Siedlung leitete, in Anwesenheit einiger jener Eingeborenen, die ihr so sehr missfielen. »Bloß ungewaschene Fremde.«

Sie tat einfach, was sie jetzt immer tat: Sie ließ ihren Geist treiben, und bald trieb er über dem Friedhof, sah hinab auf die Eingeborenen, die sie dahin geführt hatten, sah hinab auf sie selbst, die jetzt nicht mehr ein schönes, hübsch angezogenes Kind war, sondern ein Mädchen, das wie ein gebrochener Ast war, bekleidet mit einem schmuddeligen Unterrock und einem blauen Pullover.

Gelegentlich, wenn es sein musste, sagte das Mädchen etwas, während es so von sich abgehoben schwebte, und dann fiel ihm auf, dass es in einer Weise redete, die weder weiß noch schwarz war, sondern fremd mit fremden

Wörtern, die niemand verstand. Wer war dieses Mädchen? Warum redete es so, mit dieser sonderbar zitternden Stimme?

Einer von den Eingeborenen, ein junger Mann namens Walter Talba Bruney, war zornig. Er sagte, er verstehe nicht, warum das alles so sei, so viele Tote. Er zeigte auf die Gräber und schrie auf sie ein, als ob sie daran schuld wäre und als ob sie eine Antwort nach Wybalenna mitgebracht hätte. Eine Botschaft, eine Erklärung, eine Hoffnung. Aber sie hatte nur ein rotes Kleid dabei, das ihr nicht mehr passte und das sie wie einen Schal um den Hals trug.

Sie wusste nicht, dass seine Leidenschaft einigen Eingeborenen imponierte, weswegen er dachte, sie könnte auch ihr imponieren. Sie regte sich nicht. Er war ihr gleichgültig. Sie verstand, dass das alles nichts zu bedeuten hatte.

»Bring mich doch auch um«, sagte sie.

Er hatte keine Macht über so ein Mädchen.

Weniger als hundert waren noch am Leben, und sie waren verzweifelt, und das Sterben ging immer weiter. Am Morgen stiegen die Frauen auf den Flaggenhügel hinauf, wo sie den ganzen Tag lang saßen und nach Süden zu einer Linie blickten, die sich in sechzig Meilen Entfernung über dem Horizont abzeichnete, zur fernen Küste ihres Heimatlands. Dort warteten ihre Dörfer vergeblich auf ihre Rückkehr, ihre Hütten mit den Kuppeldächern verrotteten, auf ihren Lichtungen im Wald sprossen junge Bäume, Gestrüpp überwucherte ihre Pfade, und das Grasland ihrer Jagdgründe wurde eingezäunt und mit Schafen besetzt. Die Eingeborenen versuchten, mit ihren Ahnen Verbindung aufzunehmen, die dort drüben zurückgeblieben waren und sie mit ihrem Gesang nach Hause riefen, damit ihre Seelen nicht zugrunde gingen, aber sie bekamen keine Antwort.

Mathinna ging nicht auf den Flaggenhügel. Anfangs verbrachte sie viel Zeit mit dem Katecheten Robert McMahon. Er war so verwahrlost, dass Dr. Bryant einmal zu seiner Frau sagte, wenn je die Lebensmittellieferungen ausblieben, könnte man McMahons Hemd auskochen; es sei so voller Dreck und Speck und eingetrockneter Speisereste, dass es eine nahrhafte Suppe ergäbe.

»Ich rede nicht Schlamperei und Stumpfsinn das Wort«, hatte McMahon zu Dr. Bryant gesagt, um ihm zu erklären, wie er seine Stellung hier auffasste, »ich bitte nur um christliche Vergebung.« Er sagte es, als wäre er von seiner ursprünglichen Intention, einfach nur einen ruhigen, wenn auch recht bescheidenen Posten in der Kolonialverwaltung zu besetzen, abgekommen und zum Komplizen eines seltsam unsichtbaren Verbrechens geworden. Ohne Zweifel war es eine recht trostlose Aufgabe, die er und Dr. Bryant zu erfüllen hatten, nämlich ein Mindestmaß an Ordnung in einem Gemeinwesen aufrechtzuerhalten, von dem der Sohn des Protektors gesagt hatte, es sei ein Beinhaus und er heilfroh, dass er nicht länger hier leben müsse.

Zuerst war McMahon neugierig und fürsorglich gewesen, hatte die Sprache der Eingeborenen gelernt und angefangen, die Heilige Schrift für sie zu übersetzen, aber das alles hatte nicht verhindert, dass das Sterben weiterging und die Regierung ihre Zuwendungen an die Siedlung immer weiter kürzte. Es gab immer weniger Nahrung, immer weniger Kleidung, immer weniger von allem. Es kam so weit, dass Bryant und McMahon Lebensmittel zurückhielten und in Erwägung zogen, einige Eingeborene zu erschießen, um so für Ruhe und Ordnung zu sorgen, doch die Schwarzen verharrten in ihrem Starrsinn und starben weiter.

McMahon, der weniger reinlich als jeder Eingeborene war und zahllose Bibelstellen falsch zitieren konnte, schien sich auf die Seite der Schwarzen schlagen zu wollen und sie gleichwohl zu verabscheuen. Mathinna schätzte ihn außerdem auch deswegen, weil er bei den Schwarzen unbeliebt war, was in ihren Augen bewies, dass er ein guter Mensch sein musste. Um ihn zu beeindrucken, schrieb sie in seiner Gegenwart Einträge in ein Tagebuch, wie sie es Lady Jane oft hatte tun sehen.

McMahon wollte wissen, was sie da schrieb. Mathinna ließ es ihn lesen, denn sie dachte, das würde sie aus der Menge der Schwarzen herausheben, mit denen sie leider in einen Topf geworfen wurde. Obwohl sie ein großes Getue um ihr Tagebuch machte, wurde ihm schnell klar, dass sie in Wirklichkeit nur sehr wenig schrieb. Was er nicht wusste, war, dass Schreiben für sie eine Belohnung war, eine Demonstration von gutem Benehmen – so wie der Gebrauch von Seife – und eine Form von Macht. Er hätte nur darüber gelacht, wenn er das verstanden hätte.

Manchmal schrieb sie einfach Bibelzitate, manchmal auch Texte von Anzeigen für Kleidung, Pferde, Seifen oder Medikamente aus alten Ausgaben des *Hobart Town Chronicle*. Robert McMahon nahm ihr Tagebuch und las vor:

Sie sollten nicht die Seife herumschmeißen die sie zu viel haben Seife ist was Schönes damit kann man sich waschen aber sie schätzen es nicht, sie würden sich lieber mit diesem roten Schlamm be-

schmieren den sie immer benutzt haben und den haben sie lieber im Gesicht als Seife.

Seine aus einem Maiskolben gebastelte Pfeife im Mund, die Lippen schleimig von ein bisschen Schaum, las er weiter:

Jetzt sieht man dass keiner von den Guten mehr lebt sagt Walter Talba Bruney das ist gut ist von Gott und die gehen alle in die ewige Herrlichkeit Nein ich glaube sie sind tot und damit hat es sich sagt Walter Talba Wenn ich sterbe möchte ich wieder aufwachen wo es reichlich Kängurus und Emus zu jagen gibt und keine Fragen Nein ich kann das Gesicht meines Vaters nicht sehen Ich träume dass die Bäume alles wissen und mir alles sagen Nein ich kann ihn nicht sehen die Bäume von denen ich träume wissen alles.

Robert McMahon warf ihr Tagebuch ins Feuer.

Drei Jahre vergingen. Dann kam der Sommer, in dem das Feuer wütete. Der Bericht von seinem endlosen Toben im Landesinneren des fernen Australien, wo es sich über riesige Landflächen hinweg ausbreitete, gelangte mit einer Brigg nach Wybalenna, die eines Tages im Dezember aus dem Morgenrot auftauchte. An Bord waren die zahmen Schwarzen, die Robinson aufs Festland mitgenommen hatte und die nun zurückkehrten. Sie waren dem Protektor entlaufen, hatten sich mit australischen Wilden zusammengetan und ihnen gesagt, dass sie nur die Wahl hatten, den weißen Mann zu töten oder selbst getötet zu werden. Sie hatten Viehhalter umgebracht, Hütten von Schäfern geplündert, Häuser niedergebrannt, zwei Walfänger ermordet. Die Weißen hatten Timmy gefangen und aufgehängt, sie hatten Pevay gefangen und aufgehängt, aber die anderen sechs – drei Frauen und drei Männer – waren dank der Intervention des Protektors mit dem Leben davongekommen und nach Wybalenna geschickt worden.

Diese Frauen waren anders als die, die immer auf dem Flaggenhügel saßen. Sie brachten den anderen Frauen einen neuen Tanz bei, den Teufelstanz. Untertags beschäftigte sich Mathinna mit einem neuen Tagebuch, aber die Abende verbrachte sie an dem großen Feuer und sah dem Teufelstanz zu. Eine Weile versuchte sie, den Rückkehrerinnen klarzumachen, dass es ordinär und unzivilisiert war, was sie da trieben, doch in der Nacht hörte sie zu, als die alten Frauen erzählten, was sie alles erlebt hatten, was sie Walfänger und Robbenjäger, Regierungsbeamte und Missionare alles hatten tun sehen, und war voller Staunen, denn sie hatten eine wirklich bemerkenswerte Entdeckung gemacht: Die Welt wurde nicht von Gott regiert, sondern vom Teufel.

Ein rötlicher Rauchschleier, der nie aufriss, lag über der Welt. Er machte den Himmel flach und die Silhouetten der bleichen, fantastischen Gipfel ungewiss unscharf. Die Sonne war nicht mehr solide und verlässlich, sie war rot und bebte. Bei Tag lag der stechende Geruch des Hunderte von Meilen entfernten Feuers in der Luft, aber die Nacht war erfüllt vom Stampfen und Kreischen der Teufelstänzerinnen. An dem Abend, da Mathinna endlich aufstand und sich unter die Tanzenden mischte, war sie gesprenkelt mit Ascheflocken, den verkohlten Resten von Blättern und Farnwedeln, die der Wind vom australischen Festland übers Meer getrieben hatte, bis sie schließlich in Wybalenna zu Boden gesunken waren.

Sie hatte sich mit Walter Talba Bruney angefreundet,

der, wie sie fand, ein noch komischerer Vogel war als sie selbst. Er war zweiundzwanzig Jahre alt, noch hübsch und schlank und wurde von den Eingeborenen als einer ihrer großen Männer betrachtet. Er war einer der Lieblingsschüler des Protektors gewesen, hatte eine Menge fester Überzeugungen und schien mit den Weißen ebenso gut zurechtzukommen wie mit den Angehörigen seines eigenen Volkes. Er war der Sohn eines Häuptlings aus der Gegend um den Ben Lomond und hatte magische Kräfte. Zum Beispiel konnte er schreiben.

Man traute ihm zu, dass er mit Schriftzeichen einen mächtigen Zauber ausüben konnte. Er hatte einmal damit gedroht, die Namen derer, die sich nicht den Anordnungen des Protektors fügen wollten, im *Flinders Island Chronicle* zu veröffentlichen – einem Blatt, das tatsächlich nur ein einziges Blatt war, von ihm herausgegeben, verfasst, handgeschrieben und vertrieben –, und damit einen solchen Schrecken verbreitet, dass die Widerspenstigen, wenn auch nur für kurze Zeit, klein beigaben.

An dem Tag, nachdem sie zum ersten Mal mitgetanzt hatte, war Mathinna ins Meer hinausgeschwommen und hatte nach Langusten und Schnecken getaucht, die sie und Walter Talba Bruney dann auf einem kleinen Feuer garten. Nach dem Essen lagen sie im Sand und erzählten einander, während die Dämmerung kam, von den Verrücktheiten und Sonderbarkeiten der Weißen.

Walter Talba Bruney sagte, er habe keine Angst vor ihnen, er habe Ideen, und die seien aus den Ideen entstanden, die er von seinen weißen Lehrern habe. Er wollte Land zurückbekommen. Dort könnten sie von ihrem eigenen Weizen und ihren Kartoffeln leben, von Sturmtauchern und Eiern und Schafen. Sie brauchten keine Weißen, die ihnen sagten, was sie zu tun hatten. Er würde der Königin schreiben. Es war eine Stunde vor Mitternacht, als Robert McMahon Mathinna dabei überraschte, wie sie am mondhellen Strand Walter Talba Bruney das schenkte, was ein anderer sich mit Gewalt genommen hatte.

Voller Zorn verdrosch er die beiden mit einem dünnen Teebaumstock, den er extra für solche Zwecke bereithielt. Walter Talba Bruney sollte sich Gedanken machen über Gott und die Hölle und Sündenstrafen, und um ihm zu helfen, sperrte er ihn siebzehn Tage lang ein. Und um Mathinnas verirrte Seele vor der ewigen Verdammnis zu retten, nahm er sie als Dienstmädchen in sein Haus.

Dort redete er in Zungen. Er sagte, Mathinna sei auserwählt. Er schlug sie tagtäglich beim kleinsten Anlass. Prügeln schien die einzige Tätigkeit zu sein, die ihm Freude machte. Wenn endlich Blut über ihren Rücken rann, begann er zu sprechen, in einem Tempo, das ebenso gemessen war wie das seiner Hiebe.

»Verstehst du«, sagte er, während er gewissenhaft weiter auf sie einschlug, »sie war neunzehn und schwanger. Sie übte zeitlebens alle christlichen und weiblichen Tugenden und starb in der Gewissheit, dass ein besseres Leben im Jenseits sie erwartete.«

Mathinna deutete solche Reden als eine Art von Katechismusunterricht.

Die Frauen, die vom australischen Festland gekommen waren, hatten nicht nur den Teufelstanz, sondern auch einen Vorrat an rotem Ocker für zeremonielle Bemalungen mitgebracht. Sie weigerten sich, ohne Bezahlung Gartenarbeit zu leisten, und wollten in ihren Häusern nicht sauber machen, bis sie bessere Kleider bekamen. Sie hetzten ihre Männer auf, Widerstand zu leisten, und sagten den Frauen, sie dürften sich nicht alles gefallen lassen.

Jesus war nur eine Erfindung des Teufels. Der Teufel hatte das Sagen in der Welt. Es gab kein Licht am Ende, keine Erlösung, keine Gerechtigkeit. Gott, Himmel und was die Weißen sonst noch alles erzählten – nichts als Lug und Trug des Teufels. Es gab keine schwarzen Schöpfungsträume und keinen weißen Himmel, nur diesen Dreckskerl, den Teufel, alles war ein großer, gemeiner Beschiss.

Sie hatten es erlebt, sie hatten es gesehen; ihr ganzes schreckliches Schicksal bewies, dass es so war, und machte jeden Einwand zunichte. Vielleicht hatten die Alten recht, und es gab irgendwo im Sternenhimmel die Jagd, die nie endete, aber um dorthin zu kommen, musste man kämpfen. Du musst dich an den Teufel halten, die Freuden nehmen, die *er* zu bieten hat, was sonst? Oder glaubst du, der Teufel ist am Ende der Verlierer? Wann ist er je der Verlierer gewesen? Sag's mir. Sag mir, wo es ihm nicht gelungen ist, dich kaputt zu machen. Tanz mit ihm, wirf dich dem Teufel in die Arme, denn er kriegt uns alle sowieso. Egal was du machst.

Und dann lachten sie, und ihr furchtbares Lachen verschmolz mit dem aufreizenden Duft der oft mehrere Hundert Fuß langen ledrigen, drachengrünen Tangstränge, die überall am Strand angeschwemmt wurden, einem überwältigend geilen Geruch. Und diesen Geruch trug der Westwind in jener Nacht landeinwärts, als Mathinna in aller

Stille dürre Blätter des Grasbaums vor dem Haus des Katecheten, direkt an der Wand auf der Luvseite, aufschichtete, so geduldig, als bestickte sie Unterröcke im Waisenhaus.

Sie dachte an die vergilbten Seiten ihres Tagebuchs, an die Bäume, die sie im Traum gesehen hatte, die sich im Feuer wanden und zu Asche wurden, und sie wusste, was sie zu tun hatte. Sie schichtete die langen, dünnen Blätter unten in horizontalen Lagen, damit ein dickes Glutbett entstand, das nicht leicht zu löschen war, und darüber stellte sie senkrechte Garben, damit die Flammen, vom Wind angefacht, schnell hoch emporschlugen. Dann machte sie sich davon zum Teufelstanz, und als das Lagerfeuer weit heruntergebrannt war, als die Schwarzen sich müde getanzt hatten und alle Weißen schliefen, band sie trockenes Farnkraut an einen Teebaumast zu einer Fackel.

Als Robert McMahon aus dem Haus, das in hellen Flammen stand, stürzte, lebendig und unversehrt und nur mit einem verdreckten Hemd am Leib, und Mathinna dabei ertappte, dass sie ein Bündel dürre Farnwedel ins Feuer warf, fragte er nicht, ob sie schuldig war, und sie tat nichts, um sich zu verteidigen. Er fesselte ihre Hände, ließ sie hinknien und verprügelte sie mit seinem Teebaumstock.

Die wenigen Zauberkundigen, die noch am Leben waren, belegten ihn mit Flüchen. Es half nichts. Er prügelte Mathinna nur noch mehr. Er war so wenig totzukriegen wie Ameisen, die man nicht loswird, so viele man auch zertrampelt. Er überlebte das Feuer. Er überlebte Flüche, Beschwörungen, Zauberei mit anspitzten Knochen von Leichen. Er überlebte es nicht, als der Schwarze, der ihn nach Big Dog Island rudern sollte, ihn eine Meile vom Ufer entfernt aus dem Boot stieß, aber das änderte nichts daran, dass die Eingeborenen weiter dahinstarben. Robinsons Friedhof füllte sich.

Manche Weiße machten sich Sorgen, dass die Rasse vollends aussterben könnte, andere wünschten es aus ganzer Seele, aber allen gleichermaßen fiel die Melancholie und Teilnahmslosigkeit auf, die diese einst so kriegerischen und lebhaften Leute befallen hatte. Mathinna wachte oft kreischend vor Angst auf. Die alten Leute wollten wissen, was für Albträume sie quälten. Aber da gab es nichts zu erzählen.

»Ich habe keine guten Träume mehr«, sagte sie. Ihr einziger Trost in all der Zeit, seit sie von den Franklins adoptiert worden war, hatte sie verlassen. Sie sagte nicht, dass ihr Vater nicht mehr zu ihr kam, denn sie wollte nicht, dass die anderen schlecht von ihm dachten, und meinte, bestimmt hatte es einen guten Grund, und dieser Grund hatte mit ihr zu tun. Sie sagte auch nicht, dass sie sich nicht mehr an das Gesicht ihres Vaters erinnern konnte.

Schließlich, als nur noch siebenundvierzig Eingeborene von Van Diemens Land übrig waren, als jedermann einleuchten musste, dass von ihnen keinerlei Gefahr ausging, und als man einsah, dass es unnötig viel Geld kostete, die letzten Exemplare ihrer Rasse in dem Elend zu halten, an das sie sich gewöhnt hatten, verfügte der neue Gouverneur, dass sie zurückkehren und in ihrer angestammten Heimat in noch schlimmerem Elend leben durften. Sie wurden in Oyster Cove südlich von Hobart interniert, wo man ihnen ein paar altersschwache, aus Schwartenbrettern gebaute Baracken zuwies, in denen früher Sträflinge untergebracht gewesen waren. Dort lebten sie von Rum und einer Tagesration von zwei Pfund Fleisch, die ihnen die Regierung gewährte.

Die sechs Eingeborenenkinder, unter ihnen Mathinna, wurden ins Waisenhaus St John geschafft. Es war Abend, als sie dort ankamen. Mathinna hatte die Hände auf ihr Gesicht gedrückt, als müsste sie sich vergewissern, dass es und sie alle noch da waren, und schaute nach oben in den Himmel. Durch die Ritzen zwischen ihren Fingern fiel silbernes Licht.

»Towterer«, flüsterte sie.

Überall finden sich Ritzen, dachte sie. Sie war fünfzehn und hatte überlebt, indem sie sich an Winzigkeiten klammerte.

Nach sechs Monaten im Waisenhaus wurde Mathinna nach Hobart ins Salamancaviertel gekarrt, wo sie bei Mrs Dellacorte, einer Schneiderin, arbeiten sollte. Die schwarze Prinzessin war in ihrer Art eine Attraktion, zumindest für eine kurze Zeit, und Mrs Dellacorte erkannte auf den ersten Blick, dass sich aus ihrer Prominenz Kapital schlagen ließ. Die Schneiderin, eine verlebte Schönheit, die eine Vorliebe für rote Perücken hatte und ihr Gesicht hinter einer Gespenstermaske aus Bleiweißpuder versteckte, verdiente ihr Geld nicht untertags mit Näharbeiten, sondern nachts mit einer Kneipe, in der ohne Lizenz Schnaps ausgeschenkt wurde. Und dort sollte Mathinna Rum mit Zitronensaft und gezuckerten Gin an den Mann bringen, an amerikanische Walfänger und Maoris, die von der Seehundsjagd lebten, an Soldaten auf Urlaub und gelegentlich auch an diesen oder jenen alten Knastbruder, der es irgendwie geschafft hatte, ein bisschen Geld für Schnaps aufzutreiben.

»Du kannst tun und lassen, was du willst«, sagte die Schneiderin, »aber das Geschäft muss laufen.«

Mathinna entnahm dem, dass ihre Arbeitgeberin nichts dagegen hatte, wenn sie sich selbst auch etwas von der heißen Ware gönnte, die sie verkaufte, und fand bald Geschmack an Rum mit Tee und Zimt.

Mrs Dellacorte und ihr schwarzer Mops namens Beatrice führten ein eisernes Regiment in der Kneipe. Wer in irgendeiner Weise der Wirtin oder ihrem Hund unangenehm auffiel, wurde wie Luft behandelt, beim zweiten Verstoß warf man ihn hinaus. Wenn Beatrice nicht auf dem Schoß von Mrs Dellacorte lag oder auf den Tischen umherspazierte, wo sie mit ihrer hässlichen langen Reptilienzunge Speisereste von den Tellern leckte, schlief sie auf einem schmuddeligen Lammfell am Eingang eines schummrigen schmalen Korridors, wobei sie rasselnde und pfeifende Atemgeräusche von sich gab, als hätte sie Schwindsucht im Endstadium.

In einem abgedunkelten Salon stand auf dem Fußboden aus gestampftem Lehm der kostbarste Besitz von Mrs Dellacorte: ein Billardtisch, dem ein Bein fehlte, weswegen eine Ecke auf einem alten Hackklotz ruhte. Von einem Porträt über dem Kamin blickte Mrs Dellacorte als junge, durchaus schöne Frau in den Raum, als hielte sie ein Schlussplädoyer. Worum bat sie? Um Hoffnung auf eine bessere Zukunft? Um Vergebung? Um Liebe? Denn Mrs Dellacorte lebte in einem Universum ohne Liebe, dessen Schrecken sie mithilfe der Reliquien in Schach zu halten suchte, die über den abgenutzten Filz des Billardtischs verstreut lagen: Andenken an ihren verstorbenen Geliebten, einen nichtsnutzigen Schürzenjäger, der sich für einen Adeligen aus dem Geschlecht der Habsburger ausgegeben hatte.

Da lagen Scheiden ohne Schwerter, Kompasse ohne Nadeln, sogar ein Astrolabium mit einer verbogenen Alhidade gab es, nebst etlichen Zeitungen, gedruckt in einer exotischen unlesbaren Schrift, der ungarischen Schrift, sagte Mrs Dellacorte. Diese Zeitungen dokumentierten, behauptete sie, die Heldentaten ihres Gemahls in mehreren mittlerweile vergessenen Kriegen. Alles das führte sie jedem Gast von einiger Bedeutung vor, um ihm deutlich zu machen, dass sie eine ebenso hochgestellte wie leidenschaftliche Frau war. Ansonsten war die Reliquienkammer streng tabu für jedermann.

Welche Transaktion auch immer zwischen dem Waisenhaus und der Schneiderin, die für Mathinna sorgen sollte, bis sie achtzehn war, stattgefunden hatte, so konnte doch jedenfalls von einer Transaktion zwischen der Schneiderin und Mathinna nicht die Rede sein. Das Mädchen ernährte sich von den Essensresten, die es erhaschen konnte, trank heimlich Grog und ging, da es keinen Lohn bekam, dazu über, gegen Kleingeld und Brot das zu verkaufen, was Sir John ihr geraubt hatte. Nicht dass es ihr Spaß gemacht hätte, im Gegenteil, aber so war nun einmal das Leben. Schließlich wurde die Welt vom Teufel regiert. Manchmal zog sie sogar eine Art perversen Trost daraus: Schlimmer kann es nicht mehr werden, sagte sie sich, während die Kerle sich sabbernd und grunzend auf sie wälzten.

Aber es konnte schlimmer werden, und am schlimmsten war es, wenn die geballte Wucht der Erinnerungen sie traf, wenn sie an die Menschen ihres Volkes denken musste, an ihre Freundlichkeiten, ihr Lachen, das Singen und Tanzen am Feuer. Dann ging sie manchmal in die Queen's Domain, wo sie grün-rote Rosellasittiche fing, die sie an Leute verkaufte, die sie gern in Pasteten aßen.

Sie bemerkte, dass es sie zwischen den Beinen juckte und dass die Haut nässte. Das war die Syphilis, aber da praktisch alle, die sie kannte, daran litten, fand sie es nicht weiter bemerkenswert, wenn die Sache auch manchmal schmerzhaft und jedenfalls ebenso unangenehm war wie die Läuse, die sie plagten. Eine Freundin gab ihr Quecksilber zu trinken. Sie musste sich erbrechen, alle Nägel fielen ihr aus, und nach einiger Zeit verschwand das Nässen und Jucken.

Am meisten sehnte sie sich nach Schlaf und dem süßen Vergessen, das er schenkte. In dem Moment, da sie sich auf ihre Pritsche legte und mit dem Ringbeutlerfell zudeckte, fühlte sie sich geborgen.

Eines Abends kam ein sehr großer, sehr hagerer alter Mann, der einen eleganten Mantel trug, in die Kneipe der Wirtin. Er hatte, so erfuhr Mathinna von einem anderen Mädchen, etwas Geld aus einer kleinen Erbschaft in eine Walfangexpedition investiert und besaß inzwischen mehrere Walfangschiffe. Als er sie sah, lächelte er. Schon nach kurzer Unterhaltung stellte sie klar, dass er, wenn er sie haben wollte, wie jeder andere auch dafür bezahlen musste. Sein Lächeln kam zum Stillstand, seine knochigen Finger öffneten sich, und in seiner Handfläche wurde etwas Ungeheuerliches sichtbar, eine Guineamünze.

Es war scheußliches Graupelwetter, und sie führte ihn

nicht wie gewöhnliche Kunden in den Stall zu einer leeren Box, sondern in Mrs Dellacortes geheiligten Reliquiensalon, wo es etwas weniger kalt war. Aber als Mathinna eben ihren Rock heben wollte, winkte er ab, bat sie, Platz zu nehmen, und überraschte sie mit noch einer Guinea sowie einer Frage.

»Miss Mathinna – erinnern Sie sich gar nicht mehr an mich?«

Erst als er ein Knopfakkordeon aus seiner Satteltasche hervorzog, erkannte sie ihn wieder. Der Mann war Francis Lazaretto. Er sang für sie die Ballade von der Brigg *Cyprus*, und da schlug seine Stimme sie noch einmal ganz in ihren Bann. Als er das Tempo verminderte und das abgewetzte kleine Instrument so fremde, traurige, süße Töne von sich gab, begann sie, sich langsam hin- und herzuwiegen in der Erinnerung an die heiteren Tänze, zu denen seine Musik sie einst angeregt hatte. Am Ende, als er gehen wollte, sagte er nur einen Satz, der ihr unverständlich blieb.

»Es gibt mehr als einen Weg zum Höchsten.«

Und in diesem Augenblick ging die Tür auf, und herein schritt mit hängender langer Zunge ein keuchender schwarzer Mops, gefolgt von Mrs Dellacorte. Sie warf nur einen Blick auf das schwarze Mädchen, das ihr Heiligtum so schändlich entweiht hatte, und als Mathinna hinter Francis Lazaretto hinaushuschte, sagte Mrs Dellacorte zu ihr, sie sollte sich ja nicht wieder blicken lassen.

Auf dem Weg zu einer geschäftlichen Unterredung mit Pedder – es ging um das vielversprechende Projekt einer Spekulation mit Weideland in der aufstrebenden neuen

Kolonie Port Phillip – sah Montague durchs Fenster seiner Kutsche eine junge Eingeborene, die sich unsicheren Schritts in seine Richtung bewegte.

»Ich habe sie kaum wiedererkannt, so sehr hat sie sich verändert – allerdings nicht zu ihrem Vorteil«, sagte er später zu Pedder. Er hatte einen Schlaganfall hinter sich. Sein Mund hing auf der einen Seite schief, und er konnte nur undeutlich sprechen. »Ihr Gesicht war übel zugerichtet, als hätte sie Schläge bekommen oder wäre gefallen, und sie schien nur aus Haut und Knochen zu bestehen.«

»Ich habe gehört, dass sie in der Stadt herumirrt. Offenbar ist sie in der Gosse gelandet«, bemerkte Pedder.

»Ich habe die Jalousie heruntergezogen und nur so rausgelugt« – Montague beugte sich vor und tat so, als spähte er durch einen schmalen Schlitz –, »na ja, Sie wissen schon.« Beide lachten beim Gedanken, dass die Begegnung mit so einer erbärmlichen Gestalt einen Mann wie ihn peinlich berühren könnte. »Aber das Komische war: Sie hat mich entdeckt und einfach nur gelächelt! Das ist doch unglaublich, nicht? Es kam mir vor, als nähme sie alles um sich herum als vollkommen wirklich wahr und als wäre es dennoch ohne jedes Gewicht – ich eingeschlossen! –, und diese Haltung scheint es ihr – obwohl sie nichts als Demütigungen und Hohn und Spott erfährt, obwohl, habe ich mir sagen lassen, tagtäglich Leute Dreck und Steine nach ihr schmeißen – irgendwie zu ermöglichen, in aller derangierten Überlegenheit so gelassen zu lächeln.«

»Ich habe es selbst schon gesehen«, sagte Pedder. »Sie streunt auf den Straßen umher, als wäre alles nur ein Traum.«

Aber irgendetwas an Mathinnas Niedergang und ihrem Verhalten beunruhigte die beiden Männer. Es war schwer zu beurteilen, ob das, was wie Schicksalsergebenheit aussah, tatsächlich Ausdruck von Demut oder Schwachsinn war oder nicht vielmehr der Gipfel der Aufsässigkeit, eine Verachtung, die stärker war als aller Abscheu, den je syphilitische Soldaten, Schäfer oder entlassene Sträflinge in ihr ausgelöst hatten.

»Sie war alles Mögliche«, sagte Montague nachdenklich, »aber schwachsinnig war sie nie.« Von seiner Unterlippe lief etwas Sabber wie ein Ausrufezeichen.

Manchmal strahlte Mathinna einen natürlichen Stolz aus, als ob ihre besondere Lebensgeschichte ihr tatsächlich die Majestät verliehen hätte, auf die sie einst hatte hoffen können, als ob sie aus der Höhe ihrer fünf Fuß, vier Zoll alles übersehen hätte, was es an Menschen gab, und irgendwie jetzt über ihnen stünde, alle ihre Schwächen kennte, wenn sie auch kein Urteil über sie fällte. Einige in Hobart fanden, das sei eben die Dummheit der Schwarzen, andere nannten es Arroganz; einige führten es auf das Saufen zurück, andere erinnerten sich daran, dass früher einmal von Hexerei die Rede gewesen war. Sie wurde oft beschimpft, ausgelacht, manchmal angespuckt, aber den Leuten war nie so ganz wohl zumute, wenn sie an sie dachten.

Sie verkaufte weiter ihren Körper, weil es das war, was sie, neben ein bisschen Schreiben und Quadrilletanzen, gelernt hatte, und weil sie eingesehen hatte, dass es ihre einzige Möglichkeit war, ihren Lebensunterhalt zu verdienen. So elend es ihr auch bei Mrs Dellacorte ergangen war, so hatte sie dort immerhin Bett und Strohsack gehabt, ein Feuer, das

Essen war zwar schlecht gewesen, aber es hatte doch immer genug davon gegeben, und die übelsten Kerle waren an die Luft gesetzt worden, wenn sie gewalttätig wurden.

Jetzt behandelten die Seeleute und alten Knastbrüder und Soldaten sie immer roher und brutaler in ihrem Rausch und ihrer Hoffnungslosigkeit, nahmen sie voller Zorn und unter Tränen, beschimpften sie aus halb verwesten, stinkenden Mäulern oder bettelten um Vergebung. Sie waren selten neugierig und hatten es in aller Regel eilig, sie loszuwerden, sobald sie fertig waren. Das zumindest gefiel ihr.

Im Übrigen war sie der Meinung, dass das, was sie verkaufte, nicht sie war, sondern nur eine äußere Hülle, von der sie irgendwann erlöst werden würde. Einige kannten ihre Geschichte oder doch genug davon, um Mathinna zu verhöhnen, aber sie verstanden nie, dass nicht sie es war, die sie mit ihren ordinären Reden und groben Fingern und widerlichen Leibern schändeten, weil sie in dem Zucken und Stoßen zweier ineinander verschlungener Körper in irgendeiner dreckigen Gasse oder im Busch außerhalb der Stadt nicht anwesend war.

»Sie war die kleine Mohrenprinzessin, die sich der Gouverneur gehalten hat, weißt du«, hörte sie eines Abends eine Stimme aus dem Dunkel sagen, als sie die Cat and Fiddle Lane entlangwankte. »Perlweißes Lächeln und rabenschwarzer Schimmer. Aber sie ist ziemlich runtergekommen seitdem.«

»Ich würde eher sagen, sie ist bloß geworden, was sie immer war«, sagte eine andere Stimme, die rau und boshaft klang. »Einer von diesen schwarzen Affenmenschen eben.«

Mathinna wurde klar, dass die beiden Männer unmittelbar hinter der nächsten Ecke standen, und verharrte.

»Sie hält es vielleicht mit den Chartisten: gleiches Recht für alle.« Die erste Stimme lachte. »Die ist für jeden zu haben.«

Obwohl Mathinna nicht genau verstand, was das alles zu bedeuten hatte, und es jedenfalls nicht auf einen klar umrissenen Begriff bringen konnte, verstand sie doch, dass sie ihr etwas absprachen, das man man keinem Menschen absprechen konnte.

»Jesus hat geblutet wie ein Schwarzer«, sagte sie später an diesem Abend, als ein Holzfäller sie brutal von hinten nahm.

»Gott ist umsonst«, sagte er, »du nicht.«

Das stimmte, aber ihr Preis sank schnell. Ihr fielen die Haare in Büscheln aus, weswegen sie sich das, was von ihrem roten Kleid noch übrig war, um den Kopf band, sie verlor immer mehr Zähne, und ihre Haut wurde grindig. Sie verkaufte ihr geschundenes Fleisch, wenn sie Glück hatte, für Johannas, Mohurs, Rupien, Pesos, Zweipennystücke und sogar für die verachteten Pseudo-Shillings von Degraves, die als Ersatzgeld in Umlauf waren, und wenn sie ganz verzweifelt war, schon für ein bisschen Schweinespeck oder für einen großen Schluck aus der Schnapsflasche. Manchmal fertigte sie etliche Kunden pro Nacht hinter diversen Kneipen ab, auch auf dem Weg von Hobart über die Höhen und am D'Entrecasteaux Channel entlang nach Oyster Cove, wo die wenigen Überlebenden aus Wybalenna interniert waren, mit denen sie jetzt immer mehr Zeit verbrachte, fand sich die eine odere andere Gelegenheit.

Sie fing keine Vögel mehr. Sie trank immer größere Mengen. Irgendwie dumpf und so undeutlich, dass sie es nicht in Worte hätte fassen können – weder in die ihrer Muttersprache noch in englische –, nahm sie wahr, dass andere Menschen Ziele und Zwecke in dieser Welt hatten und daraus Kraft und Lust zu leben zogen. Die Existenz von Ma'am hatte einen Sinn, ja hundert Sinne, denen sie Namen wie Bildung, Fortschritt, Kultur gab. Die Sträflinge sehnten sich nach Freiheit, die Soldaten danach, als Siedler zu leben, die Siedler, immer reicher zu werden. Sogar die Eingeborenen in Oyster Cove hielten an der Hoffnung fest, in ihr Land und zu ihren Ahnen zurückzukehren, wenn nicht in diesem Leben, so im nächsten.

Mathinna hätte nur zu gerne auch irgendeine Art von Lebensfeuer gehabt, aber vorerst musste sie eben mit dem vorliebnehmen, was ihr half, zu überdauern, nicht zugrunde zu gehen. Meistens war das der Alkohol. Manchmal hielt sie immer noch die Hände vors Gesicht und sah nach den Ritzen, durch die Licht drang. Aber sie tat das immer seltener. Mehr und mehr suchte sie das Dunkel im Rausch.

Bevor er nach England abreiste, schaute George Augustus Robinson noch einmal in Oyster Cove vorbei, um seinen Schützlingen Lebwohl zu sagen. Er konnte es sich nicht erklären, dass sie ihm so wenig zu sagen hatten und ihn ohne jede Begeisterung empfingen. Besonders hatte er sich darauf gefreut, Mathinna wiederzusehen und zu erfahren, wie das Experiment, das man mit der schwarzen Prinzessin angestellt hatte, ausgegangen war, aber er bekam sie nicht zu Gesicht, und was man ihm von ihr berichtete, war betrüblich.

Viele Jahre später in Bath, wo er im Ruhestand lebte, erinnerte er sich, als er eben den Deckel einer großen Truhe voller Papiere schloss, die von seinem Wirken unter den Eingeborenen von Van Diemens Land und Australien Zeugnis gaben, daran, wie seltsam jene letzte Begegnung mit den Schwarzen gewesen war. Robinson hatte mit diesen Dokumenten große Hoffnungen verbunden – ein Buch, Ruhm, Ehre, Geld. Die seltenste aller Auszeichnungen, die das Schicksal gewährt: Größe. Aber niemand hatte sich dafür interessiert. Und schließlich hatte er entdeckt, dass es ihn selbst auch nicht interessierte. Noch am meisten bedauerte er, dass er nicht mehr Geld verlangt hatte, als er die letzten Wilden eingefangen hatte. Geld, Geld, Geld – was er damit alles hätte anfangen können!

Sein Ehrgeiz verfiel so rapide wie sein Körper. Er fand kein inneres Gleichgewicht. Er hoffte darauf, dass man nach seinem Tod eine Gedenktafel an seinem Haus anbringen würde, wusste aber nicht recht, wie er es am besten bewerkstelligen konnte, eine solche posthume Ehrung auf den Weg zu bringen. Ob er vielleicht bei einer der immer selteneren Begegnungen mit denen, die in der alten Kurstadt Einfluss hatten, eine Andeutung fallen lassen sollte? Was war es eigentlich, was er da in der Erinnerung sah? Seine Gedanken waren neblig. Er hörte einen fremdartigen Gesang. Sah einen nackten Mann zwischen den Sternen und der Erde tanzen. Erinnerte sich an Flüsse, an ein dunkles Kind vor seiner Tür, an verschmierte Finger, die eine Säge hielten. Er erwachte früh am Morgen des 18. Oktober

1866, drehte den Kopf in seinem warmen Bett auf die Seite und sah rotes, diffuses Herbstlicht durch ein Fenster einfallen. Er fühlte, wie eine große Heiterkeit ihn überflutete, sein Körper streckte sich friedvoll, und dann starb er, sicher aufgehoben in dem Wissen, dass er ein guter Mensch gewesen war, der vielen geholfen hatte.

12

Die letzte Vorstellung war restlos ausverkauft. Leute, die extra aus London angereist waren, flehten Schwarzhändler um Karten an. Lady Jane hatte mehr Glück: Nachdem sie das Stück in London nicht gesehen hatte, weil sie auf Reisen gewesen war, um Spenden für eine neue Suchexpedition zu sammeln, hatte es sie entzückt, eine Einladung für diese Aufführung nebst einem überaus freundlichen Schreiben von Mr Dickens persönlich zu erhalten.

Es war ungewöhnlich heiß, als sie am Morgen jenes Augusttages ins Stadtzentrum von Manchester fuhr. Sie fühlte sich wie im Krater des Vesuv: Das Licht war rötlich braun, die Luft roch süßlich nach Schwefel, der Lärm von all den Hufeisen und eisernen Rädern der Omnibusse, Kutschen und Karren war ungeheuer. Lady Jane kam sich vor wie in einer riesigen Schmiedewerkstatt. Und ähnlich wie ein Tourist auf einem Vulkan schwelgte sie in all den starken Eindrücken, die diese hochmoderne Stadt ihr bot, auch dann noch, als ihr Kutscher, um ihr den Anblick eines von Schmeißfliegen umschwärmten Pferdekadavers zu ersparen, in eine Seitenstraße abbog, wo der Landauer von einem Leichenzug aufgehalten wurde.

Sie fuhr nun viel in der Welt herum und erntete Beifall für ihre Haltung vornehmer Trauer um ihren halsstarrigen

Mann, dem sie doch in Wahrheit hauptsächlich durch Groll verbunden war. Ihre Rolle der treuen Witwe hatte sie von Männern emanzipiert und verschaffte ihr ein Maß an Freiheit, das nur für wenige andere Frauen vorstellbar war. Sie genoss ihr Leben in gewollter Melancholie. Zwar ging sie nicht so weit, sich einzugestehen, dass sie geradezu glücklich war – das wäre ihr denn doch unpassend erschienen –, aber sie war, während der Kutscher fluchend zum Überholen ansetzte, durchaus mit ihrem erfüllten Dasein einverstanden.

Sie reckte den Hals und konnte nun das Gefährt vor ihnen deutlicher sehen. Es war ein Kinderleichenwagen: ungewöhnlich klein, weiß gestrichen, mit Messingbeschlägen, darüber nickten Büschel von weißen Straußenfedern. Ein Miniatursarg wie für eine Puppe lag darin. Schmelzwasser von dem Eis, auf das man ihn gebettet hatte, rann von dem holpernden Heck des Wagens. Während Lady Jane zusah, wie die Tropfen auf das heiße Pflaster fielen und verdampften, verflüchtigte sich auch ihre ganze gelassene Heiterkeit.

»Schneller«, schrie sie dem Kutscher zu. »Ich habe es eilig.«

Auch die Laune von Ellen Ternan im Great Western Hotel war getrübt. Sie hatte den Eindruck, dass Dickens ihr auswich. Hatte er seinen Respekt vor ihr verloren? Sie verfluchte sich, weil sie nicht mehr darauf geachtet hatte, die Distanz zu wahren. Ihre Schwester Maria hatte sich nach dem Aufwachen unwohl gefühlt, und gegen Nachmittag war ihre Erkältung so schlimm geworden, dass sie nur noch krächzend sprechen konnte. In diesem Zustand konnte sie keinesfalls als Wardours Geliebte Clara Burnham auftreten.

Anderthalb Stunden vor Beginn der Vorstellung erhielt Ellen Ternan eine Nachricht von Dickens. Er teilte ihr darin in knappen Worten mit, dass Mr Hueffer eine Schauspielerin gefunden hatte, die bereit war, als Rose einzuspringen, sodass Ellen anstelle ihrer Schwester die Hauptrolle übernehmen konnte. Ellen brach in Tränen aus – sie wusste nicht, ob vor Erleichterung oder Schrecken oder beidem.

Obwohl Dickens seine schauspielerische Leistung vorher von Abend zu Abend zu wahrhaft atemberaubenden Höhen gesteigert hatte, war doch selbst der Rest des Ensembles von der Gefühlsintensität überrascht, die er bei dieser letzten Vorstellung ausstrahlte.

»Es ist, als ob es kein Stück mehr wäre, sondern die schiere Wirklichkeit«, sagte Collins zu Forster, während sie von der Kulisse aus zusahen.

»Ich bin nur froh, dass der Irrsinn jetzt endlich aufhört«, antwortete Forster, ohne den Blick von der Bühne abzuwenden. »Wenn das noch länger so weiterginge, würde er so enden wie Sir John: im Niemandsland verschollen ohne Wiederkehr.«

Lady Jane in der besten Loge des Hauses schnappte mit dem Rest des Publikums entsetzt nach Luft, als Dickens in der letzten Szene als sterbender Wardour die Bühne betrat. Sie musste sich ein mit Kölnischwasser getränktes Taschentuch unter die Nase halten, denn der Gestank von verschwitzter Wolle und animalischen Ausdünstungen, der aus der erhitzten Menge zu ihren Füßen heraufdrang, schien sich zu verdichten, je weiter die packende Handlung voranschritt. Dickens hatte sich in ein wahrhaft schreckenerregendes Wesen verwandelt: Seine Augen glühten wie die eines wilden Tieres, sein langes graues Haupthaar und der Bart waren verfilzt, seine Kleider nur noch armselige Lumpen.

»Wer ist es, den Sie finden möchten?«, fragte Ellen Ternan. »Ihre Frau?«

Dickens schüttelte wild den Kopf.

»Wer dann? Wie sieht sie aus?«

Auf der Bühne durfte nun Dickens endlich in ihre Augen starren, ihre Wangen, ihre Nase, ihre Lippen mustern, und er konnte den Blick nicht von ihr losreißen. Nach und nach wurde seine raue, heisere Stimme sanfter.

»Jung«, sagte er, »mit einem schönen, traurigen Gesicht, mit freundlichen, sanften Augen. Jung und voller Liebe und Erbarmen«, schrie er. Er schrie es nicht dem Publikum zu, sondern Ellen Ternan, und seine Stimme war plötzlich nicht mehr die Wardours, sondern seine eigene. »Ich bewahre ihr Gesicht in meinem Geist, der sonst nichts behalten kann. Ich muss wandern, wandern, wandern – rastlos, schlaflos, heimatlos – bis ich sie finde! Über Eis und Schnee, über das Land, die ganze Nacht wach, den ganzen Tag wach, wandern, bis ich sie finde.«

Lady Jane in ihrer Loge dachte, dass sie selbst ebenso wie Clara Burnham aller Welt die Reinheit und Tugend ihrer Liebe vor Augen geführt hatte. Aber statt sie mit ihrem Leben zu versöhnen, statt sie dazu anzuregen, edel von Sir John zu denken, versetzte das Stück sie im Geist zurück in jene letzten Jahre in Van Diemens Land. Und da war ein Unrecht, ein so schreckliches Unrecht, dass sie fürchtete, sie müsste laut aufschreien.

Dickens wandte sich ab. Er fühlte die Gegenwart des riesigen Publikums dort draußen im Dunkeln. Wardour hatte aufgehört zu existieren und trieb fort, sein heißer Körper von Dunst umwabert. Aber Dickens spürte das Verlangen des Publikums nach mehr. Obwohl er nicht wusste, wonach es verlangte, wusste er, dass er es ihm geben würde, immer weiter, bis nichts mehr übrig war als Tod, der Tod, der ihn hierhergetrieben hatte, der Tod, der selbst noch auf der Bühne an ihm fraß. Plötzlich brach er zusammen – die Zuschauer schnappten nach Luft, jemand schrie entsetzt. Ellan Ternan kniete nieder und bettete sanft seinen Kopf in ihren Schoß.

Er fühlte ihre Oberschenkel unter seinem Hals, er fühlte das weiße Licht, das sie umhüllte, als sie schließlich ihre Arme um ihn legte, und er wünschte sich nur, dass er so bleiben könnte, in ihren Armen und in jenem Licht, für immer.

Collins, der es durch seine dicken Brillengläser sah, war nicht einfach nur bewegt, es erfüllte ihn mit Staunen, wie Wardour, der jetzt in Clara Burnhams Armen starb, sie endlich als seine längst verlorene Liebe anerkannte, für die er alles geopfert hatte, damit Claras große Liebe Frank Aldersley am Leben blieb. So etwas hatte Collins noch nie erlebt.

Ellen Ternan blickte Dickens an, schüttelte den Kopf, biss sich auf die Lippen, und dann – Collins hielt den Atem an – begann sie zu weinen, und zwar keine Bühnentränen, sondern ganz offensichtlich aus übervollem Herzen. Im Parkett brachen zahlreiche Leute ebenfalls in Tränen aus. Lady Jane hielt das Taschentuch auf ihr Gesicht gedrückt:

Das Gefühl, das in ihr aufstieg, hatte die unwiderstehliche Gewalt von Panik. Weit unten sah sie wie durch Wasser einen schlammigen Waisenhaushof, und da stand ganz allein ein schmutziges Kind und starrte sie an.

»Du«, sagte Dickens mit zittriger Stimme.

Lady Jane beugte sich vor, durch das ganze Publikum ging ein Ruck: Alle reckten die Hälse, um besser zu sehen und zu hören; sie waren wie ein einziges Lebewesen, das gespannt wartete. Dickens wurde bewusst, dass er nicht länger einen von einem Buch vorgegebenen Text sprach, dass vielmehr der Text – unerklärlich, unaufhaltsam, unentrinnbar – aus seiner Seele drang.

»Du«, sagte er noch einmal, jetzt lauter, denn er wollte, dass sie seinen Mund ganz ausfüllte, er wollte sich in Ellen Ternans Brüsten verlieren, sich in ihrem Bauch vergraben, in ihre Schenkel beißen; dass er plötzlich nicht mehr stumm und allein war, machte ihm Angst. Er keuchte. Er bestand nur noch aus blanker Angst. Er zitterte heftig, seine Stimme bebte, seine eigenen Worte waren wie eine Offenbarung. *»Immer nur du!«*

»Nicht«, sagte Ellen Ternan, seine Nell, und das war Text, den weder Dickens noch Collins geschrieben hatte. Dann bemerkte sie ihren Fehler und schüttelte den Kopf. Und während ein zutiefst erschreckendes Vorgefühl dessen, was ihn erwartete, ihren Körper erfasste, versuchte sie, in ihren Text zurückzufinden, und geriet in ein leises Stammeln, das die Zuschauer für Schauspielerei hielten.

Aber Dickens zog sie in sich hinein, in ein befremdliches und schreckliches neues Leben, und sie konnte ihren Sturz nicht aufhalten. Sie hatte Angst um sie beide. Sie sah sich verzweifelt um, aber außerhalb des Lichtkreises, der sie umgab, war nichts als Dunkelheit. *Die ganze wilde Nacht ist uns auf den Fersen; aber vorerst werden wir von nichts sonst verfolgt.* Die anderen Figuren des Stücks versammelten sich um sie. Die Männer nahmen ehrfurchtsvoll ihre Kopfbedeckungen ab. Das Ende war nahe, jetzt sahen es alle.

»Küsse mich, meine Schwester, küsse mich, bevor ich sterbe.«

Seine Worte trafen sie ins Herz wie eine Salve. Ellen Ternan beugte sich über ihn und küsste ihn auf die Stirn. Sie tat es nicht einfach deswegen, weil es so im Buch stand, sondern weil es eine zwingende Logik gebot, gegen die sie vergebens ankämpfte. *Die Frage ist: Kannst du den zahlen?* Sie erkannte jetzt, dass das, was sie in seinem Notizbuch gelesen hatte, ein Roman war, nur hatte sie bis zu diesem Augenblick nicht begriffen, dass im Mittelpunkt der Handlung sie selbst stand.

Er fühlte ihre Lippen auf seiner Stirn, er fühlte die gewaltige Anspannung der Menschen in dem verdunkelten Saal, ein schwarzes Vakuum, das eine Energie ausstrahlte, und diese Energie hielt ihn noch eine Weile am Leben. Er fühlte es, fühlte, wie die Menschen ihn vorwärtsdrängten. Eine Kette von ungeplanten und unplanbaren Ereignissen hatte ihn hierhergebracht, Zufälle führten ihn seiner Bestimmung zu, und doch wusste er, dass es in der Welt wie in seinen Romanen keine Zufälle gab, dass alles seinen Sinn und Zweck hatte, der am Ende offenbar wurde, sei es der Schädel eines Wilden, sei es Sir Johns Ende im Eis, sei es sein, Dickens', eigenes Herumirren in der Einsamkeit. Er hatte gedachte, er würde sich in einem sonderbar halbschlafähnlichen Zustand durch den Rest seines Lebens, das ihm zur Qual geworden war, schleppen müssen. Aber vielleicht hatte er sich getäuscht.

»Wie geht das zu?«, fragte Dickens. Er improvisierte einen Text, der nicht im Buch stand. Ellen Ternan schaute ihn schockiert an, sie hatte keine Ahnung, was passieren würde. »Dass uns Liebe versagt bleibt«, fuhr er fort. Sie und alle im Saal konnten hören, wie schwer es ihm fiel, diese Worte auszusprechen. »Und dass wir dann plötzlich erleben, wie sie sich uns anbietet mit all ihren Schmerzen und endlosen Leiden. Dass wir Nein sagen zur Liebe?«

Er bekam nicht mit, dass Lady Jane mit kreidebleichem Gesicht abrupt aufstand und die Loge verließ. In ihrer Hast, vom Theater wegzukommen, trat sie draußen in eine zähe, stinkende Masse im Rinnstein. Sie ließ ihr Taschentuch fallen, und die widerlichen Ausdünstungen der in der Hitze gärenden Stadt stiegen ihr in Mund und Nase: der feuchte Geruch des Abwassers auf der Straße und der trockene Staub von Pferdemist, den der Wind aufwirbelte, der beißende Dreck von tausend Gerbereien, Werkstätten und Fabriken, der Gestank von einer Million ungewaschener Menschenleiber.

Lady Jane fühlte sich verloren und ausgeliefert, ein Würgen stieg in ihrer Kehle hoch. Ihr kam der Gedanke, dass der Mensch vielleicht nur in dem Maße existierte, in dem er von anderen geliebt wurde. Sie fand keinen Landauer, nicht einmal eine zweirädrige Droschke. Hatte sie Nein zur Liebe gesagt an dem Tag, als sie in den Hof hinuntergeblickt hatte? Sie rief nach einer Droschke, rief lauter, aber es kam keine. Und wenn man sich von der Liebe abwandte, bedeutete das, dass man nicht mehr existierte? Existierte sie selbst noch? Sie fühlte sich so verloren und tot wie die seidigen Rußfäden, die um sie herumschwebten. Sie rief lauter und lauter, und immer noch ließ sich niemand blicken.

Im Theater war nichts zu hören als das leise Fauchen und Keuchen der gigantischen Blasebälge, die das Kalklicht am Brennen hielten. Es war, als atmete nur dieses bleiche Licht, um die zweitausend gebannten Zuschauer, die noch im Saal waren, am Leben zu erhalten.

»Nicht sterben«, sagte Ellen Ternan.

Sein Kopf lag in ihrem Schoß, ihre Tränen fielen auf ihn wie Regen, und das Universum strömte in ihn ein. Er war offen für alles, ein ungeheurer Gedanke, ein erschreckendes Gefühl: etwas, das außerhalb von ihm war und zugleich in ihm – er empfand es als sündhaft und als beglückend. Ihm war, als wäre er aus einem Traum hochgeschreckt. Er lebte noch. Er fühlte sich wie beim Abstieg von einem Berg: Die Schneefelder blieben hinter ihm zurück, er gelangte auf grasige Hänge, dann öffnete sich vor seinem Blick ein weites, grünes Tal, ein Raum, so riesig groß und frei, dass ihm der Atem stockte. Immer weiter wanderte er. Die Luft war mild, er trank sie wie Wasser an einem heißen Tag. Er war auf dem Weg nach Hause. Es ergab keinen Sinn. Es war unfassbar. Er lag in ihren Armen, fühlte sie atmen. Er schmeckte ihre Tränen. Die schluchzenden Geräusche aus dem Dunkel waren unerträglich.

»Bitte, nicht sterben«, flehte Ellen Ternan.

Seine Wange drückte gegen ihren Bauch. Sie trug kein Korsett. Er spürte weich die pulsierende Bewegung ihres

Körpers. Er konnte nicht wissen, dass ein Jahr später seine Ehe beendet sein würde. Dass er in den dreizehn Jahren, die er noch zu leben hatte, Ellen Ternan treu sein würde, dass aber ihre Beziehung heimlich und grausam sein würde. Dass sein Werk und sein Leben sich unwiderruflich ändern würden. Dass zerbrochene Dinge nie mehr repariert werden würden. Dass sie sogar den Tod ihres Kindes geheim halten würden. Dass die Dinge, die er begehrte, immer unwirklicher werden, dass Bewegung und Liebe ihm mehr und mehr Angst machen würden, bis er nicht mehr in einem Zug sitzen konnte, ohne zu zittern. Er roch sie, heiß, scharf, feucht.

»Nelly?«, flüsterte Dickens.

Und in diesem Augenblick wusste er, dass er sie liebte. Er konnte sein undiszipliniertes Herz nicht länger in strenger Zucht halten. Und er, der immer überzeugt gewesen war, dass nur die Wilden dem Begehren nachgaben, erkannte, dass er es nicht länger verleugnen konnte.

13

»Wir sind mit dem Leben davongekommen«, sagte Walter Talba Bruney, »aber wie lange werden wir es noch machen?«

Walter Talba Bruney war ein Trinker geworden, und fett und düster noch dazu. Er war erst Mitte zwanzig, sah aber viel älter aus. Der Krieg war zu Ende, doch im Inneren von Walter Talba Bruney ging ein anderer Krieg immer weiter und ließ ihn nicht zur Ruhe kommen. Wenn er betrunken war, tobte er voller Zorn gegen Gott. Wenn er nüchtern war, betete er zu Gott um Schnaps. Sobald er wieder betrunken war, fing er zu krakeelen an und schrie, er werde sich einen Speer besorgen und Gott aufspießen, er werde es ihm schon zeigen.

Mathinna hatte keine spezielle Meinung zu Gott – vielleicht lag das daran, erklärte sie manchmal ihren Saufkumpanen am Feuer, dass sie zur High Church gehörte. Aber es passte ihr nicht, dass Walter Talba Bruney andauernd vom Tod redete, und das sagte sie ihm auch.

Walter Talba Bruney ging gar nicht darauf ein. »Alle Schwarzen sterben in Wybalenna«, sagte er. »Wir glauben, wir kommen zurück in unser Land und alles ist gut. Aber wir sind hier und sterben weiter. Der Teufel ist in uns. Der Teufel bringt uns um. Gott bringt uns um. Warum wollen Gott und der Teufel dasselbe?«

Sie waren zu fünft an diesem Abend: noch zwei Schwarze und Burly Tom, der früher Walfänger gewesen war und jetzt Fischernetze flickte. Er saß manchmal mit Eingeborenen bei gezuckertem Rum zusammen, wenn er das auch Weißen gegenüber niemals zugegeben hätte.

Mathinna brachte das Gespräch auf Kleider, die man jetzt in London trug, und obwohl ihr bewusst war, dass sie nur nachplapperte, was sie Jahre zuvor gehört hatte, versuchte sie, die Unterhaltung so zu lenken, wie sie es Lady Jane bei Abendgesellschaften hatte tun sehen: Man schnitt ein Thema an und fragte einen der Gäste, was er oder sie dazu meinte. Aber als sie umherschaute, um mit jemandem in der Runde Blickkontakt aufzunehmen, wurde ihr klar, dass sie sich eben nicht in der Residenz des Gouverneurs befand, sondern nur in Ira Byes Kneipe, einer aus Schwartenbrettern zusammengenagelten Hütte mit zwei Räumen und Lehmboden an der North West Bay, dass diese Veranstaltung hier keine Soiree war und ihre Gesellschaft alles andere als die *gute* Gesellschaft, nämlich bloß eine Ansammlung von stinkenden, nichtsnutzigen, blöden Schwarzen. Sie wünschte, sie hätte den Bambusstock der Witwe Munro zur Hand und könnte ihn diesen Primitivlingen unters Kinn halten, damit sie den Kopf hoben und ihren Blick erwiderten, diese nichtsnutzigen Wilden, die nichts konnten und von nichts eine Ahnung hatten.

Und weil sie im Hause des Gouverneurs nicht allein gelernt hatte, anderen Leuten gerade in die Augen zu sehen, sondern auch, dass man Untergebenen ein Vorbild sein soll, und weil sie so demonstrieren konnte – sich selbst und ihrer Umgebung –, dass sie eine Person von Stand war, begann Mathinna, über die neuen Tänze der Saison in London zu plaudern, obwohl ihre Kenntnisse auf diesem Gebiet ebenso hoffnungslos unzureichend und überholt waren wie auf dem der Mode. Als sie Gooseberry um ihre Meinung fragte, kicherte die bloß in ihre angeschlagene Tasse hinein, und da Mathinna selbst auch kaum etwas von den Tänzen der Weißen wusste, ging sie zu einem Thema über, zu dem sie nun wirklich etwas zu sagen hatte, weil sie hier sowohl ihr schwarzes Erbe als auch ihre weiße Erziehung einbringen konnte: die Fuchsjagd.

»Sie haben uns schändlich behandelt, nicht mal den Alten, die noch im Busch lebten, ist es so schlecht ergangen«, sagte Walter Talba Bruney. »Und dabei waren das Wilde, nicht gute Christen wie wir, bloß Wilde, die nichts gelernt haben.« Er murmelte vor sich hin, und dann trank er noch einen und kam auf andere Gedanken. Er hatte das Gefühl, dass Gott wieder auf seiner Seite war, aber er konnte einfach nicht verstehen, warum Er ihm nicht mehr half. Als Walter Talba Bruney den Kopf hob und Mathinna anschaute, sah sie, dass in den Augenschlitzen in seinem feisten, aufgedunsenen Gesicht Tränen standen, und in einer Träne strampelte eine ertrinkende Laus.

Mathinna wusste, dass Walter Talba Bruney jetzt mit einer Frau lebte und versucht hatte, eine solide Existenz anzufangen, aber man hatte ihm seine Schafe weggenommen, als sie von Flinders Island umgesiedelt worden waren. Er wollte die Schafe zurückhaben und hatte bei den Behörden beantragt, dass man ihm ein Stück Land zuteilte. Man hatte ihm gesagt, solange er nicht aufhöre zu trinken, werde er gar nichts kriegen, aber da er merkte, dass das nur ein Vorwand war, trank er erst recht.

»Weiße sind nichts anderes als wir selber, das wissen wir doch. Wenn ein Schwarzer stirbt, wird er mit weißer Haut wiedergeboren. Aber warum …« Seine Gedanken gingen irre – er brachte das alles einfach nicht zusammen: Gott und Jesus und die Wilden und die Zivilisation und dass sie alle sterben würden und diese komische, schreckliche, unfassbare Gewissheit, dass sie als Weiße, als völlig gedankenlose Wesen, wiedergeboren würden. »Warum?«, sagte er noch einmal. »Warum?«

»Ich bin keine Wilde, keine Sklavin«, sagte Mathinna. »Ich finde diese nichtsnutzigen, faulen Schwarzen ekelhaft. Ich heirate einen Weißen, du wirst schon sehen, ich bin eine große Dame.«

»Warum trinkst du dann mit uns, wenn du so eine große weiße Dame bist?«, fragte Walter Talba Bruney, der aus seinem Sinnieren erwachte. »Trink doch mit deinesgleichen.«

Aber Mathinna trank mit Walter Talba Bruney ganz einfach deswegen, weil er außer ein paar anderen Säufern sonst niemanden hatte. Trotz aller Streitigkeiten untereinander hatten die Eingeborenen etwas gemeinsam, das so offen auf der Hand lag, dass sie es manchmal übersahen: Sie suchten im Heben und Senken ihrer angeschlagenen Tassen und rostigen Blechbecher, in der Melange ihrer alten und neuen Welt eine Antwort auf die Frage, wer sie waren und was aus ihnen werden würde.

Gleichgültig, mit wem sie trank, Mathinna trank mehr und immer mehr. Darum wurde sie so zornig an jenem Abend, als Walter Talba Bruney mit ihr von Ira Byes

Kneipe durch den Wald ging, wo sich das Licht des untergehenden Mondes in den hohen schwarzen Baumwipfeln verlor. Nicht, weil er ihr dann beim Eindringen wehtat, nicht, weil er sagte, sie sei weder feucht noch willig gewesen und auch nicht mehr hübsch genug, um Geld dafür erwarten zu können, vielmehr müsste eigentlich sie für das Vergnügen bezahlen. Der Grund war einfach der, dass er ihr die halbe Flasche Rum verweigerte, die er ihr versprochen hatte.

Darum schrie sie ihn an. Darum spuckte sie ihm ins Gesicht, als er zurückschrie. Darum schlug sie zurück, als er sie schlug. Aber als er ihren Kopf in eine Pfütze drückte und schrie, sie solle doch das trinken, konnte sie nichts dagegen tun, sosehr sie sich auch wehrte.

Um sie herum standen uralte Bäume. Wenn man das Gesicht an ihre straff gespannte, moosige Rinde drückte, konnte man alles hören. Es ging über den Verstand. Es ließ sich nicht in Worte fassen und redete in Träumen. Sie flog durch Wallabygras, ihr Körper quälte sie nicht mehr, er war schiere Lust. Feine Grashalme streiften Wassertropfen an ihren Beinen ab. Die Erde war eins mit ihren nackten Füßen, feucht und breiig im Winter, trocken und staubig im Sommer.

Einmal schaffte es Mathinna, ihr Gesicht aus der Pfütze zu heben. Walter Talba Bruney zog das schmuddelige rote Kopftuch herunter zu ihrem Hals und drehte die dreckige Schlinge zusammen zu einer tödlichen Garrotte. Der Pfad vor Mathinna bebte. Zeit und Welt waren nicht unendlich, und alle Dinge enden in Dreck und Schlamm. Schließlich sah sie das Gesicht ihres Vaters. Es war lang, mit einer leicht gebogenen Nase und einem freundlichen Mund. Es war, erkannte sie mit Schrecken, als ihr Kopf wieder in die nasse Tiefe gedrückt wurde, das Gesicht des Todes.

Walter Talba Bruney wanderte durch die letzten Stunden der Nacht, kehrte zurück in eine Welt des Lichts, lachender Kinder, gelassen grasender Pferde, anderer Menschen, die ihren Geschäften nachgingen und ihr Leben lebten. In der Dämmerung kam er an einem Ochsenkutscher vorbei, der neben seinem Zugtier schlief, und als er sich seinem Haus näherte, sah er etwas, das ihn an seine geliebte Bibel erinnerte, und er lächelte: ein verlorenes Lamm auf einer Landstraße.

Garney Walch blieb noch einen Moment vor dem Ochsen stehen und wärmte sich die Hände in dem Atemdunst, der aus den feuchten Nüstern des Tieres blies. Dann machte er sich mit dem Ochsen und dem Schlitten auf den Weg. Er fuhr einen Kamm entlang, von dem aus man den D'Entrecasteaux Channel mit seinen Fischerbooten überblickte, und dann hinab in ein kleines Tal, wo er einem Siedler und einem Sträfling beim Bau einer Scheune helfen sollte.

Am Vormittag suchten sie tote Bäume aus, die gerade gewachsen und stark genug waren, sodass sie als Tragpfosten zu gebrauchen waren, und machten sich dann an die Arbeit. Nachdem die Stämme gefällt, entastet und entrindet waren, schleppte der Ochse sie auf eine kleine Wiese, die so dicht mit feucht glitzernden Spinnweben bedeckt war, dass man meinen konnte, sie läge unter einem Schleier aus klebriger Gaze. Der Raureif an den langen Halmen schmolz zu funkelnden Tautropfen, und alles, die Menschen und der Ochse eingeschlossen, dampfte in der Wintersonne. Man hatte das Gefühl, dass alle Dinge an ihrem rechten Platz waren.

Eine Meile entfernt watete ein alter Sträfling auf einem schmalen Riff durchs seichte Wasser. Er fror und fluchte und war doch durchaus vergnügt. Er leerte ein Hundebein aus einem Sack in einen geflochtenen Hummerkorb, suchte eine Weile herum und ließ dann an einer Stelle, wo eine Menge Tang im Wasser schwamm, den Korb an einem langen Tau in die Tiefe. Und so stieg die Sonne immer höher, Vögel sangen, Menschen arbeiteten, Boote segelten vorbei, und das Leben ging weiter.

Gleißendes Licht, rotgolden und warm auf der Haut, brach durch die Eukalyptusbäume und fiel auf die drei Männer: den Farmer, der sich Sorgen um seine schwangere Frau machte; den Sträfling, der darauf hoffte, eine Frau zu finden, wenn er in die Freiheit entlassen würde; Garney Walch, dem die Trauer um eine Tochter, die vor zwanzig Jahren an Typhus gestorben war, wie ein Stein im Magen lag. Sie redeten nicht viel, während sie die Stämme herumwuchteten, aufbockten, maßen, zusägten, bis sie neun gute Pfosten hatten.

Sie schafften die Pfosten, drei Stück pro Fuhre, mit dem Schlitten von der Lichtung zur Farm. Vor jeder Fahrt tätschelte Garney Walch das Maul des Ochsen und redete ihm gut zu. Es sah aus, als wollte er ihn mit einem Scherz aufheitern. Er ging überraschend freundlich mit dem Tier um, wie mit einem Arbeitskollegen, der gemeinsam mit ihm die schwere Last bewegte.

Die Sonne lief auf ihrer flachen Winterbahn über den Himmel, die Männer zogen nach und nach Jacken und Hemden aus, bis sie schließlich alle in Hosen und schmutzigen Unterhemden arbeiteten, und als die Sonne ihren höchsten Punkt erreicht hatte und die Männer sich nicht mehr lasch und elend, sondern frisch und gut fühlten, machten sie Pause. Während der Sträfling Blätter von Grasbäumen zusammentrug und Feuer machte, zog Garney Walch ein paar Stücke kaltes Schaffleisch aus seinem Zuckersack. Der Siedler hatte Brot und Salz. Sie rückten zwei der Pfosten als Sitzbank ans Feuer, aßen mit Genuss das kalte Fleisch mit Brot, tranken dazu schwarzen Tee, der mit Pflaumenmus, das der Siedler beisteuerte, gesüßt war, und redeten vergnügt darüber, was für ein prima Leben sie hatten.

Nach dem Essen gingen sie wieder an die Arbeit. Als sie die Pfosten aufgerichtet hatten und die Löcher, in denen sie standen, mit gestampfter Erde aufgefüllt waren, triumphierten die Männer. Die entrindeten Stämme erinnerten an abgenagte Knochen, bleichweiß mit lebhaft ockerfarbenen Streifen darin, und die Art, wie sie da zu einem nicht ganz regelmäßigen Muster ausgerichtet standen, zugleich Teil der Welt ringsum und davon getrennt, erfüllte die Männer mit einer tiefen Freude, die sie nicht in Worte hätten fassen können, aber sie hatten auch gar kein Verlangen danach.

Noch vor Sonnenuntergang brach Garney Walch auf; er wollte zu Hause sein, bevor es richtig kalt wurde. Weil er und sein Ochse müde waren, umging er die Höhen, über die er am Morgen gekommen war, und nahm den längeren, aber weniger beschwerlichen Weg durch den Wald. Er war auf den schlammigen Seitenpfad abgebogen, der zu Ira Byes Kneipe führte, als der Ochse unvermittelt stehen blieb und nicht mehr weiterwollte.

Garney Walch, der in Erinnerungen versunken hinter dem Schlitten hergetrottet war, als wäre er selbst der stumpfsinnige, brave Ochse, hob den Kopf, und was ihm zuerst auffiel, war, wie klein die Füße waren, die da zwischen zertrampelten Farnwedeln herausschauten.

Er ging um den Schlitten und den Ochsen herum und trat näher. Die zerlumpten Kleider der Leiche waren am Rücken aufgerissen, und zwischen den Fetzen wimmelte es nur so von Ungeziefer; man hätte denken können, man hätte ein Insektennest vor sich und nicht einen menschlichen Körper. Etliche blutige Löcher klafften in dem entblößten Fleisch, wo Krähen gefressen hatten – ihre Klauen hatten in der weichen Erde unlesbare Schriftzeichen hinterlassen. Garney Walch fuhr mit der Stiefelspitze unter die Schulter der Leiche und drehte sie um, weg von der trüben Pfütze, in der sie lag, aber noch während er es tat, schämte er sich dafür, dass er ein menschliches Wesen so behandelte.

Stumm stand er da. Nebel zog durch den Wald und hüllte alles in einen weichen, weißen Schleier. Wassertropfen liefen an den weiß glitzernden Stämmen hinunter, die wie Salzsäulen aufragten, senkrecht aufstrebend, im Verfall, abgestorben und morsch. Sein silbernes Haar wurde feucht, Tau schlug sich auf seinem Gesicht nieder, Garney Walch fühlte sich mehr und mehr wie in einem Traum verloren.

Denn er kannte sie. Erst wenige Wochen zuvor hatte er gesehen, wie sie – offensichtlich schwer betrunken, obwohl es noch nicht einmal Mittag war – mitten auf der Straße in Hobart einen sonderbaren Tanz aufgeführt hatte: Bewegungen, die wild und zugleich damenhaft waren, halb Hyäne und doch jeder Zoll eine Prinzessin, verkorkst, verloren, genau richtig und doch fehl am Platz. Ein paar Leute hatten verächtliche Bemerkungen gemacht, einige hatten ihr Brotbrocken hingeworfen, Straßenjungen hatten sie umhergescheucht wie einen Vogel mit gebrochenen Flügeln.

Es war nicht schwer herauszufinden, wie sie ums Leben gekommen war – der zusammengedrehte Lumpen, die Würgemale an ihrem Hals, die zerfetzte Kleidung verrieten es –, aber Garney Walch bezweifelte, dass irgendjemand den Fall näher untersuchen würde, die Justiz schon gar nicht.

Er folgte dem Blick der offenen Augen des toten Mädchens nach oben. Um sie herum ging das Leben weiter, es kannte weder Tragik noch Lust. In einer primitiven, einsam gelegenen Hütte jenseits des nächsten Kamms lag eine stöhnende Frau in den Wehen, während unten auf einem Uferfelsen ein Fischer fluchte, weil er in seinem Fangkorb keine Krebse vorfand, sondern nur leere Schalen, die ein räuberischer Krake übrig gelassen hatte.

»Das ist der Lauf der Welt«, sagte Garney Walch leise und schloss ihr die Augen.

Sie hatte nichts hinterlassen als Arbeit. Er hob den nassen Körper mit Händen auf, die ebenso groß wie sanft waren, und bettete ihn, nachdem er die Ladefläche von

Rindestücken gesäubert hatte, auf dem Schlitten zwischen seine Axt und die Säge.

Sie war sieben Jahre alt gewesen, als er sie das erste Mal hochgehoben und auf seinen Karren gesetzt und sie in den Zeh gezwickt hatte. Sie hatte ihn damals an seine tote Tochter erinnert. Sie war schön gewesen.

Er versuchte auszurechnen, wie viele Jahre das her war. Die Welt wurde dunkel, die lange Nacht begann jetzt erst. Ein morscher Ast fiel, eine Eule fraß einen Panthervogel, und ein schwarzer Schwan flog in den Himmel. Garney Walch ließ den Kopf sinken, er war mit seiner Rechnung fertig. Sie musste siebzehn gewesen sein.

»Das ist der Lauf der Welt«, murmelte er. »Und wird es bleiben.«

Mit dem rauen Handrücken wischte er über sein totes, milchig weißes Auge, dann streichelte er das Maul des Ochsen und bat ihn, er möge ihm helfen, das arme Kind heimzubringen. Ihre schmutzigen Füße holperten auf der Ladefläche des Schlittens, als der Ochse sich in Bewegung setzte und ihre hellen Fußsohlen in der längsten aller Nächte verschwanden.

Nachbemerkung des Autors

Dieser Roman ist kein historisches Werk und sollte auch nicht so gelesen werden. Ich habe mich von Personen und Ereignissen der Vergangenheit anregen lassen, aber der Roman geht darüber hinaus.

Von Mathinnas Leben wissen wir nur wenig, und der Verlauf von Sir John Franklins letzter Expedition ist nach wie vor ebenso Gegenstand von Spekulationen wie das Verhältnis von Charles Dickens mit Ellen Ternan. Lady Jane Franklin wandte sich tatsächlich an Dickens in der Hoffnung, er werde dem von Dr. Rae – zu Recht, wie sich später gezeigt hat – erhobenen Vorwurf des Kannibalismus entgegentreten, und Dickens verfasste tatsächlich einen Artikel, dessen Tendenz wir heute durchaus als rassistisch bezeichnen können. Der große Schriftsteller entwickelte tatsächlich ein leidenschaftliches Interesse für die Geschichte der verschollenen Expedition, sein Stück *The Frozen Deep* wurde aufgeführt, und Dickens feierte als Schauspieler Triumphe. Ellen Ternan stand zusammen mit ihm auf der Bühne. Dickens scheint sich in sie verliebt und deswegen seine Frau verlassen zu haben. Sicher ist, dass er und Ellen Ternan bis zu seinem Tod eine heimliche Beziehung unterhielten, umstritten bleibt allerdings, was genau das Wesen dieser Beziehung war.

Ob Ellen Ternan und Dickens wirklich ein gemeinsames Kind hatten, wie seine Tochter Katy glaubte, und welche Gefühle Sir John mit Mathinna verbanden – wenn er überhaupt etwas für sie empfand –, wird wohl nie geklärt werden können. Ich kenne keine Zeugnisse, die dafür sprechen, dass Mathinna von dem Katecheten in Wybalenna geschlagen wurde, aber man weiß, dass er andere Eingeborenenmädchen schlug und dass eines davon namens Fanny Cochrane Smith versuchte, das Haus des Katecheten niederzubrennen. Mathinnas Leiche wurde in einer Pfütze liegend gefunden. Es sind keine Erkenntnisse überliefert, warum und wie sie zu Tode kam.

Angesichts der Katastrophe der Kolonisation war unter Schwarzen und Weißen die Überzeugung weit verbreitet, dass die Ureinwohner Tasmaniens vollständig ausgerottet werden müssten. Diese schreckliche Vorstellung, die ich in meinem Roman zu spiegeln versucht habe, ist nicht Wirklichkeit geworden, und die Aborigines blieben in der Geschichte Tasmaniens präsent. Heute rechnen sich an die 16 000 Tasmanier zu dieser Volksgruppe.

Die Geschichte Mathinnas und die von Dickens und das, was sie bei aller Verschiedenheit verbindet, haben mich zu einer Meditation über das Begehren und das *verleugnete* Begehren angestiftet, über seine zentrale Bedeutung und Macht im menschlichen Leben. Davon und nicht von historischen Ereignissen erzählt dieses Buch.

Ich habe mir die Freiheit genommen, hin und wieder Sätze und Phrasen aus Dickens' Werk zu entlehnen und sie in meinen Roman einzustreuen. Wer mehr über die historisch realen Personen erfahren möchte, die ich erwähne, findet biografisches Material sowie ein Verzeichnis der Quellen, die ich zurate gezogen habe, im Internet unter www.richardflanaganwanting.com.au.

Ich danke Nikki Christer, Julian Welch, Deborah Rogers, Joyce Purtscher und Greg Lehman.